위치우드 살인사건

Easy to Kill

Copyright ⓒ 1975 Agatha Christie Ltd.

Korean translation edition is published by arrangement with Agatha Christie Ltd.,
a Chorion group company.

이 책은 Agatha Christie Ltd., a Chorion group company와 적법한 계약을 통해
출간되었습니다. 저작권법에 의해 한국 내에서 보호를 받는 저작물이므로 무단
전재와 무단 복제를 금합니다.

애거서 크리스티 추리 문학 24

위치우드 살인사건

유명우 옮김

해문

■ 옮긴이 유명우

　호남대학 영문과 교수, 한국추리작가 협회 총무 이사
　《오리엔트 특급살인》, 《죽음과의 약속》, 《ABC 살인사건》,
　《애크로이드 살인사건》 외 다수

위치우드 살인사건

초판 발행일	1986년 10월 30일
중판 발행일	2010년 03월 31일
지은이	애거서 크리스티
옮긴이	유 명 우
펴낸이	이 경 선
펴낸곳	해문출판사
주 소	서울시 서초구 서초동 1328-11 도씨에빛 2차 1420호
TEL/FAX	325-4721 / 325-4725
출판등록	1978년 1월 28일 (제3-82호)
가격	6,000원
ISBN	978-89-382-0224-6 04840
	978-89-382-0200-0(세트)

※ 잘못된 책은 바꾸어 드립니다.

· 등 장 인 물 ·

루크 피츠윌리엄— 아시아에서 경찰직을 그만두고 영국에 돌아온 지 얼마 되지 않아 연쇄 살인사건에 뛰어들게 된다.

래비니아 풀러튼— 겉으로는 순한 노처녀로 보이지만, 살인범에 대해 너무 많은 것을 알고 있기에 불행한 일을 겪게 된다.

브리짓 콘웨이— 매우 아름답고 똑똑한 여인. 단순히 재산만 보고 돈 많은 남자와 약혼한다.

고든 이스터필드 경— 브리짓의 약혼자이며 배불뚝이. 저질 주간지인 '스캔들'지(誌)를 발행하고 있다.

앨프리드 웨이크— 위치우드 마을의 목사. 죽음과 관련된 많은 이야기를 알고 있다.

애버트— 성격이 몹시 급한 변호사. 혈색이 좋고 분별력이 없이 떠벌인다.

호노리아 웨인플리트— 나이가 꽤 들어 보이는 지적인 모습의 노처녀. 위치우드 도서관에서 무보수로 일하고 있으며 언제나 조용히 살아가고 있다.

엘스워시— 사이비 골동품상. 소문이 별로 좋지 않으며, '마녀의 들판'에서 한밤중에 기이한 의식을 지내곤 한다.

호튼 소령— 퇴역 군인. 불도그를 무척 좋아하는 공처가.

제프리 토머스— 말이 별로 없는 금발의 의사. 나이 많은 의사와 동업을 하지만, 늘 천덕꾸러기 신세를 면치 못한다.

험블비 부인— 로즈 험블비의 어머니. 남편인 험블비 의사가 최근에 죽자 깊은 시름에 잠겨 있다.

로즈 험블비— 험블비 의사의 사랑스럽고 수줍음이 많은 딸. 토머스와 결혼하기로 약속한다.

배틀 총경— 런던경시청의 노련한 총경.

차 례

- 9 ● 제1장
- 18 ● 제2장
- 25 ● 제3장
- 33 ● 제4장
- 45 ● 제5장
- 60 ● 제6장
- 68 ● 제7장
- 72 ● 제8장
- 80 ● 제9장
- 88 ● 제10장
- 101 ● 제11장
- 113 ● 제12장
- 127 ● 제13장

차 례

제14장 ● 140

제15장 ● 146

제16장 ● 156

제17장 ● 168

제18장 ● 179

제19장 ● 188

제20장 ● 196

제21장 ● 205

제22장 ● 213

제23장 ● 230

제24장 ● 239

작품 해설 ● 248

 영국! 얼마 만에 돌아와 보는 영국인가!

 다시 조국의 생활에 익숙해질 수 있을까? 루크 피츠윌리엄은 선교(船橋)를 내려오면서 이렇게 자문해 보았다. 세관을 통과하는 동안 그의 상념은 줄곧 과거에 머물러 있었다. 이윽고 임항열차(기선과 연결되는 열차)에 올라 자리를 잡고 앉자 그는 갑자기 현실로 돌아오게 되었다. 이제 그는 현역에서 물러나 얼마간의 재산도 가지고 있고 유유자적하게 시간을 보내며 생활을 즐길 수 있는 신분으로 영국에 돌아오게 된 것이다.

 앞으로 과연 무엇을 하며 살아가야 할까? 의식적으로 루크 피츠윌리엄은 차창 밖으로 보이는 풍경에서 눈을 돌려 방금 사서 올라온 신문을 들여다보기 시작했다. 그는 '타임스'와 '데일리 클래리온 앤드 펀치'를 샀다. 먼저 '데일리 클래리온'부터 읽기 시작했다. '클래리온'은 주로 엡섬(영국 서리 군의 도시로, 엡섬 경마장이 있다)경마에 대한 기사를 다루는 경마 전문지였다. 그는 어떤 말에 돈을 왕창 걸었는데, 이제 그는 '클래리온'의 경마담당 기자가 그 말이 우승할 확률에 대해 어떻게 생각하는지를 살펴보았다. 그 기자는 아주 경멸조로 적어 놓고 있었다.

 '특히, 주주브 2세, 마스크 마일, 샌터니, 그리고 제리보이 등은 등수 안에 들어갈 확률이 거의 없다. 그중에서도 가장 가망이 없는 말은……'

 그러나 루크는 가장 가망 없는 말이 무엇인지는 전혀 관심이 없었다. 그의 시선은 각 말에 걸린 상금 쪽으로 향했다. 주주브 2세에 걸린 상금은 족히 40대 1은 되었다.

 그는 시계를 들여다보았다, 4시 15분 전.

 '흠, 지금쯤은 결말이 났겠군.' 그는 속으로 생각했다.

차라리 두 번째로 인기가 좋은 클래리골드에 돈을 거는 건데 잘못했다고 생각했다. 그리고 나서 그는 타임스를 펼쳐들고 더 진지한 문제들을 다룬 기사 속으로 빠져들기 시작했다. 그로부터 한 30분쯤 지났을까, 기차는 천천히 속도를 늦추더니 이윽고 멈추어 섰다.
　루크는 창밖을 내다보았다. 기차가 멈추어선 곳은 플랫폼이 커다란 텅 빈 역이었다. 그는 플랫폼에 설치된 신문판매대에 나붙은 더비 경마의 결과를 알리는 벽보를 찾아보았다. 루크는 문을 열고 기차에서 뛰어내려 신문판매대 쪽으로 달려갔다.
　잠시 뒤 그는 기분 좋은 미소를 지은 채 경마 결과를 알리는 손때가 묻은 몇 줄의 기사를 쳐다보고 있었다.

더비 경마 결과
　1. 주주브 2세
　2. 마제파
　3. 클래리골드

　루크는 다시 잇몸을 드러내며 싱긋이 기분 좋게 웃음을 지었다. 졸지에 100파운드를 벌다니! 모든 경마 전문가들이 그토록 비웃으며 전혀 안중에 두지 않았던 주주브 2세가 결국 멋지게 해낸 것이었다. 그는 신문을 곱게 접고는 여전히 얼굴에 기분 좋은 미소를 지은 채 다시 기차 쪽으로 돌아섰는데—거기에는 휑하니 빈 공간만이 그를 맞이하고 있었다. 주주브 2세의 승리에 도취해 있는 동안 기차는 그가 모르는 사이에 역을 빠져나간 것이었다.
　"그 망할 놈의 기차가 언제 여길 빠져나갔소?"
　그는 음흉한 표정을 짓고 서 있는 포터에게 물었다.
　"무슨 기차요? 3시 14분 이후로 기차가 한 대도 들어오질 않았는데요."
　"방금 여기 기차가 한 대 있었지 않소? 내가 바로 거기서 내렸는데. 그 임항열차 말이오."
　"임항열차는 런던까지 논스톱 운행을 하는데요?"

"하지만, 여기 정차했었소. 내가 바로 그 기차에서 내렸단 말이오."
루크는 그에게 거듭 말해 주었다.
그런데도 포터는 자기 의견을 굽히지 않았다.
"그러실 수 없었을 텐데요. 그 열차는 이 역에 정차하지 않습니다."
그는 비꼬는 듯이 말했다.
"허나 그건 사실이오."
"물론 잠깐 멈추기야 했었죠. 그러나 그건 잠시 멈춘 것에 불과해요. 신호 대기 관계로 말입니다. 그러나 선생님 말씀처럼 이곳에 '정차'한 것은 아니었습니다. 선생님은 이 역에 내리시면 안 되는 것이었어요."
"그건 그렇다고 해둡시다." 루크가 말했다.
"잘잘못을 따져 봐야 이젠 소용없는 일이니까. 아무튼 나는 기차를 타야하고, 당신은 열차 시간에 대해 잘 알고 있을 테니 하는 말인데, 내가 어떻게 하면 좋겠소?"
"내 생각에는, 그러니까 4시 25분 기차를 이용하시는 게 제일 좋을 겁니다."
포터가 말했다.
"4시 25분 기차가 런던행이라면 그걸 타야겠군." 루크가 대꾸했다.
그 시간을 한 번 더 확인하고 나서 루크는 플랫폼을 이리저리 거닐었다. 커다란 안내판을 보고 그는 지금 있는 곳이 '위치우드 언더 애쉬'라는 마을의 '페니 클레이튼 정션'역이라는 사실을 알게 되었다.
그때 화물칸이 하나밖에 안 달린 기차가 낡고 조그만 엔진에 밀려 증기를 내뿜으면서 천천히 역 구내로 들어와서는 이윽고 얌전히 멈추어 섰다. 드디어 기다리던 런던행 열차가 그 위용을 뽐내며 역으로 들어온 것이다. 루크는 열차 안을 조심스럽게 살펴보았다. 첫째 칸에는 군인으로 보이는 한 남자가 여송연을 피우고 있었다. 루크는 그 칸을 지나쳐 다음 칸으로 갔는데, 거기에는 피곤함에 지친 모습을 한 젊은 여성, 아마도 가정교사가 아니면 아이들을 돌보는 보모로 여겨지는 여성이 앉아 있었다. 루크는 그 칸도 재빨리 지나쳤다.
다음 칸의 문을 열자, 거기에는 나이가 지긋한 노부인이 혼자 앉아 있었다. 노부인은 어쩐지 루크에게 밀드레드 아주머니를 생각나게 했는데, 밀드레드 아주머니는 그가 열 살 때 풀뱀을 잡을 수 있도록 그의 용기를 부추겨 준 적이 있었다. 밀드레드 아주머니는 참으로 좋은 분이셨다. 루크는 그 칸으로 들어가 자리를 잡고 앉았다.

우유를 실은 칸과 다른 화물칸 등을 연결하느라고 한동안 법석을 떤 뒤에야 기차는 천천히 움직이며 역을 빠져나갔다. 루크는 신문을 펴보았지만, 거기에는 그가 이미 조간에서 읽어서 아는 기사들밖에는 없었다. 그는 더 이상 신문을 들여다볼 생각이 나지 않았다. 아주머니들과 함께 지내 본 사람이라면 다들 알 테지만, 그 역시 함께 탄 노부인이 런던까지 가는 동안 내내 침묵을 지키며 여행하도록 내버려두지 않을 거라는 사실을 잘 알고 있었다.

그는 오른쪽 자리에 앉았는데, 창문을 올리려고 하다가 그만 우산을 떨어뜨렸다. 그러자 노부인이 그에게 이건 훌륭한 기차라고 하면서 말을 걸었다.

"한 시간 10분밖에 걸리지 않는답니다. 정말로 괜찮은 기차예요. 오전 기차보다 훨씬 나아요. 그건 한 시간 40분이나 걸리거든요."

그녀는 계속 말을 이었다.

"하지만, 거의 모든 사람들이 오전 기차를 이용한답니다. 그편이 값이 싸죠. 그래서 오후 편을 이용하는 건 어리석은 것이라고들 생각한답니다. 나도 원래는 오전 열차를 이용할 생각이었는데, 그만 윙키 푸가 없어져서—내 고양이를 말하는 거랍니다. 페르시아 산인데 정말 예쁘게 생겼다오(요새 한쪽 귀를 앓고 있기는 하지만). 아무튼 나는 그놈을 찾기 전에는 집을 떠날 수가 없었거든요."

"물론 그러셨을 테지요." 루크는 중얼거리듯 대꾸했다.

그러고는 의식적으로 신문 쪽으로 시선을 돌렸다. 하지만, 그것은 전혀 소용없는 짓이었다.

그 노부인의 입에서는 끊이지 않고 이야기가 흘러나왔던 것이다.

"정말 재수가 없었던 거예요. 그래서 할 수 없이 오후 기차를 타게 되었답니다. 하지만, 어떻게 생각하면 그게 다행인지도 몰라요. 끔찍한 혼잡 속에서 시달리지 않아도 되니까 말이에요. 일등칸을 타고 여행을 하게 되면 그런 걱정은 하지 않아도 되거든요. 보통 땐 그렇지 않지만 이번에는 정말 걱정스러웠답니다. 왜냐하면 나는 아주 중요한 일을 처리해야 하기 때문에 무슨 말을 하면 좋을지 찬찬히 생각해 보고 싶었거든요. 아주 조용한 분위기 속에서 말이에요."

루크는 미소를 지어 보였다.

"그래서 이번만은 찻삯이 좀 비싸게 들더라도 상관없다고 생각했답니다."

그녀는 루크의 구릿빛 얼굴을 살짝 훔쳐보고 나서는 얼른 말을 이었다.

"휴가를 받은 군인들도 일등칸을 타고 여행한다는 것을 알고 있어요. 장교들 말이에요. 그들은 그럴 만한 자격이 있거든요."

루크는 캐묻는 듯한 그녀의 반짝이는 시선을 애써 피하려고 했지만, 결국 항복하고 말았다. 결국엔 그렇게 될 거라는 것을 그도 잘 알고 있었다.

"나는 군인이 아니랍니다." 그가 말했다.

"어머나, 내가 실수를 했나 보군요. 나도 모르게 그만 그렇게, 그렇게 생각했답니다. 당신이 햇볕에 많이 그을려서……, 휴가를 받아 동양에서 돌아오시는 분이 아닐까 하고 말이에요."

"동양에서 돌아오는 건 맞습니다. 하지만……, 휴가를 받은 것은 아니지요."

루크는 자기 신분을 너무 솔직히 밝힘으로써 더더욱 그녀의 질문 공세에 시달리게 되었다.

"나는 경찰이랍니다."

"경찰에 계신다고요? 어머나, 정말 공교로운 일이로군요. 내 친구가 하나 있는데, 그녀의 아들도 바로 얼마 전에 팔레스타인 경찰에 들어갔답니다."

"마양 해협을 말씀하시는 거군요." 루크는 간단히 잘라 말했다.

"오, 정말 공교로운 일이에요. 세상에! 정말 너무나도 공교로운 일이에요. 당신이 이 칸에 타게 된 게 말이에요. 내가 이번에 런던에 올라가는 일은 바로……, 그러니까, 나는 런던경시청에 가는 길이거든요."

"그렇습니까?" 루크가 말했다.

노부인은 즐거운 듯 계속 얘기해 나갔다.

"그래요. 원래는 아침에 올라가려고 했는데, 아까도 말했지만 윙키 푸 때문에 너무나도 걱정이 되어서 그만. 하지만, 지금 간다고 해도 그렇게 늦은 건 아니겠죠? 내 말은, 런던경시청이 시간을 정해 놓고 일하는 건 아닐 거라는 뜻이에요."

"그들이 4시가 지났다고 해서 문을 닫을 거라고는 생각지 않습니다만."

"물론이에요. 문을 닫을 수는 없을 거예요, 그렇죠? 내 말은 아무 때고 사람들은 중대한 범죄에 대해 신고하려고 할 수 있다는 거예요, 그렇지 않은가요?"

"물론이지요." 루크가 말했다.

잠시 노부인은 침묵을 지켰다. 그녀는 무슨 일인가로 걱정하는 것 같았다.

"나는 제일 높은 기관을 찾아가는 것이 상책이라고 생각해요."

이윽고 그녀가 다시 입을 열었다.

"존 리드, 우리 마을, 그러니까 위치우드의 순경이랍니다. 아주 훌륭한 사람인데다 말씨도 공손하고 싹싹한 사람이지만, 그래도 어쩐지 중대한 사건을 처리할 만한 사람이라고는 생각되지 않거든요. 술 취한 사람이라든가, 속도위반 차량을 단속한다든가, 개를 함부로 밖에다 풀어놓는 사람이라든가, 아니면 밤도둑 정도는 잡을 수 있을 거예요. 하지만……, 그래요. 그는 살인사건을 해결할 만한 사람은 못된다고 생각해요—살인사건 말이에요!"

루크의 눈썹이 추켜세웠다.

"살인사건이라고요?"

노부인은 힘차게 고개를 끄덕였다.

"그래요, 살인사건이죠. 놀라셨을 거예요. 나도 처음에는 그랬거든요. 정말이지 처음에는 믿을 수가 없었답니다. 내가 무슨 망상에 사로잡힌 것이 아닌가 싶었거든요."

"그런데 지금은 그게 아니라는 것을 확신하십니까?" 루크가 부드럽게 물었다.

"오, 물론이에요." 그녀는 완강히 고개를 저었다.

"처음이라면 몰라도 그게 두 번, 세 번, 아니 네 번이나 계속될 때는. 그렇게 되면 누구라도 확신하게 되는 법이죠."

루크가 말했다.

"그러니까, 음……, 당신 말씀은 여러 차례 살인이 일어났다는 겁니까?"

그녀가 침착하게 부드러운 목소리로 대답했다.

"여러 번이에요. 그렇기 때문에, 나는 곧바로 런던경시청으로 올라가서 그 사실을 알리는 게 상책이라고 생각한 거죠. 당신은 그렇게 생각하지 않으세요?"

루크는 조심스럽게 그녀를 살펴보고 나서 말했다.

"그야 물론이죠. 나도 부인 생각이 옳다고 생각합니다."

그러고는 속으로 이렇게 생각했다.

'그들도 이 노부인을 어떻게 다루어야 할지 잘 알고 있을 테지. 아마 적어도 한 주에 반 다스 가량의 노부인들이 찾아와서는 자기네 조용하고 평화로운 마을에서 끔찍한 살인사건이 일어났다고 떠들어댈 테니 말이야. 그런 노부인들을 따로 처리하는 전문 부서가 있을지도 모르지.'

여리고 부드러운 목소리가 계속 이어져 그는 이런 상념들로부터 깨어났다.

"언젠가 이런 사건에 대해서 읽은 적이 있어요. 아마도 그건 애버크롬비 사건이었을 거예요. 그때 그 범인은 경찰에 잡히기 전에 많은 사람을 독살시켰는데……, 가만있자, 내가 무슨 말을 하고 있었죠? 오, 맞아요, 누군가가 이렇게 말했어요—어떤 눈빛, 꽤 기묘한 눈빛인데 그자가 그런 눈빛으로 누군가를 주시하면 그런 눈빛을 받은 사람은 이내 병에 걸려 자리에 눕게 된다고 말이에요. 그걸 읽을 당시만 해도 나는 도무지 믿기지 않았는데, 지금 생각해 보니 정말로 사실인 것 같아요."

"무엇이 사실이라는 말씀인가요?"

"어떤 사람의 얼굴에 떠올라 있는 눈빛 말이에요."

루크는 망연히 그녀를 쳐다보았다. 그녀는 몸을 가볍게 떨고 있었고, 그녀의 고운 핑크빛 뺨이 그 색조를 잃고 있었다.

"나는 맨 처음 에이미 깁스에게서 그것을 보았는데, 결국 그녀는 죽었어요. 그리고 그다음은 카터였지요. 그다음이 토미 피어스. 그런데 바로 어제, 그것이 험블비 박사에게 향했던 거예요(그토록 훌륭한 양반인 그에게). 그분은 정말 훌륭한 분이거든요(카터는 술주정뱅이이고, 토미 피어스는 정말 끔찍이도 버릇없고 난폭한 아이였어요. 연약한 어린애들을 못살게 굴며 그 애들의 팔을 비틀거나 마구 꼬집곤 했지요. 그들에 대해서는 정말이지요. 나도 별로 안됐다는 생각이 들지 않았어요. 하지만, 험블비 박사는 달라요. 어떻게든 그분을 구해야 해요. 하지만, 문제는 내가 그분에게 가서 그 이야기를 해준다고 해도 그분은 내 이야기를 믿지 않을 거란 사실이에요! 아마도 그냥 웃어넘기고 말걸요! 내 말을 믿지 않을 건 존 리드 역시 마찬가지일 거예요. 그렇지만 런던경시청이라면 문제가 다를 거예요. 그 사람들은 많은 범죄를 다루어 보았을 테니까요!"

그녀는 창밖을 흘끗 내다보았다.

"오, 저런, 이젠 같이 있을 시간이 얼마 없겠군요."

그녀는 가방을 여닫고 우산을 챙기는 등, 다소 부산을 떨었다.

"당신과 이야기를 나눌 수 있어서 정말 커다란 위안이 되었답니다. 정말 친절한 분이세요. 당신도 내가 옳은 일을 한다고 생각하신다니 정말 기뻐요."

"런던경시청에 가시게 되면 그들이 부인을 잘 보살펴 드릴 거라고 생각합니다." 루크가 친절하게 말했다.

"정말 너무도 고맙군요." 그녀는 가방을 뒤적거렸다.

"내 명함이……, 오, 저런, 한 장밖에 없군요. 이건 런던경시청에 가지고 가야 하는데."

"물론 그러셔야지요. 괜찮습니다."

"내 이름은 풀러튼이라고 해요."

"아, 풀러튼 양이시군요." 루크가 미소를 지으며 말했다.

"저는 루크 피츠윌리엄이라고 합니다."

기차가 플랫폼으로 들어서자 그가 다시 말했다.

"택시를 잡아 드릴까요?"

"오, 아니에요. 난 괜찮아요."

풀러튼 양은 택시를 탄다는 생각에 몹시 놀란 것 같았다.

"지하철을 타면 되거든요. 트라팔가 광장에서 내려서 화이트홀(런던의 관청 소재 구역)까지 걸어갈 거랍니다."

"일이 잘되시길 빕니다." 루크가 말했다.

풀러튼 양은 다정하게 손을 흔들어 보였다.

"정말 친절하시군요." 그녀는 다시 속삭이듯 말했다.

"처음에는 당신이 나를 믿지 않으시나 보다고 생각했답니다."

루크는 그녀의 너그러운 말에 얼굴을 붉혔다.

"글쎄요, 그렇게 많은 살인이 저질러졌다니! 그렇게 많은 살인을 저지르고도 무사할 수 있다는 것은 아무래도 좀 힘든 일이 아닐까요?"

풀러튼 양은 고개를 저었다. 그러고는 진지한 표정으로 말했다.

"아니에요, 그렇지 않아요. 그건 당신이 잘못 아는 거예요. 살인은 아주 쉬운 거랍니다. 아무에게도 의심받지 않는 한은 말이죠. 게다가 문제의 그 사람은 의심을 받는다고 하더라도 제일 나중에 가서야 의심받게 될 그런 인물이거든요."

"글쎄요, 아무튼 모든 일이 잘되시길 빕니다." 루크가 말했다.

이윽고 풀러튼 양은 군중 속으로 파묻혀 버렸다.

그는 짐을 찾아야 한다는 것도 잊은 채 생각에 잠겼다.

'어딘지 좀 머리가 돈 것은 아닐까? 아냐, 그런 것 같지는 않아. 상상력이 너무 지나칠 뿐이겠지. 그 친구들이 할머니를 잘 다루어 주었으면 좋겠군. 노인네들이란 다 그런 법이거든.'

제2장

지미 로리머는 루크의 옛 친구 중 하나였다. 루크는 런던에 도착하자마자 곧 지미와 함께 시간을 보내게 되었다. 그가 도착한 날 저녁에 함께 놀러 나간 친구도 바로 지미였다. 다음 날 아침 깨질 듯한 머리로 일어나 마신 것도 바로 지미가 타준 커피였지만, 그는 지미가 부르는 소리에도 아랑곳하지 않고 조간신문에 난 조그만 기사를 거듭해서 읽고 있었다.

"미안, 지미." 그는 흠칫하고 정신을 차리며 말했다.

"대체 무슨 기사에 그토록 정신이 팔려 있나. 정국이 잘못 돌아가기라도 하나?"

루크는 싱긋이 웃어 보였다.

"걱정하지 말게. 그런 게 아니야. 이건 좀 기묘한 사건인 것 같구먼. 어제 나와 함께 기차를 타고 올라왔던 노부인이 자동차 사고를 당했다네."

"오, 아마도 건널목을 너무 믿었던 게지." 지미가 말했다.

"아니, 그런데 자네는 어떻게 그녀가 바로 그 노부인일 거라고 생각하나?"

"물론 아닐 수도 있겠지. 하지만, 이름이 같거든—풀러튼이라고 그녀는 화이트홀을 향해 건너다가 자동차에 치어 목숨을 잃었다네. 자동차가 일단 정지를 하지 않았던 모양이야."

"자동차를 몰던 사람이 누구였든 간에 사고에 대한 응분의 대가를 치르게 될 걸세. 어쩌면 과실치사로 밝혀질지도 모르지. 나는 요즈음엔 자동차를 모는 일이라면 딱 질색이라네."

"그래, 자네는 어떤 종류의 차를 가지고 있나?"

"포드 8기통이라네. 그러니까 말일세……."

그들의 대화는 위험한 기계 문명에 대한 문제로 옮겨갔다.

그로부터 1주일 뒤, 루크는 무심코 타임스를 들춰보다 갑자기 탄성을 질렀다.

"아니, 이럴 수가 있나!"

지미 로리머가 그를 쳐다보았다.

"대체 무슨 일이야?"

루크는 고개를 들고 친구를 바라보았다. 그의 표정이 하도 괴이해서 지미 역시 몹시 뜻밖이라는 듯한 표정을 지었다.

"무슨 일이야, 루크? 자네, 흡사 유령이라도 본 듯한 얼굴이로구먼."

그는 잠깐 아무런 대꾸도 하지 않았다. 그는 신문을 내려놓고 창가로 천천히 갔다가 다시 돌아왔다. 그를 지켜볼수록 지미의 놀라움은 더욱 커졌다.

루크는 의자에 털썩 주저앉으며 상체를 앞으로 내밀었다.

"이봐, 지미, 자네도 기억나나? 내가 영국에 도착한 날 런던까지 기차를 함께 타고 올라온 노부인에 대해 이야기했던 것을 말일세."

"자네의 밀드레드 아주머니를 생각나게 했다던 노부인 말인가? 그리고 또 그 노부인이 아마 자동차에 치였다고 했던가?"

"그래, 바로 그 노부인 말일세. 들어보게, 지미. 그 노부인은 자기는 런던경시청에 올라가는 길이며, 끔찍한 살인사건들을 신고하려고 한다는 이야기를 장황하게 늘어놓기 시작했지. 그녀의 마을에서는 어떤 살인자가 마음대로 활개치고 다니고 있는데, 그것도 그 사람이 아주 신속히 살인을 저지른다는 것이었다네."

"자네는 그녀가 머리가 돌았다고는 하지 않았는데." 지미가 말했다.

"난 그녀의 머리가 돌았다고는 생각하지 않았다네. 그녀의 이야기는 상당히 논리가 정연했거든. 희생당한 사람의 이름도 한두 명 언급하고 나서는, 지금 자기가 걱정하는 것은 그다음 희생자가 그자의 마수에 걸려들고 있다는 사실을 알고 있기 때문이라고 했다네."

"그래?" 지미는 다음 이야기를 재촉이라도 하듯이 물었다.

"문제는 그 사람의 이름이 바로 험블비……, 험블비 박사였다는 것일세. 그 노부인은 험블비 박사가 다음 희생자가 될 거라고 하며, 그가 '그토록 훌륭한 양반'이기에 자기가 걱정하는 거라고 말했거든."

"그런데?" 지미가 궁금한 듯 물었다.

"자, 여길 보게나."

루크는 신문을 넘기며 부고란에 난 한 이름을 손가락으로 짚어 보았다.

> 험블비— 6월 12일, 제시 로즈 험블비의 사랑하는 남편인 의학박사 존 워드 험블비, 위치우드 언더 애쉬의 샌드게이트 자택에서 급사. 장례식은 금요일. 사정상 꽃다발은 사양함.

"알겠나, 지미? 이름과 지명, 그리고 그가 의사라는 사실을 말일세. 자네는 이걸 어떻게 생각하는가?"

지미는 잠시 생각하다가 이윽고 대답했다. 그의 목소리는 진지했지만, 다소 자신이 없는 듯한 투였다.

"내 생각에는 그것은 정말로 묘한 우연의 일치에 지나지 않는 것 같네."

루크는 갑자기 빙그르르 돌아섰다.

"노부인이 말한 것이 모두 사실이었다고 생각해 보게! 그 공상적인 이야기가 한 자도 틀림없이 모두 사실이었다고 생각해 보란 말일세!"

"허, 이 친구 보게나! 그건 너무 지나친 상상이 아닐까? 그런 일은 있을 수 없는 일일세."

"자네가 어떻게 아나? 그런 일들은 자네가 상상하는 것보다 훨씬 빈번히 일어난다네."

"마치 경찰관 나리 같은 말투로구면! 자넨 이제 퇴직해서 평범한 사회인으로 돌아왔는데도, 자네가 경찰이었다는 사실을 잊어버릴 수 없단 말인가?"

"일단 경찰 생활을 했던 사람은 평생 경찰이라는 신분을 벗어날 수가 없는 법일세." 루크가 말했다.

"자, 이보게나, 지미. 그 실상은 이런 것일세. 나는 어떤 이야기—선뜻 믿기지가 않지만, 그렇다고 해서 전혀 불가능한 것만도 아닌 이야기를 들었어. 한 조각의 증거, 바로 험블비 박사의 죽음이 그 이야기를 뒷받침해 주고 있지. 그리고 또 다른 하나의 중요한 사실이 있네. 풀러튼 양이 그 거짓말 같은 이야기를 신고하러 런던경시청에 가는 중이었다는 것이지. 하지만, 그녀는 결국 그곳에 가지 못했어. 뺑소니차에 치여서 그만 유명을 달리하게 되었단 말일세."
지미가 반대했다.
"그녀가 그곳에 가지 못했는지는 자네도 모르는 일일세. 런던경시청에 들르기 전이 아니라, 들른 뒤에 사고를 당했을지도 모르지 않는가?"
"물론 그렇게 볼 수도 있지. 하지만, 나는 그렇게 생각하지 않는다네."
"그건 순전히 추측에 지나지 않아. 요컨대 문제는 자네가 그……, 그 멜로드라마 같은 이야기를 무조건 믿고 있다는 것일세."
루크는 단호하게 고개를 저었다.
"아냐, 난 그렇게 생각지 않아. 내 말은, 이건 조사해 볼 만한 충분한 가치가 있는 사건이라는 것일세."
"그렇다면 자네는 런던경시청에 가볼 생각인가?"
"아니, 그곳을 찾아가기엔 아직 때가 일러. 자네 말대로 험블비라는 사람의 죽음이 단순한 우연의 일치에 지나지 않을 수도 있거든."
"그렇다면 대체 자네는 어떻게 할 생각인가?"
"내 생각은 직접 그곳에 내려가서 그 문제를 조사해 봐야겠다는 것일세."
"자네, 정말로 그럴 생각인가?"
"그것만이 문제를 풀 수 있는 최선의 방책이라고 생각지 않나?"
지미는 망연히 그를 주시하다가 말했다.
"자네는 그 문제를 정말로 심각하게 여기는군, 루크?"
"물론이고말고."
"별것도 아닌 일로 밝혀질 수도 있다는 생각은 해보지 않았나?"
"그렇게 된다면야 더 이상 좋을 수 없지."
"물론 그럴 테지." 지미는 눈살을 찌푸렸다.
"하지만, 자네는 그렇지 않을 거라고 생각하지, 응?"
"여보게, 지미, 나는 될 수 있으면 편견을 갖지 않으려고 한다네."
지미는 잠깐 침묵을 지켰다. 이윽고 그가 입을 열었다.

"무슨 계획이라도 세웠나? 내 말은, 자네가 갑자기 그곳에 나타나게 되는 것에 대해 어떤 이해할 만한 이유가 있어야 할 거라는 뜻일세."

"물론 나도 그래야 될 거라고 생각하네만."

"'생각하는 것'만으론 안 돼. 영국의 작은 시골 마을이 어떤 곳인지나 알고 있나? 낯선 사람은 금방 눈에 띄기 마련이라네!"

"적당히 변장해야 하겠구먼."

이렇게 말하던 루크가 갑자기 싱긋 웃어 보였다.

"그래, 어떻게 변장하면 되겠나? 화가? 그림을 그리는 것은 고사하고 그대로 베끼는 재주조차 없으니 그건 불가능해."

"잠깐, 그 신문 좀 다시 주게나."

신문을 받아들고 대충 훑어본 다음, 지미가 의기양양한 목소리로 말했다.

"역시 맞았어! 루크, 여보게, 더 말할 것도 없이 이제 자네는 그 문제에 대해서는 염려 놓으라고. 이건 식은 죽 먹기지."

루크가 돌아앉으며 말했다.

"뭐라고?"

여전히 의기양양해하며 지미가 말했다.

"뭔가 마음속에 짚이는 듯한 기분을 느꼈거든! 위치우드 언더 애쉬라는 말을 듣고, 역시 그랬어! 바로 그곳이야!?"

"그곳 검시관을 잘 아는 친구라도 있는 건가?"

"그게 아냐. 그것보다 훨씬 이상적이라 할 수 있다네. 자네도 알겠지만, 나에게는 여러분의 고모와 많은 사촌 형제들이 있다네. 우리 부친께서는 13남매 중 하나이셨거든. 자, 들어보게. 내게는 위치우드 언더 애쉬에서 사는 사촌이 있단 말일세."

"지미, 자넨 정말 최고일세."

"그 정도면 꽤 훌륭하지 않은가, 응?" 지미는 짐짓 겸손을 떨며 말했다.

"그분에 대해 말해 주게나."

"그가 아니라 그녀일세. 그녀의 이름은 브리짓 콘웨이라고 하지. 지난 2년간 그녀는 이스터필드 경의 비서로 일해 왔다네."

"저속한 주간지를 발행하는 사람 말인가?"

"맞아. 그자 역시 좀 저속한 인간이라고 할 수 있지. 괜히 으스대기나 할 줄 아는 작자라네! 그는 위치우드 언더 애쉬에서 태어났는데, 집안 자랑이나 하고 자기가 자수성가했다는 것을 자랑거리로 삼는 속물이지. 고향으로 돌아와서는 마을의 유일한 저택을 사들였는데, 그 저택은 원래 브리짓 가족이 살던 집이었다네. 지금은 그 저택을 전형적인 장원으로 꾸미느라고 정신이 없지."

"자네 사촌 누이가 그의 비서라고?"

"그랬었지." 지미는 우울한 목소리로 말했다.

"지금은 그녀의 신분이 격상되었다네. 그자와 약혼했거든!"

"오!" 루크는 다소 뜻밖이라는 듯이 말했다.

"물론 그는 훌륭한 사냥감인 셈이지. 돈을 잘 버니까 말일세. 브리짓은 실연 당한 적이 있다네. 그 로맨스는 그녀를 완전히 좌절케 했지. 하지만, 이번에는 일이 아주 잘될 거야. 그녀는 그를 완전히 사로잡을 테니 말일세. 그는 그녀의 손에서 놀아나게 될 걸세."

"그럼, 나는 어떻게 되는 거지?"

"자네는 그곳에 내려가서 지내면 되는 거야." 지미는 곧바로 대답했다.

"브리짓의 사촌이 되는 걸세. 그녀는 사촌이 많아 하나쯤 더 생긴다고 해서 별문제가 되진 않을 테니까. 그 점에 대해서는 내가 미리 그녀에게 얘기해 놓겠네. 그녀와 나는 항상 마음이 잘 맞았거든. 자, 자네가 그곳에 내려가는 이유는 토속 신앙에 대한 연구 때문이라고 하세."

"토속 신앙이라니?"

"민속이라든가 지방의 미신 연구, 뭐 그런 것들 말일세. 위치우드 언더 애쉬는 그런 방면에서 상당히 이름이 알려졌거든. 악마의 연회가 열렸던 마지막 장소 중 하나로, 지난 세기까지만 해도 미신의 일종으로 마녀들이 화형을 당했다네. 자네는 작가가 되는 거야, 알겠나? 마양 해협의 풍습과 옛 영국 민속 간의 상호 연관성이라든가 유사점 등을 집필하는 걸세. 자네는 그런 일에는 전문가가 아닌가? 노트를 들고 돌아다니면서 그 마을의 나이 많은 주민들에게 미신과 풍습에 대해 물어보는 거야. 그곳 사람들은 그런 일들에는 아주 익숙하거든. 그리고 자네가 애쉬 장원에서 지내는 한 자네의 신분은 보장된 거나 마찬가지가 될 걸세."

"이스터필드 경에 대해서는 어떻게 하지?"

"그는 괜찮을 걸세. 그자는 아주 무식해서 완전히 속아 넘어갈 거야. 그는 자기 신문에 난 기사들도 진짜라고 믿는다네. 게다가 브리짓이 그를 잘 요리할 테니까. 브리짓은 걱정하지 말라고 내가 그녀에게 미리 조치해둘 테니까."

루크는 깊이 숨을 들이마셨다.

"이봐, 지미, 마치 손바닥을 들여다보듯 훤한 것 같구먼. 자네는 정말 놀라운 친구야. 자네가 정말로 사촌누이에게 잘 조치해 놓을 수 있다면야……."

"그 일에 대해서는 염려 말라니까. 그 일은 나에게 맡겨."

"자네에게 어떻게 고맙다고 해야 좋을지 모르겠구먼."

지미가 말했다.

"자네에게 부탁할 것은 살인범을 잡게 되면 최후의 순간에 나도 끼워 달라는 것일세." 그러고는 갑자기 덧붙였다.

"무슨 문제라도 있나?"

"노부인이 내게 한 말이 생각나네." 루크는 천천히 말했다.

"내가 그녀에게 말했지. 그렇게 많은 살인을 저지르면서도 무사히 넘어간다는 것은 그리 용이한 일이 아니라고 말일세. 그랬더니 그녀는 내가 잘못 아는 거라고 하며, 살인은 아주 쉬운 거라고 하더군." 그는 잠시 멈추었다가 다시 천천히 말을 이었다.

"그게 사실일까, 지미? 그게 사실이라면……."

"뭐가?"

"살인이 쉽다는 것이."

제3장

 6월의 햇살을 받으며 루크는 언덕을 넘어 위치우드 언더 애쉬의 작은 읍내를 향해 내려갔다. 마을은 햇볕 속에서 평화롭고 단아한 모습으로 누워 있었다.
 애쉬 산마루의 불쑥 튀어나온 벼랑 기슭을 따라 한 줄기 외로운 거리가 구불구불 이어져 나갔다. 그 모습은 기묘하게도 동떨어진 듯한, 전혀 어울리지 않는 듯한 느낌을 주었다. 루크는 생각했다.
 '내가 제정신이 아닌 게야. 지금 공상에 빠져 있는 건 아닐까.'
 그는 구불구불한 길을 조심스럽게 차를 몰아, 이윽고 큰 거리로 접어들었다.
 위치우드는 앞서 말한 대로 하나의 큰 거리를 끼고 마을이 형성되어 있었다. 상점들과 흰색 페인트로 단장된 계단, 반짝이는 놋쇠 손잡이가 달린 조지아풍의 깔끔하고 귀족적인 아담한 저택들, 그리고 꽃들이 활짝 핀 정원이 딸린 그림처럼 아름다운 시골집들이 있었다.
 길거리에서 조금 들어간 곳에는 '벨스 앤드 모틀리'라는 여인숙이 있었다. 그리고 또 푸른 잔디밭과 작은 연못, 이 모든 것을 압도할 듯 우뚝 서 있는 아름다운 조지아풍 저택이 있었는데, 처음에는 루크도 자기가 찾는 애쉬 장원인 줄로만 생각했다. 그러나 좀더 가까이 다가가 보니 박물관과 도서관이라고 쓰인 커다란 간판이 붙어 있었다.
 거기에서 좀더 떨어진 곳에는 시대착오적인 커다란 흰색의 현대식 건물이 주위 모습들과는 무관하게 전혀 어울리지 않는 모습으로 서 있었다. 루크는 그것이 마을회관과 청소년 클럽일 거라고 생각했다.
 루크는 차를 멈추고는 길을 물었다. 애쉬 장원은 그곳에서 반 마일쯤 더 가면 오른쪽으로 대문이 보일 거라고 했다. 가던 길을 계속 따라가니 대문을 쉽게 찾을 수 있었다. 새로 공들여 만든 철제 대문이었다.

차를 몰고 대문 앞으로 들어서자 그는 숲 사이로 희미하게 보이는 붉은 벽을 볼 수 있었다. 모퉁이를 돌아서자 어울리지 않을 정도로 엄청난 규모의 거대한 성채 같은 건물이 그의 시야에 들어왔다.

그가 악몽 같은 건물의 위세에 짓눌려 있는 동안 햇빛마저 들어가 버렸다. 그는 갑자기 찍어 누르는 듯한 애쉬 산의 위협적인 모습을 깨닫게 되었다. 돌연 나뭇잎을 뒤흔드는 돌풍이 몰아닥치면서 한 여인이 저택의 모퉁이를 돌아 나왔다. 돌풍으로 검은 머리카락을 뒤로 흩날리는 그녀의 모습은 문득 언젠가 본 적이 있는 어떤 그림—네빈슨의 마녀를 생각나게 했다.

깊고 창백한 얼굴에 검은 머리카락을 휘날리면서 별을 향해 날아가는 모습이었다. 그는 이 여인이 빗자루를 타고 달을 향해 날아가는 모습을 상상해 볼 수 있었다. 그녀는 곧바로 그에게로 다가왔다.

"루크 피츠윌리엄 씨 아니세요? 나는 브리짓 콘웨이라고 해요."

그는 그녀가 내민 손을 마주 잡았다. 이제 그는 그녀의 실체를 볼 수 있었다—순간적인 환상에 사로잡힌 허상이 아니라.

날씬한 키에 조금 야윈 듯한 갸름한 얼굴, 짙은 흑철색 눈썹, 검은 눈동자, 검은 머리카락. 그녀의 모습은 마치 섬세한 동판화 같다고 그는 생각했다—차가우면서도 아름다운.

"처음 뵙겠습니다. 이처럼 폐를 끼치게 되어서 죄송하군요. 지미는 당신 걱정은 말라고 합디다만." 그가 말했다.

"오, 물론이에요. 우리 걱정은 마세요."

그러고는 갑자기 입술 끝을 살짝 치켜세우면서 미소를 지었다.

"지미 오빠와 난 언제나 마음이 잘 맞거든요. 당신이 민속에 대한 책을 쓰신다고 들었는데, 그렇다면 이곳은 거기에 정말 적합한 지방이라고 할 수 있지요. 온갖 전설과 거기에 어울리는 장소들이 많은 곳이랍니다."

"굉장하군요." 루크가 말했다.

그들은 함께 저택 쪽으로 걸어갔다. 루크는 다시 한 번 저택을 은밀히 살펴보았다. 그는 비로소 웅장한 화려함으로 은폐된 비정의 여인인 앤 여왕의 거처였던 흔적들을 찾아볼 수 있었다. 그는 그곳이 과거에는 브리짓 가족의 소유였다고 한 지미의 말을 기억하고 있었다.

저택 안으로 들어서자 브리짓 콘웨이는 책장과 안락의자들이 있는 방으로 그를 안내했는데, 창가에 놓인 차(茶) 테이블에는 두 사람이 앉아 있었다.

"고든, 이쪽은 사촌오빠인 루크예요." 그녀가 말했다.

이스터필드 경은 머리가 반쯤 벗겨진 키가 작은 남자였다. 둥글고 약아 보이는 얼굴에 부루퉁해하는 입과 삶은 구즈베리 열매 같은 눈을 하고 있었다. 그는 허름한 시골사람의 옷을 입고 있었다. 그의 생김새와는 영 어울리지 않는 차림새였다. 그는 루크를 상냥하게 맞이했다.

"반갑습니다, 정말 반갑군요. 얼마 전에 동양에서 돌아오셨다고 들었습니다만―흥미있는 곳이지요. 책을 쓰신다고 브리짓에게서 들었습니다. 오늘날에는 너무 많은 책이 쓰인다고들 합니다만, 내 생각은 그렇지 않습니다. 좋은 책은 언제고 필요한 법이죠."

"숙모이신 앤스트루더 부인이세요." 브리짓이 말했다.

루크는 조금 멍청해 보이는 입매의 중년 여인이 내미는 손을 마주 잡았다.

앤스트루더 부인은 몸과 마음을 다 바쳐 헌신적으로 정원을 돌보고 있다고 했다. 소개 인사가 오가고 나서 그녀가 말했다.

"이런 기후에는 신품종 시수토슈(물푸레나무과의 일종)가 아주 잘 자랄 거라고 생각해요."

그러고는 원예 카탈로그를 들여다보기 시작했다.

움츠린 듯 보이는 자그마한 몸집을 의자 깊숙이 내던진 채, 이스터필드 경은 차를 마시며 루크를 자세히 살펴보기 시작했다.

"그래, 글을 쓰신다고요?" 그는 중얼거리듯 말했다.

본격적인 대화에 들어가기에 앞서, 루크는 이스터필드 경이 자기 정체에는 아무런 관심이 없다는 것을 알고는 다소 짜증을 느꼈다.

"종종 생각해 왔던 바입니다만."

이스터필드 경은 자아도취에 빠져들며 말문을 열었다.

"내 손으로 직접 책을 써보고 싶다고 말입니다. 그런데 문제는 시간이 없다는 것이올시다. 나는 매우 바쁜 사람이거든요."

"물론 그러실 테죠."
"선생께서는 내가 얼마나 정신적인 부담을 느끼는지 잘 모르실 겁니다."
이스터필드 경이 말했다.
"나는 내가 발행하는 출판물 하나하나마다 개인적인 관심을 기울여야 하지요. 그것은 나 자신이 공공 대중의 정신세계를 형성하는데 책임을 지고 있다고 생각하기 때문입니다. 매주 수백만의 사람들이 바로 내가 그들에게 생각하고 느끼도록 의도했던 대로 생각하고 느낄 테니 말입니다. 이것은 참으로 엄숙한 사실이라 생각지 않을 수 없습니다. 바로 책임을 의미하는 것이지요. 나는 책임이 두렵진 않습니다. 능히 그 책임을 감당할 수 있기 때문이지요."
위장병으로 생긴 고통을 덜고자 이스터필드 경은 가슴을 쭉 펴며 다정한 눈빛으로 루크를 주시했다.
브리짓 콘웨이가 밝은 표정으로 말했다.
"당신은 위대한 분이에요, 고든. 자, 차 좀 더 드세요."
이스터필드 경이 간단하게 대꾸했다.
"그래, 난 위대한 사람이지. 아니, 차는 더 이상 마시고 싶지 않아요."
오만하기 짝이 없는 위대한 인물에서 좀더 평범한 인간으로 돌아오면서 그는 손님에게 친절히 물었다.
"이 지방에 누구 아는 사람이라도 있습니까?"
루크는 고개를 저었다. 순간 갑자기 그는 기왕에 일을 시작할 바에는 빠를 수록 좋을 거라는 생각이 들어 다음과 같이 덧붙였다.
"이곳에 오면 한번 찾아가 보겠다고 약속한 친구가 있지요. 험블비라고 하는 사람인데, 이곳에서 의사 일을 하고 있답니다."
"오!"
이스터필드 경은 충격을 받은 듯 의자에서 몸을 가누려고 애썼다.
"험블비 박사를 말씀하시는 겁니까? 가엾게도……"
"가엾다니요?"
"한 1주일 전에 세상을 떠났소." 이스터필드 경이 말했다.
"세상에, 이럴 수가! 정말 유감이로군요."

"그 사람 일로 너무 심려하지 마시구려." 이스터필드 경이 말했다.

"완고하기 짝이 없는 고집쟁이인데다가 정말이지 너무도 어리석은 사람이었소."

"그 말은, 그분이 고든과는 뜻이 맞지 않았다는 거예요."

브리짓이 대신 설명해 주었다.

"우리 마을의 식수 공급에 대한 문제 때문이었지요."

이스터필드 경이 말했다.

"감히 말씀드리지만, 피츠윌리엄 씨. 나는 우리 마을을 사랑하는 사람이오. 진정으로 이 마을의 복지를 위해 애써 왔소. 나는 이곳에서 태어났답니다. 그렇습니다, 바로 이곳에서 태어났지요."

이스터필드 경은 자신의 자세한 경력을 아는 것이 루크에게 커다란 도움이 되는 것처럼 의기양양해하며 떠들어대기 시작했다.

"옛날 우리 부친께서 하시던 가게 자리에 지금 무엇이 서 있는지 아십니까? 훌륭한 건물이 들어서 있지요. 내가 그 건물을 지어 기증한 것이외다―마을회관과 청소년 클럽인데, 모든 게 현대식으로 꾸며졌지요. 영국에서 제일가는 건축가를 초빙해서 말입니다! 너무 꾸밈이 없고 단순하게 지어져서 무슨 구빈원이나 감옥처럼 보이기도 합니다만, 그래도 사람들이 괜찮다고들 해서 나도 그러려니 생각하지요."

"기운 내세요. 이 집은 당신 취향에 맞게 지었잖아요." 브리짓이 말했다.

이스터필드 경은 흐뭇한 표정을 지으며 싱그레 웃었다.

"물론, 그들은 이 저택을 정말 내 맘에 들도록 잘 지었지. 내가 원하는 대로 짓지 않았다면 그들을 해고하고 다른 건축가를 썼을 거요. 결국 그 친구는 내 생각을 아주 잘 이해했던 게지."

"그 사람은 당신의 그 끔찍한 상상력에 부채질을 했던 거예요."

브리짓이 말했다.

"브리짓은 이곳이 옛 모습대로 보존되기를 바랐답니다."

이스터필드 경은 그녀의 팔을 가볍게 토닥거렸다.

"지난 일들을 추억하며 지내 봐야 하나도 소용이 없는 거요, 브리짓. 나는 늘 성을 하나 갖고 싶다는 꿈을 가지고 있었는데, 이제 그 꿈을 이룬 거라오."
"글쎄요—." 루크는 적당한 말을 찾지 못해 다소 더듬거리며 말했다.
"자신이 원하는 것이 무엇인지를 안다는 것은 사실 놀라운 재능이지요."
"그리고 대개 나는 그것을 손에 넣는답니다."
이스터필드 경은 빙그레 웃었다.
"그 상수도 계획에 있어서는 당신이 실패한 거나 다름없어요."
브리짓은 그를 상기시켰다.
"아, 그 계획 말이군! 험블비는 바보였어. 이 지방 노인네들은 왜 그리 고집불통들인지. 도무지 이해시킬 수가 없으니 말이오."
"험블비 박사는 좀 입심이 고약했던 모양이지요?" 루크는 모험을 해보았다.
"그런 점에서 그분은 많은 적을 만들었겠군요."
"아, 아니, 꼭 그렇다고는 볼 수 없습니다."
이스터필드 경은 콧잔등을 문지르며 말했다.
"안 그렇소, 브리짓?"
"모든 사람들이 다 그분을 좋아했던 것 같아요." 브리짓이 말했다.
"비록 내 발목을 진찰하러 오셨을 때 말고는 그분을 뵌 적이 없었지만."
"그렇다고 볼 수 있지. 비록 그에게 악감정을 품은 사람을 한두 명 알고 있기는 하지만. 이런 곳에서는 서로 반목하거나 앙심을 품는 경우가 꽤 많거든요."
"그럴 것도 같군요."
루크가 말했다. 그는 다음 단계로 어떻게 넘어가야 할지 확신이 서지 않아서 잠시 머뭇거리다가 물었다.
"이곳에는 대개 어떤 사람들이 살고 있습니까?"
조금 어리석은 질문이었지만, 뜻밖에 즉각적인 반응을 얻을 수 있었다.
"대개 혼자 된 여자들이에요." 브리짓이 말했다.
"목사들의 딸과 누이, 아내, 아니면 의사의 여자 가족들이죠. 한 사람당 여섯 명 정도의 여자 가족들이 딸려 있다고 볼 수 있죠."
"그렇다면 남자들은?"
루크는 운에 맡기며 계속 질문을 했다.

"오, 물론 있어요. 변호사 애버트 씨, 그리고 험블비 박사의 동업자였던 젊은 토머스 박사. 교구 목사인 웨이크 씨, 그리고……, 또 누가 있죠, 고든? 아! 골동품 상점을 경영하는 엘스워시 씨가 있군요. 그리고 호튼 소령과 그의 불도그들이 있죠."

"언젠가 친구들이 여기 사는 어떤 사람에 대해서 말한 적이 있는 것 같은데, 훌륭한 노부인으로 말이 좀 많은 게 흠이라고 했지요, 아마. 이름이 뭐였더라? 아, 생각났습니다. 풀러튼이라고 했어요." 루크가 말했다.

이스터필드 경이 어색하게 웃으며 말했다.

"허, 선생은 정말 운이 없군요! 그녀 역시 이미 고인이 되었습니다. 얼마 전에 런던에 올라갔다가 교통사고를 당해 그만 목숨을 잃었거든요."

"이곳에 사는 사람들은 자주 목숨을 잃는가 보군요?"

루크가 지나가는 투로 말했다.

이스터필드 경이 즉시 반박하고 나섰다.

"무슨 말씀을! 여긴 영국에서도 가장 장수하는 지방에 든답니다. 우연한 사고들은 어쩔 수가 없는 거지요. 그런 일들은 누구에게나 일어날 수 있는 것이기 때문이지요."

그런데 브리짓 콘웨이가 심각하게 말했다.

"사실이지, 고든, 지난해에는 참 많은 사람이 죽었어요. 장례식이 끊이지를 않았으니 말이에요."

"말도 안 되는 소리요, 브리짓."

"험블비 박사도 무슨 사고를 당한 모양이죠?" 루크가 물었다.

이스터필드 경은 고개를 저었다.

"아니, 그렇진 않소." 그가 말했다.

"험블비는 지독한 패혈증에 걸려 세상을 떠났지요. 정말 의사다운 죽음이라고 할까. 아무도 주의를 기울이지 않는 녹슨 못 따위에 손가락을 긁혔는데, 그것이 패혈증으로 도졌던 거죠. 그러고는 사흘 만에 세상을 떠났답니다."

"의사들은 좀 그런 것 같아요." 브리짓이 말했다.

"꽤 조심하지 않으면 전염 당할 위험이 너무 많을 거라고 생각해요. 그분의 아내는 정말 보기에도 애처로울 정도로 비탄에 잠겨 있답니다."

"운명에 거역해 봐야 아무 소용없는 일이지."

이스터필드 경은 아무렇지도 않게 말했다.

하지만, 그것이 정말로 거역할 수 없는 운명이었을까? 나중에 루크는 지내기 편한 재킷으로 갈아입으면서 속으로 자문해 보았다. 패혈증이라? 그럴 수도 있겠지. 너무 갑작스런 죽음이긴 했지만.

그러나 그의 뇌리에서는 브리짓 콘웨이가 예사롭게 내뱉은 그 말이 떠나지 않고 맴돌았다.

"지난해에는 참 많은 사람이 죽었어요."

루크는 상당히 고심해서 실행 계획을 짜냈고, 다음 날 아침식사를 하러 내려갔을 때는 더 이상 애쓰지 않고도 그의 계획을 실행에 옮길 준비가 되어 있었다. 정원을 돌본다던 숙모님은 보이지 않았지만 이스터필드 경은 완두콩 요리와 커피를 들고 있었고, 막 식사를 끝낸 브리짓 콘웨이는 밖을 내다보며 창가에 서 있었다. 아침 인사를 주고받은 뒤에 루크는 달걀과 베이컨이 듬뿍 담긴 접시 앞에 자리를 잡고 앉아 자기 계획을 실행에 옮기기 시작했다.

"일을 시작해야겠는데……." 그가 말문을 열었다.

"어려운 것은 사람들이 이야기를 꺼낼 수 있도록 유도하는 것이지요. 아실 테지만 내가 말하는 사람들이란 당신이나, 어……, 브리짓 같은 사람을 말하는 것이 아니거든요."

그는 다행히도 '콘웨이 양'이라고 해서는 안 된다는 걸 잊지 않고 있었다.

"그야 물론 당신들도 아는 사실을 내게 이야기해줄 수도 있을 겁니다. 하지만 문제는, 내가 알고 싶은 것들, 즉 지방 미신에 대해 이야기는 해줄 수가 없을 거라는 사실이죠. 시골구석에서는 아직도 많은 미신이 지켜지고 있다는 사실은 아마도 선뜻 믿기지 않을 겁니다. 데번셔의 한 마을에서는 교구 목사가 교회를 이끌어 나가려고 고대의 화강암 멘히르(거석을 땅에 세운 유사 이전의 유적, 선돌)들을 치워 버려야만 했는데, 그것은 사람들이 누군가가 사망하면 그때마다 옛날부터 전해 내려온 미신적인 의식에 따라 그 멘히르 주위를 돌아야 한다고 주장했기 때문이죠. 옛날 미개인들의 미신적인 의식들이 아직도 남아 있다는 것은 정말 보기 드문 일이 아닐 수 없습니다."

그다음부터는 언젠가 우연히 루크가 읽었던 책의 내용을 거의 글자 하나 바꾸지 않고 그대로 옮기는 것에 불과했다.

"죽음과 관련된 사실들을 알아보는 것이야말로 가장 접근하기 쉬운 방법이라 할 수 있지요." 그는 끝을 맺었다.

"장례 의식 같은 풍습들은 다른 어떤 풍습보다도 오랫동안 보존되고 지켜지는 법입니다. 게다가 무슨 이유에서인지는 몰라도, 대개 시골 사람들은 죽음에 대해서 이야기하기를 상당히 즐기는 편이지요."

"사람들은 장례식을 즐긴답니다."

브리짓은 창밖을 내다보다가 루크의 말에 동조했다.

"나는 바로 그 점을 내 작업의 출발점으로 잡아야겠다고 생각했습니다."

루크가 계속 말을 이었다.

"최근에 이 교구에서 사망한 사람들의 명단을 입수해서 그들의 친척들을 찾아가 이야기를 나누어 볼 수 있다면 어렵지 않게 내가 하는 작업에 커다란 힌트를 얻게 될 것 같습니다만, 과연 누구한테서 그런 정보를 얻을 수 있을까요?"

"웨이크 목사라면 아마도 그 문제에 대해서 몹시 흥미를 느낄 거예요."

브리짓이 말했다.

"그분은 나이도 많고, 골동품이라든가 고대 연구에 대해서도 상당히 식견이 있는 분이거든요. 그분이라면 오빠한테 많은 정보를 줄 수 있을 거예요."

루크는 그 목사가 자신의 허울 좋은 가면을 벗겨 낼 만큼 고대 연구에 정통한 사람이 아니기를 빌면서 잠시 침묵을 지켰다. 그러고는 큰소리로 힘차게 말했다.

"그게 좋겠군. 그렇다면 너는 지난해 어떤 사람들이 죽었는지 전혀 아는 바가 없는 거니?"

브리짓이 나지막한 목소리로 말했다.

"잠깐만요, 카터가 있었죠. 그는 강가에 있는 작고 지저분한 선술집, 세븐스타의 주인이었어요."

"술주정뱅이에다가 난봉꾼이었지." 이스터필드 경이 말했다.

"사회주의자에다 말버릇도 아주 고약한 짐승 같은 작자여서, 차라리 없어져서 다행이라고 할 수 있지요."

"그리고 세탁부인 로즈 부인도 죽었어요." 브리짓이 계속 말을 이었다.

"또, 꼬마 토미 피어스 그 애는 아주 못돼먹은 꼬마였답니다. 오, 그리고 에이미라는 하녀가 있었는데, 그녀의 성이 뭐였더라?"

그녀의 이름을 말할 때 브리짓의 목소리가 약간 변했다.

"에이미?"

"에이미 깁스예요. 이 집에서 하녀로 일하다가 나중에 웨인플리트 양 댁으로 갔어요. 그녀가 죽었을 때는 검시가 있었답니다."

"어째서……?"

"그 바보 같은 처녀가 잘 모르고 약병들을 뒤섞어 놓았던 겁니다."

이스터필드 경이 말했다.

"그녀가 감기약으로 알고 복용한 것이 싫은 모자용 물감이었던 거예요."

브리짓이 설명해 주었다. 루크는 눈썹을 치켜세웠다.

"그것참, 안된 일이로군." 그가 말했다.

브리짓이 말했다.

"그녀가 그렇게 한 데는 어떤 다른 목적이 있었다는 의견도 있었어요. 애인과 다투었을 거라는 거죠."

그녀는 천천히, 거의 마지못해 억지로 하는 듯한 투로 이야기했다.

루크는 직감적으로 분위기를 무섭게 만드는 듯한 뭔가 말 못하는 유령이라도 방 안에 있는 듯한 기분을 느꼈다. 그는 속으로 생각했다.

'에이미 깁스? 그래 맞아, 풀트튼 양이 언급한 이름 중 하나였어.'

그녀는 또한 분명히 좋지 못한 감정을 가지던 그 토미, 뭐라고 하던 꼬마에 대해서도 언급했는데, 이 점은 브리짓도 마찬가지였던 것 같다. 그리고 카터란 사람의 이름도 거론되었다는 것도 거의 확신할 수 있었다.

그는 기운을 차리며 밝은 목소리로 말했다.

"이런 이야기를 하다 보니 어쩐지 으스스한 느낌, 마치 내가 음산한 묘지들만 골라 찾아다니는 것 같은 기분이 드는군. 결혼 풍습 역시 흥미있는 것이기는 하지만, 사람들을 자연스럽게 대화 속으로 끌어들이기는 좀 어렵거든요."

"나도 그건 그럴 거라고 생각해요."

브리짓이 살짝 입술을 삐쭉하면서 말했다.

"누군가에 대해서 앙심을 품는다거나, 아니면 참견하려 드는 것도 역시 흥미있는 문제이지."

루크가 짐짓 열중해 있는 체하면서 계속 말을 이었다.

"이곳처럼 유서 깊은 지방에서는 그런 일들을 종종 겪으실 겁니다. 혹시 그와 같은 소문들에 대해 아시는 게 없습니까?"

이스터필드 경은 천천히 고개를 저었다.

브리짓 콘웨이가 말했다.

"우린 그와 같은 좋지 못한 뒷이야기들을 들을 만한 신분이 되지 못해요."

루크는 그녀의 말이 끝나기가 무섭게 바로 말을 이었다.

"물론 내가 원하는 것을 얻으려면 하류 계층의 사람들 속으로 파고들어야겠지. 우선 교구 목사의 사택으로 가서 내가 과연 무엇을 얻어낼 수 있는지 알아봐야겠어. 그러고 나서, 아마도 그곳을, '세븐 스타스'라고 했던가, 방문해야겠지. 그런데 그 버르장머리 없는 꼬마에 대해서는 어떻게 알아본다지? 그 애에게는 슬퍼해줄 만한 가족들이 없었나?"

"피어스 부인이 시내에서 담뱃가게를 하고 있어요."

"그것참 잘된 일이로군. 그렇다면 가는 길에 한번 들러봐야겠군."

루크가 말했다. 가볍고 우아한 몸짓으로 브리짓이 창가에서 그에게로 다가왔다.

"내 생각에는 오빠만 괜찮다면 나도 함께 갔으면 해요." 그녀가 말했다.

"그야 물론이지."

그는 가능하다면 진심으로 원하고 있다는 듯이 느끼도록 말했지만, 혹시 그 순간 자기가 놀란 것을 그녀가 눈치채지는 않았을까 다소 걱정이 되었다. 한편, 그쪽에서 보면 그다지 세심한 주의를 기울이지 않고도 나이가 지긋한 고풍의 노 목사를 다루는 데는 그에게 보다 유리하게 작용할 수 있을 것도 같았다.

'맞아, 그편이 내 목적을 달성하는 데 훨씬 도움이 될지도 모르지.'

그는 속으로 생각했다.

브리짓이 말했다.

"잠시 기다려 주시겠어요, 루크. 신발 좀 갈아 신고 올 동안 말이에요."

루크라는 세례명이 그녀의 입에서 그토록 자연스럽게 나온다는 것은 그에게 있어서 뭔가 표현할 수 없는 따뜻한 감정을 느끼게 했다.

하지만, 그밖에 달리 그녀가 그를 부를 만한 다른 호칭이 있을 수 있을까? 사촌 간으로 꾸미기로 한 지미의 계획에 그녀가 동참한 이상, 그녀가 그를 피츠윌리엄 씨라고 부를 수는 없는 노릇이었다. 갑자기 그는 불안한 생각이 들었다.

'대체 이 여자는 무슨 생각을 하고 있을까? 과연 어떤 마음을 품은 걸까?'

그가 그녀에 대해서 품고 있었던 생각이라면 고작 돈 많은 사내의 허영심을 채워주기에 족할, 약삭빠른 블론드의 예쁘장한 여비서일 거라는 정도였다. 그런데 그녀는 강한 개성과 우수한 두뇌, 냉철하고 예리한 통찰력을 지닌 여인으로, 도대체 그녀가 자기를 어떻게 생각하는지 전혀 감도 잡을 수가 없던 것이다. 그는 다시 생각했다.

'이 여인을 속인다는 것은 결코 쉬운 일이 아니구먼.'

"자, 이제 준비가 다 되었어요."

어느새인지 그녀는 소리도 없이 그의 곁에 다가와 있었다. 그녀는 모자도 쓰지 않고, 머리에 망사를 덮지도 않았다. 그들이 저택을 나서자, 기괴한 모습의 성채 모퉁이를 휩쓸며 돌아 나온 바람으로 그녀의 긴 머리칼이 그녀의 얼굴을 할퀴며 흩날리어 갑자기 음산한 분위기를 자아내었다.

뒤에 있는 총안(몸을 숨긴 채로 총을 쏘기 위하여 성벽, 보루(堡壘) 따위에 뚫어 놓은 구멍)들을 돌아다보며 루크는 참을 수 없다는 듯이 말했다.

"정말 끔찍한 모습이로군! 그래, 아무도 그를 말릴 수가 없었단 말입니까?"

브리짓이 대답했다.

"영국인의 집은 곧 그의 성채와도 같다고 하는데, 그건 바로 고든의 경우를 두고 하는 말이에요! 그는 오히려 그것을 자랑으로 삼고 있답니다."

그다지 고상한 질문이 못 된다는 것을 잘 알고 있으면서도 루크는 그만 그 충동을 억누를 수가 없었다.

"원래는 당신 집이 아니었습니까? 당신도 그 집이 현재의 모습으로 개조된 것을 자랑거리로 여기시는지요?"

그러자 그녀는 그를 침착하면서도 다소 재미있어하는 듯한 표정을 지으며 쳐다보았다.

"나도 당신이 생각하는 드라마틱한 환상을 깨뜨리고 싶지는 않답니다."

그녀는 거의 속삭이듯이 말했다.

"하지만, 나는 겨우 두 살 반밖에 안 되었을 때 여길 떠나서 옛집에 대한 향수 같은 것은 없다고 할 수 있어요. 이곳에 대한 기억조차도 없는걸요."

"당신 말이 맞습니다. 내가 쓸데없는 소리를 한 것 같군요." 루크가 말했다.

그녀는 웃음을 터뜨렸다.

"사실이지 로맨틱한 일이란 그리 흔치가 않아요." 그녀가 말했다.

그러나 뜻밖에도 그녀의 목소리에는 지독한 조소가 담겨 있어서 그를 놀라게 했다.

그는 구릿빛으로 검게 그은 얼굴이 더욱 붉게 물드는 듯한 수치감을 느꼈지만, 갑자기 그녀의 조소가 자기를 향한 게 아니었다는 걸 깨달았다. 그것은 그녀 자신에 대한 자조였던 것이다. 루크는 재빨리 눈치채고는 가만히 침묵을 지켰다. 하지만, 그는 브리짓 콘웨이라는 여인에 대해서 더욱 궁금한 마음을 품게 되었다.

5분 뒤 그들은 교회 옆에 있는 목사관에 도착했다. 목사는 자기 서재에 있었다. 앨프리드 웨이크는 등이 구부정한 작은 노인으로, 다소 멍청해 보이기는 하지만 그래도 온화한 분위기를 풍기는 아주 부드러운 푸른 눈빛을 하고 있었다. 그는 그들을 반갑게 맞이했지만, 그들의 방문이 다소 뜻밖이라는 듯한 표정이었다.

"피츠윌리엄 씨는 저희와 함께 애쉬 저택에 머물고 있어요. 지금 쓰고 있는 책에 대해 목사님께 도움을 받고 싶다는군요." 브리짓이 말했다.

웨이크 목사가 그 부드러운 눈길로 캐묻듯이 그를 쳐다보자(어딘지 모르게), 루크는 서둘러 설명했다. 그는 이중으로 불안함을 느꼈다.

우선은 웨이크 목사가 단순히 아무렇게나 이 책 저 책에서 주워들은 것 이상으로 민속이나 미신적인 의식과 풍습에 대해 깊은 지식을 가지고 있음이 틀림없을 거라는 사실 때문이었고, 다음은 브리짓 콘웨이가 줄곧 옆에 서서 이야기를 듣고 있다는 것 때문이었다.

웨이크 목사가 특별히 관심을 두는 분야는 로마 유적에 대한 것이라는 사실을 알게 된 것은 루크에게 있어서 정말 다행스러운 일이었다. 그는 중세의 민속이나 마법 등에 대해서는 조금밖에 알지 못한다고 했다. 그는 위치우드의 역사를 알 수 있는 어떤 유적들에 대해서 언급하면서, 특히 악마의 연회가 열렸던 곳으로 알려진 한 언덕마루에 가볼 것을 루크에게 권하고는 자신이 더 이상 도움이 되어 줄 수 없는 것이 정말 유감스럽다고 했다.

마음속으로 안도의 한숨을 내쉰 루크는 짐짓 실망했다는 듯한 표정을 짓고는, 장례식 등 죽음의 의식과 관련된 미신에 대해 물어보기 시작했다.

웨이크 목사는 점잖게 고개를 저었다.

"글쎄요, 그런 문제들에 대해서는 나도 아는 바가 별로 없다고 해야겠군요. 내 교구민들은 뭔가 이교도적인 일들이라면 될 수 있는 대로 내 귀에 들어오지 않도록 조심을 할 테니까 말입니다."

"그야 물론 그렇겠지요."

"하지만, 그렇다고 해도 아직은 여전히 많은 미신이 지켜지고 있다는 것은 더 말할 것도 없겠지요. 이런 시골 마을은 시대에 많이 뒤떨어져 있기 마련이니까요."

루크는 대담하게 화제를 몰고 갔다.

"나는 콘웨이 양에게 그녀가 기억하는 최근에 사망한 사람들에 대해서 물어보았습니다. 거기에서 뭔가 얻을 수 있지 않을까 생각했던 것이지요. 목사님께서 무슨 명단 같은 거라도 주실 수 있다면 거기에서 유사점들을 찾아낼 수 있지 않을까 합니다만."

"예, 그것도 한 가지 방법이 될 수 있겠군요. 그 일에 대해서는 우리 종지기 질레스가 당신을 도와줄 수 있을 겁니다. 착한 사람인데, 가엾게도 귀가 좀 먹었답니다. 아, 돌이켜보면 참으로 많은, 변덕스러운 봄에서부터 추운 겨울에 이르기까지, 정말 많은 일이 일어났죠. 마치 액운의 한 해가 시난 듯싶군요."

"때론 그런 액운의 시기는 특정한 사람의 출현에 기인하는 일도 있지요."

루크가 말했다.

"그렇습니다. 요나(구약성서에 나오는 인물)의 이야기 같은 것이죠. 하지만, 내 생각에는 어떤 낯선 사람들이 이곳에 나타난 적은 없는 것 같은데……. 다시 말해, 어떤 식으로든 특별나게 보인 사람은 전혀 없었던 것 같다는 말입니다. 그리고 그런 일과 관계가 있으리라 여겨질 어떤 소문도 전혀 듣지 못했거든요. 아마도 내가 듣지 못했을 수도 있겠지만요. 자, 이보시오, 우리는 최근에 험블비 박사와 가엾은 래비니아 풀러튼을 잃었소. 좋은 사람이었죠, 험블비 박사는."

그때 브리짓이 끼어들었다.

"피츠윌리엄 씨는 그분의 친구들을 알고 있답니다."

"그게 정말입니까? 정말 안됐군요. 그의 죽음은 커다란 슬픔이었을 게요. 친구가 많았던 사람이니 말입니다."

"하지만 적들도 몇몇 있었을 테죠." 루크가 말했다.

"내 친구들이 그런 이야기를 해주더군요." 그는 서둘러 덧붙였다.

웨이크 목사가 한숨을 내쉬었다.

"자기 생각을 솔직하게 털어놓는 사람을 보고 그가 별로 약게 처신하지 못했다고 할 수 있을까요?" 그는 고개를 저었다.

"물론 그런 처신이 사람들을 노하게 할 수도 있지요. 하지만, 그는 불쌍한 사람들에게서는 대단히 존경을 받았답니다."

루크가 조심스럽게 말했다.

"아실 테지만, 세상을 살아가며 부딪치게 되는 가장 불유쾌한 사실 중 하나는, 누군가의 죽음은 항상 다른 어느 누군가에게 이득을 가져다준다는 사실일 겁니다―물론 내 말은 순전히 경제적인 이득만을 말하는 건 아니지요."

그 목사는 신중하게 고개를 끄덕였다.

"무슨 말씀을 하시는 건지 알겠소. 우리는 누군가의 죽음이 모든 사람들에게 커다란 슬픔을 주었다는 등의 사망기사를 신문에서 자주 접하지만, 그러나 그것이 정말로 사실일 경우는 극히 드물지 않을까 합니다. 험블비 박사의 경우에도, 그의 죽음으로 동업자인 토머스 박사는 자신의 지위가 전보다 훨씬 공고해졌음을 인식하리라는 것은 의심할 나위도 없는 사실일 겁니다."

"어떤 면에서 말입니까?"

"내 생각에 토머스는 매우 유능한 의사요. 물론 험블비 박사도 항상 그렇게 말했지만, 그러나 그는 이곳에서 그다지 명망을 얻지 못했지요. 그는 그러니까 험블비 박사의 그늘에 묻혀 있었다고나 할까요. 험블비 박사가 매우 개성이 강하고 영향력이 있었던 사람인데 반해, 토머스는 다소 개성이 없었던 겁니다. 그는 자기 환자들에게 깊은 인상을 주지 못했던 거지요. 그도 바로 그 점에 대해 고민했고, 그것은 그를 더욱 악화, 더욱 소심하고 말이 없게 만들었던 거라고 생각합니다. 일찍이 내가 주목했던 한 가지 놀라운 사실이 있습니다.

말수가 적고 침착하면 할수록 더욱 개성이 뚜렷하게 보일 수 있다는 거죠. 그는 새로운 자신감을 느끼고 있을 겁니다. 그와 험블비는 늘 의견 충돌을 일으켰을 거라고 생각해요. 토머스는 항상 새로운 치료법을 주장하지만, 험블비 박사는 전통적인 방법을 고집하는 편이었거든요. 그들 사이에는 여러 번 충돌이 있었답니다. 하지만, 이런 이야기를 함부로 할 수야 없지요."

브리짓이 부드럽지만 똑똑한 어조로 말했다.

"하지만, 피츠윌리엄 씨는 목사님에게 그런 뒷이야기들을 듣고 싶어 할 텐데요."

루크는 당황한 시선으로 재빨리 그녀를 돌아보았다.

웨이크 목사는 의심스럽다는 듯이 고개를 젓고는 애원조로 가볍게 미소를 지어 보였다.

"사람들이 지나치게 자기 이웃의 일에 관심을 기울이려고 드는 건 아닌지 모르겠군요. 로즈 험블비는 매우 아리따운 아가씨예요. 제프리 토머스가 그녀에게 열중하게 된 것도 무리가 아닙니다. 그리고 물론 험블비의 생각도 충분히 이해가 가는 것이라오. 그녀가 아직 어리고, 또한 이곳을 벗어난 적이 없어서 다른 남자들과 사귀어 볼 기회가 그리 많지 않았다는 거죠."

"그가 반대했습니까?" 루크가 물었다.

"그야 물론이지요. 그들이 너무 젊다는 것이었습니다. 물론 젊은 사람들은 자기들이 그렇게 취급되는 것에 화를 내지요. 그 일로 해서 그들 두 사람 사이에는 몹시 냉랭한 분위기가 형성되었던 겁니다. 하지만, 토머스 박사는 자기 동업자의 예기치 못한 죽음에 대해 깊은 비탄을 느꼈음이 틀림없을 거라는 사실은 짚고 넘어가야겠군요."

"패혈증이었다고 이스터필드 경이 알려 주었습니다만."

"그렇습니다. 작은 상처 같은 것이 병균에 감염되어 도진 것이었지요. 의사들이란 직업상 매우 심각한 위험을 감수하지 않으면 안 되는 법입니다, 피츠윌리엄 씨."

"맞는 말씀입니다." 루크가 말했다.

웨이크 목사는 갑자기 흠칫했다.

"우리 대화가 본론에서 너무 빗나가 있었던 것 같군요." 그가 말했다.

"이거 혹시 남의 말이나 하길 좋아하는 주책없는 늙은이라고 하실지 모르겠소이다. 그러니까 우리는 현재도 행해지는 장례식들과 최근에 사망한 사람들에 대해 이야기하고 있었죠? 래비니아 풀러튼—가장 헌신적으로 교회 일을 보살펴주던 사람 중 하나였는데. 그리고 또 에이미 깁스라는 불쌍한 처녀가 있었지요. 혹시 그쪽에서 당신이 원하는 것을 얻을 수 있지 않을까 합니다만, 피츠윌리엄 씨. 그녀의 죽음에는 다소 의심스러운 데가 있어요—물론 자살이었을 수도 있지만. 그런 종류의 죽음과 관계가 있는 상당히 섬뜩한 의식들이 있답니다. 아주머니가 하나 있는데, 그다지 훌륭한 여성이라고는 할 수 없고, 또한 자기 조카딸에게도 별로 영향력이 없었지만, 대단한 독설가라고 할 수 있지요."

"상당히 귀중한 정보로군요." 루크가 말했다.

"다음에는 토미 피어스였지요. 그는 성가대원이었는데, 아름다운 목소리를 가진—정말 천사처럼 맑고 고운 목소리를 갖긴 했지만, 사실 천사같이 착한 소년은 아니었다고 생각합니다. 결국 우리는 그 아이를 쫓아낼 수밖에 없었지요. 왜냐하면 그 아이는 다른 소년들까지 나쁜 물이 들게 했거든요. 불쌍한 것. 그 아이는 어디에서도 그다지 환영받지 못했던 것 같습니다. 우리는 그 애를 전보 배달원으로 우체국에 취직시켜 주었지만 해고당했지요. 그러고는 한동안 애버트 씨의 사무실에서 일했는데, 거기서도 얼마 안 가서 쫓겨났답니다. 무슨 기밀 서류 같은 것을 몰래 빼내었던 모양이에요. 그다음에는 애쉬 저택에 있었는데—맞지요, 콘웨이 양? 장원지기로 말입니다. 그런데 이스터필드 경

역시 그 무례하고 건방진 태도 때문에 그를 쫓아낼 수밖에 없었지요.

그의 어머니가 정말 안되었어요—무척 정숙하고 성실한 여인이었는데. 웨인플리트 양은 정말 친절하게도 그에게 유리창 닦는 일을 시켰지요. 이스터필드 경은 처음엔 반대했지만 결국 굽히고 말았는데, 실은 그가 뜻을 굽힌 것이 비극이었답니다."

"어째서죠?"

"왜냐하면 그 아이가 그 일로 해서 목숨을 잃게 되었거든요. 그는 도서관의 낡은 홀에 있는 꼭대기 창문을 닦고 있었는데, 창문 난간에서 어리석게도 댄스를 추는 흉내를 내다가 균형을 잃었는지, 갑자기 현기증을 느꼈는지 그만 떨어지고 만 겁니다. 정말 끔찍한 일이었지요. 끝내 그는 의식을 회복하지 못하고 병원에 실려 간 지 몇 시간 만에 세상을 떠나게 된 거요."

"그가 창문에서 떨어지는 것을 본 사람이 있었습니까?"

루크가 흥미를 갖고 물었다.

"아니오. 그가 있었던 곳은 정원 쪽이었지, 현관 쪽이 아니었거든요. 그는 발견되기까지 한 반 시간 정도 그대로 방치되어 있었던 것 같다고 합디다."

"누가 그를 발견했습니까?"

"풀러튼 양이었지요. 얼마 전엔가 교통사고를 당해 불행히도 목숨을 잃은 가엾은 노처녀 말입니다. 가엾게도 그녀는 혼비백산했던 거죠. 정말 끔찍한 경험이었을 겁니다! 그녀는 꽃가지를 몇 개 꺾어가려고 들렀던 것인데, 거기에서 그 아이가 정신을 잃고 누워 있는 걸 발견한 겁니다."

"정말 끔찍한 충격을 받았겠군요." 루크가 조심스럽게 말했다.

'엄청난 충격을 받았을 거요, 당신이 상상하는 것보다 더 크게.'

그는 마음속으로 덧붙였다.

"그는 정말 못돼먹은 난폭한 아이였어요." 브리짓이 말했다.

"그가 어떤 아이였는지 잘 아실 거예요, 웨이크 목사님. 언제나 고양이들과 길 잃은 강아지들을 괴롭히고 다른 꼬마들을 못살게 굴었거든요."

"알았어요, 나도 잘 알고 있어요."

웨이크 목사는 서글프게 고개를 저었다.

"하지만, 이봐요, 콘웨이 양, 잔인성은 나이가 들면 저절로 쇠퇴하는 상상력 같은 것처럼, 타고나는 천성이 아닐 수도 있어요. 이를테면 만일 어린아이 수준의 정신연령을 가진 어른도 있을 수 있다는 것을 생각해 보면, 광적인 교활함이나 잔인성은 그 자신도 전혀 깨닫지 못하는 것일지도 모른다는 사실을 이해할 수 있을 거요. 어딘가 발육이 제대로 되지 못한 것이야말로 잔인성과 분별없는 포악함의 주된 원인일 거라고 나는 확신해요. 어른답지 못한 것들을 버려야……."

그는 고개를 설레설레 저으면서 양손을 펼쳤다.

브리짓은 갑자기 가라앉은 목소리로 나직하게 말했다.

"예, 목사님 말씀이 옳아요. 무슨 말씀을 하시는 건지 저도 잘 알아요. 어린아이인 채로 남아 있는 어른이야말로 세상에서 가장 위험한 존재죠."

루크 피츠윌리엄은 도대체 브리짓이라는 여인이 무슨 생각을 하는 건지 더더욱 궁금해지기만 할 따름이었다.

웨이크 목사는 중얼거리듯 몇 명의 이름을 더 입에 올렸다.

"가만있자, 가엾은 로즈 부인, 그리고 벨 노인, 또 엘킨스의 어린 자식, 그리고 해리 카터가 있었지. 그들은 모두 내 교인들이 아니라오. 로즈 부인과 카터는 국교(성공회)도가 아니었지요. 그리고 마지막으로 3월의 차가운 날씨가 그 불쌍한 벤 스탠버리 노인을 데려갔답니다. 그때 그는 아흔두 살이었지요."

"에이미 깁스는 4월에 죽었어요." 브리짓이 말했다.

"맞아요, 가엾은 처녀. 슬프게도 그런 실수를 범하다니."

루크는 브리짓이 자기를 보는지 알아보려고 고개를 쳐들었다. 그러자 그녀는 재빨리 눈을 내리깔았다.

그는 좀 못마땅한 기분을 느끼며 속으로 뇌까렸다.

'여기에는 내가 미처 깨닫지 못한 무언가가 있어. 에이미 깁스라는 아가씨에겐 무언가가 있는 게 틀림없어.'

그들이 목사관에서 나왔을 때 그가 물었다.

"에이미 깁스라는 아가씨는 대체 어떤 사람이었고, 또 어떻게 된 겁니까?"

브리짓은 잠시 대답을 하지 않았다. 이윽고 그녀가 입을 열었는데—루크는 그녀의 목소리가 어딘지 자연스럽지 못하다는 것을 느낄 수 있었다.

"에이미는 내가 이제껏 보아온 중에 가장 형편없는 하녀였어요."

"그게 그녀가 쫓겨난 이유였나요?"

"아니에요. 그녀는 밤늦게까지 젊은 사내와 밖에서 어울려 지냈어요. 고든은 매우 도덕적이고, 또한 보수적인 생각을 했답니다. 그에 의하면, 밤 11시가 지나기 전까지는 탈선이 일어나지 않지만, 그 이후가 되면 급속도로 탈선이 저질러진다는 거예요. 그래서 그는 그 하녀에게 주의를 주었는데, 그녀가 건방지게 대들었던 거죠."

루크가 물었다.

"그녀는 모자용 물감을 감기약으로 잘못 알고 마셨다면서요?"

"그래요."

"정말 어리석은 짓이구면." 루크가 짐짓 떠보았다.

"아주 어리석은 짓이었죠."

"정말 그렇게 어리석은 여자였습니까?"

"아뇨, 아주 영리한 처녀였어요."

루크는 슬쩍 그녀의 표정을 훔쳐보았다. 그는 도무지 종잡을 수가 없었다. 그녀의 대답은 일말의 감정이나 흥미도 보이지 않는 단조로운 어조로 나오는 것이었다. 하지만, 그러한 그녀의 대답 뒤에는 말로는 표현할 수 없는 무엇인가가 있다는 것을 그는 분명히 느낄 수 있었다.

바로 그때 브리짓은 자기에게 모자를 벗고는 다정하고 쾌활한 태도로 인사를 하는 키가 큰 남자에게 답례하려고 걸음을 멈추었다. 몇 마디 인사가 오가고 브리짓은 루크를 소개했다.

"이쪽은 사촌인 피츠윌리엄 씨예요. 지금 애쉬 저택에 머무르고 계세요. 책을 쓰려고 여기 내려왔답니다. 이분은 애버트 씨예요."

루크는 관심을 두고 애버트를 살펴보았다. 이 사람이 바로 토미 피어스를 고용했다던 변호사였다.

애버트는 전형적인 변호사다운 점—즉, 마르거나 각진 얼굴, 엄한 입매 등이 전혀 없었다. 그는 혈색이 좋은 우람한 체구의 사나이로 트위드 천 양복 차림의 상냥한 태도와 쾌활한 분위기를 풍기고 있었다. 그의 눈가에는 잔주름이 있었고, 그 눈은 처음에 언뜻 보기보다는 훨씬 예리하다는 것을 알 수 있었다.

"책을 쓰신다고요? 소설 말입니까?"

"민속에 대한 책이랍니다." 브리짓이 말했다.

"그렇다면 당신은 제대로 찾아오셨습니다." 변호사가 말했다.

"이곳은 정말 놀라울 정도로 흥미있는 지방이거든요."

"그래서 내가 당연히 이곳에 오게 된 것이죠. 당신은 내게 큰 도움을 주실 수 있을 것 같군요. 기이한 옛 사건이라든가 흥미있는 풍습들에 대해 잘 알고 계실 테니까요."

"글쎄요, 그런 것들에 대해서는 전 잘 모르겠군요. 글쎄요……, 그게."

"혹시 흉가에 대해 알고 계신 것이 없습니까?"

"아니오, 그런 방면에 대해서는 전혀 아는 바가 없군요."

"이를테면 어린아이와 관계가 있는 미신이 있답니다." 루크가 말했다.

"남자아이가 죽으면—즉, 변사일 경우에 말입니다. 그 아이가 유령이 되어 나타난다는 거지요. 여자아이가 아니고—그것이 재미있는 사실이죠."

"정말이지 그건 처음 들어보는 이야기로군요." 애버트가 말했다.

그 이야기는 루크가 방금 지어낸 것이니 그다지 놀랄 것도 못 되었다.

"이곳에도 어떤 소년이 있었다고 하던데—토미 뭐라고 했는데, 언젠가 선생 사무실에서 일했다고 들었습니다만. 내게는 사람들이 그가 유령이 되어 출몰한다고 생각할 만한 충분한 근거가 있답니다."

애버트의 혈색 좋은 얼굴이 좀더 붉어졌다.

"토미 피어스……? 그 건방지고 못돼먹은 불한당 같은 놈 말이오? 누가 그의 유령을 보았답니까? 그게 대체 무슨 소리요?"

"그런 일들은 알아내기가 그리 쉽지 않은 일이지요." 루크가 말했다.

"사람들이 좀처럼 입을 열려고 하지 않거든요. 말하자면 그건 일종의 소문 같은 것이라서."

"예, 나도 이해가 갈 것 같군요."

루크는 교묘하게 화제를 돌렸다.

"정말 만나봐야 할 사람은 바로 이 지방 의사라고 할 수 있습니다. 자기들의 치료가 효과가 없을 때는 그들도 운에 맡기게 되거든요. 온갖 종류의 미신과 마력, 이를테면 사랑의 묘약이라든가 뭐 그런 것들 말입니다."

"그렇다면 필히 토머스에게 가봐야겠군요. 좋은 사람입니다. 토머스는 완전히 현대적인 사고방식을 가진 사람이지요. 험블비 노인과는 전혀 다르답니다."

"상당히 보수적인 사람이었던 모양이군요?"

"어찌해 볼 도리가 없는 고집쟁이였소. 도무지 말로는 형언할 수 없는 고집불통 말이오."

"당신들은 상수도 계획 때문에 다투기도 했잖아요?" 브리짓이 말했다.

다시 애버트의 얼굴이 붉게 달아올랐다.

"험블비 박사는 진보적인 일이라면 덮어놓고 절대 반대를 했던 거요."

그가 날카로운 어조로 말했다.

"그는 그 계획에 대해서는 완전히 요지부동이었지요. 말투 역시 거칠기 짝이 없었고, 솔직하게 말해서 그가 내게 한 말들은 명예 훼손죄로 기소하기에도 충분할 정도였습니다."

브리짓이 속삭이듯 말했다.

"하지만, 변호사들이란 결코 자신의 문제로 법정에 서는 법이 없죠, 그렇지 않은가요? 당신네는 좀더 좋은 해결 방법을 알기 때문이죠."

애버트는 그만 크게 웃음을 터뜨렸다. 그는 화를 쉽게 내는 것만큼이나 쉽게 누그러뜨렸다.

"정말 훌륭합니다, 콘웨이 양! 당신 말도 가히 틀렸다고는 할 수 없어요. 그런 것은 우리가 법에 대해 지나칠 정도로 잘 알고 있기 때문이죠, 하하하. 아무튼 나도 먹고살아야 하니까 말이오. 언제든지 내 도움이 필요하다고 생각되면 연락해 주시기 바랍니다, 어……."

"피츠윌리엄입니다." 루크가 말했다.

"고맙습니다. 그렇게 하도록 하죠."

다시 걸음을 옮기면서 브리짓이 말했다.

"에이미 깁스에 대해 좀더 알고 싶으시다면, 내가 당신에게 도움이 될 만한 사람을 알려 드릴 수 있어요."

"그게 누굽니까?"

"웨인플리트 양이에요. 에이미는 장원을 떠난 뒤에 그녀에게로 갔어요. 그녀는 에이미가 죽었을 때 거기 있었죠."

"오, 그래요?" 그에게는 다소 뜻밖이었다.

"아무튼 정말 고맙소."

"그녀는 바로 저기에 살고 있어요."

그들은 빈터를 가로질러 건너가고 있었다. 그녀는 고갯짓으로 이전에 루크가 주목했었던 커다란 조지아풍 저택 쪽을 가리켰다.

브리짓이 말했다.

"저건 위치 홀이에요. 지금은 도서관으로 쓰이고 있죠."

그 홀과 이웃한 곳에 작은 집이 있었는데, 웅장한 홀에 비해서 그 집은 마치 인형의 집처럼 보였다. 눈처럼 하얀 계단과 놋쇠 문고리, 그리고 희고 정갈한 창문 커튼이 보였다. 브리짓은 대문을 열고 계단 쪽으로 걸어갔다.

그때 현관이 열리며 나이가 지긋한 부인이 나왔다. 전형적인 시골 노처녀라고 루크는 생각했다. 그녀의 가냘픈 몸매는 트위드 코트와 스커트로 가려져 있었고, 연수정 브로치가 달린 회색 실크 블라우스를 받쳐 입고 있었다. 그녀의 균형 잡힌 머리 위에는 수수한 펠트 모자가 단정하게 얹혀 있었다. 표정은 밝았으며, 코안경을 쓴 그녀의 눈동자는 아주 지적으로 보였다.

"안녕하세요, 웨인플리트 양. 이쪽은 피츠윌리엄 씨예요." 브리짓이 말했다.

루크는 고개를 숙여 보였다.

"이분은 책을 쓰고 계세요. 죽음과 시골 풍습, 그리고 으스스한 의식들에 대한 책이죠."

"오, 정말 흥미있는 책이겠군."

웨인플리트 양이 말했다. 그러고는 그에게 다정한 눈길을 보냈다.

그는 문득 풀러튼 양의 모습이 떠오르고 있음을 느꼈다.

"내 생각에는……."

브리짓이 다시 입을 열었는데—그는 이번에도 그녀의 목소리가 이상하게 단조로운 어조를 띠고 있다는 것을 느낄 수 있었다.

"당신이라면 이분에게 에이미에 대해 이야기를 해줄 수 있을 것 같아서요."

"오, 에이미에 대해서? 그렇군, 에이미 깁스에 대해서라."

웨인플리트 양이 말했다.

그는 그녀의 말투 속에는 뭔가 새로운 의미가 담겨 있다는 것을 느낄 수 있었다. 그녀는 조심스럽게 루크를 살펴보는 것 같았다. 그러고는 마치 결심이

서기라도 한 듯 다시 홀 안으로 들어섰다.

"자, 들어들 와요." 그녀가 말했다.

"난 좀 늦게 나가도 되니까. 아니, 괜찮아요."

그녀는 루크의 말을 제지하며 계속 말을 이었다.

"뭐 그다지 중요한 볼일도 없다오. 그냥 쇼핑이나 할까 하고 외출하려던 참이었거든."

아주 우아하게 꾸며진 작은 거실에서는 라벤더 향기가 은은하게 풍기고 있었다. 웨인플리트 양은 손님에게 의자를 권하고는 미안하다는 듯이 말했다.

"나는 담배를 피우면 몸에 해로울 것 같아서 담배를 갖고 있지 않아요. 하지만 피우고 싶으면 피우세요."

루크는 괜찮다고 했지만 브리짓은 재빨리 담배에 불을 붙였다.

팔걸이가 달린 의자에 꼿꼿한 자세를 하고 앉은 웨인플리트 양은 잠시 동안 자신의 손님을 관찰했다. 이윽고 만족했는지 눈을 내리깔고는 말했다.

"에이미, 그 가엾은 것에 대해 알고 싶으시다고요? 정말 너무도 슬픈 일이었어요. 내게 엄청난 슬픔을 안겨다 준 사건이었답니다. 그렇게 어처구니없는 실수를 저지르다니."

"그 자살……, 이라는 사실에 대해 무슨 의문점은 없었습니까?" 루크가 물었다.

웨인플리트 양은 고개를 저었다.

"아니, 아니에요. 나는 그걸 도저히 믿을 수가 없어요. 에이미는 절대로 자살할 만한 애가 아니었거든요."

"그녀는 어떤 아가씨였습니까?" 루크는 짐짓 무뚝뚝한 어조로 물었다.

"그녀에 대한 당신의 의견을 듣고 싶군요."

웨인플리트 양이 말했다.

"글쎄요. 물론 그 아이는 결코 성실한 하녀는 못되었지요. 하지만, 요즈음에는 그저 사람을 데리고 있을 수 있다는 것만으로도 고맙게 여겨야 해요. 그녀는 일을 아무렇게나 대충 해치우고는 언제나 밖으로 뛰쳐나갈 생각만 했어요. 그야 그녀는 젊었고, 요즈음 하녀들은 다 똑같다고 할 수 있지요. 그들은 자기 시간이 자기들 주인의 것이라는 사실을 깨닫지 못하는 것 같아요."

루크가 동감이라는 듯한 표정을 지어 보이자 웨인플리트 양은 하려던 이야기를 계속 이어나갔다.

"그녀는 칭찬받기를 좋아했답니다. 그리고 늘 자기중심으로 생각하는 경향이 있었지요. 엘스워시 씨가 새로 골동품점을 열었는데(그는 정말 신사랍니다), 수채화에 약간 조예가 있어서 그녀의 얼굴을 한두 번 그려주었답니다. 그것이 그녀에게는 오히려 헛된 생각을 하게 했던 모양이에요. 짐 하비라는 청년(그녀의 약혼자였답니다)과 말다툼을 하게 되었던 거죠. 그는 자동차 수리공장에서 일하는데 그녀를 아주 좋아했답니다."

웨인플리트 양은 잠시 멈추었다가 다시 말을 이었다.

"그 끔찍했던 밤을 나는 결코 잊지 못할 거예요. 에이미는 몹시 풀이 죽어 있었어요. 거기에다가 지독한 감기까지 걸렸었죠. 어리석게도 얇은 싸구려 실크 스타킹과 바닥이 얇은 구두를 신고 외출했으니 감기에 걸리기 딱 알맞았던 거지요. 그래서 그녀는 그날 오후 의사에게 진찰을 받으러 갔었던 거예요."

루크가 재빨리 물었다.

"험블비 박사에게 갔었나요, 아니면 토머스 박사에게 갔었나요?"

"토머스 박사한테 갔었죠. 그는 그녀가 돌아갈 때 감기약을 한 병 주었지요. 전혀 해가 없는, 아마도 미리 만들어 둔 약이었을 거예요. 그녀는 일찍 잠자리에 들었는데, 그 끔찍한 소동—목을 쥐어짜는 듯한 비명이 들린 것은……, 그때가 아마 새벽 한 시쯤 되었을까. 나는 자리에서 일어나 그녀의 방으로 뛰어갔는데, 방문이 안으로 잠겨 있었지요. 그녀를 불렀지만 아무런 대답도 없었죠.

그때 요리사도 나와 함께 있었는데, 우리는 도무지 어찌해야 좋을지 몰랐어요. 그러다가 우리는 현관으로 내려갔는데, 다행히도 순찰 중이던 리드 경관을 발견해서 그를 소리쳐 불렀지요. 그는 집 뒤로 돌아가 헛간 지붕을 타고 올라가 열려 있던 그녀의 방 창문으로 들어가서 문을 열었어요. 가엾게도 그건 정말 끔찍했다오. 결국 그녀를 위한 노력도 헛되이 불과 몇 시간 뒤에 그녀는 병원에서 숨을 거두었지요."

"그런데 그것이, 뭐라더라……, 모자용 물감이었다던가요?"

"맞아요. 수산 중독이었다고 하더군요. 그 병은 감기약이 들어 있는 병과 크기가 거의 같았어요. 감기약 병은 그녀의 세면대 위에 있었고, 모자용 물감은 침대 곁에 있었죠. 그녀는 감기 증상이 심해질 때를 대비해서 감기약을 침대 곁에 둔다는 것이 그만 어둠 속에서 병을 잘못 집어든 게 틀림없을 거라는 이론이 검시 재판에서 나왔어요."

웨인플리트 양은 말을 멈추었다. 그녀의 예리해 보이는 눈빛이 그를 주시하자, 그는 그녀의 시선 뒤에 뭔가 특별한 의미가 숨어 있다는 것을 깨달을 수 있었다.

그는 그녀가 할 말을 다하지 못한 것 같다는 느낌이 들었고, 무슨 이유에서인지 그가 그 사실을 깨달아 주길 바라는 것 같다는 기분을 강하게 느꼈다.

침묵이 흘렀다—그것은 길고도 견디기 어려운 침묵이었다. 루크는 자기 자신이 마치 제 역할을 잊은 배우라도 된 듯한 기분을 느꼈다. 그는 다소 맥 빠진 어조로 말했다.

"당신은 그것이 자살이었다고 생각하지 않습니까?"

웨인플리트 양이 재빨리 대답했다.

"물론이에요. 만일 그녀가 정말로 자살할 결심이었다면, 독약 같은 것을 사가지고 왔을 거예요. 그 모자용 물감병은 오래된 것으로, 그녀가 몇 년 동안이나 가지고 있었던 것임이 틀림없어요. 아무튼 아까 말했듯이 그녀는 자살을 기도할 그런 타입이 아니었답니다."

루크가 무뚝뚝한 어조로 물었다.

"그렇다면 당신은 어떻게 된 일이라고 생각하십니까?"

"그건 정말 불행한 일이었다고 생각해요." 웨인플리트 양이 말했다.

그녀는 입술을 꼭 다물고는 진지한 눈빛으로 그를 주시했다. 루크가 뭔가 미리 앞질러 분위기를 바꿀 만한 이야기를 해야겠다는 생각을 하는 바로 그때였다. 문을 긁는 소리와 함께 구슬픈 고양이 울음소리가 들렸다.

웨인플리트 양이 벌떡 일어나서 현관으로 달려가 문을 열자, 현란한 오렌지 빛깔의 페르시아 고양이가 안으로 들어왔다. 그놈은 잠시 멈추어 서서는 낯선 방문객들을 경계하는 눈빛으로 살펴보다가 웨인플리트 양의 의자 팔걸이로 훌쩍 뛰어올라갔다.
 웨인플리트 양은 다정한 목소리로 그놈의 이름을 불렀다.
 "어머나, 윙키 푸! 아침나절 동안 대체 어디 갔었니, 윙키 푸?"
 그 이름이 갑자기 그의 기억을 불러일으켰다. '윙키 푸'라는 페르시아 고양이에 대해서 들은 곳이 어디였더라?
 "정말 멋진 고양이로군요. 오랫동안 기르신 건가요?" 그가 말했다.
 웨인플리트 양은 고개를 저었다.
 "오, 아니에요. 이 녀석은 내 오랜 친구 풀러튼 양이 기르던 고양이었어요. 그녀는 가엾게도 자동차라는 괴물에 치여 목숨을 잃었고, 나는 윙키 푸를 낯선 사람들한테 보낼 수가 없었던 거예요. 래비니아는 이 녀석 때문에 몹시 걱정했을 테니까. 그녀는 이 녀석을 끔찍이도 귀여워했답니다—그리고 이 녀석은 정말 예뻐요, 그렇지 않나요?"
 루크는 진지하게 그 고양이를 칭찬했다. 웨인플리트 양이 다시 말했다.
 "그놈의 귀를 조심하세요. 최근에 귓병을 앓았거든요."
 루크는 그 동물을 다정하게 쓰다듬었다. 브리짓이 자리에서 일어서면서 말했다.
 "우린 이제 가야겠어요."
 웨인플리트 양은 루크와 악수를 하였다.
 "아마도 조만간 당신을 다시 보게 될 거예요." 그녀가 말했다.
 루크가 명랑하게 말했다.
 "나도 그렇게 되길 진심으로 바랍니다."
 그는 그녀가 당황하고 조금은 실망하는 것 같다고 생각했다. 그녀는 브리짓에게 뭔가, 암시를 주는 듯한 시선을 던졌다.
 루크는 두 여인 사이에 자기는 모르는 무슨 비밀 같은 것이 있는 모양이라고 생각했다. 그것은 그를 불쾌하게 만들었지만, 그는 그게 무엇인지 조만간 알아내고야 말겠다고 마음속으로 다짐했다.
 웨인플리트 양은 그들과 함께 밖으로 나왔다. 루크는 잠시 계단에 멈추어 서서 평화롭고 순결한 모습을 간직한 푸른 마을 공터와 연못을 감상이라도 하듯이 바라보았다.

"정말 놀라울 정도로 인간의 손때가 묻지 않은 순수한 곳이로군요, 이곳은."

웨인플리트 양의 표정이 밝아졌다.

"정말 그렇다오." 그녀가 진지한 어조로 말했다.

"사실이지 여긴 내가 어렸을 때 기억하는 옛 모습 그대로를 아직도 간직하고 있답니다. 우리는 저 홀에서 살았지요. 하지만 내 동생이 홀을 물려받게 되자 거기서 살려고 하지 않았는데, 그것은 거기서 살 만한 경제적인 여유가 없었기 때문이었지요. 그래서 홀을 팔게 되었다오. 한 건축업자가 사겠다고 제안했는데, '지역 개방'이란 목적을 위해서였던 걸 테고—사실 말 그대로였을 거라고 생각해요. 다행히도 이스터필드 경이 중간에 나서서 그곳을 사들였고, 그래서 보존될 수 있었던 거예요. 그는 그 집을 도서관과 박물관으로 쓰게 했는데, 사실이지 실제로 개조된 곳은 전혀 없답니다.

나는 1주일에 두 번 그곳에서 도서관 일을 돌보고 있어요—물론 무보수로 추억이 깃든 곳에서 지내며 그곳이 절대 파괴되지 않을 거라는 사실을 새삼 인식한다는 것이 얼마나 즐거운 일인지 당신은 아마 모르실 거예요. 정말 완전하게 보존하고 있답니다. 당신도 한번 우리의 작은 박물관을 방문하셔야 해요, 피츠윌리엄 씨. 그곳에는 아주 흥미있는 지방 유물들이 상당히 있답니다."

"꼭 그렇게 하도록 하겠습니다, 웨인플리트 양."

"이스터필드 경은 위치우드의 큰 은인이랍니다." 웨인플리트 양이 말했다. "내가 슬퍼하는 것은 안타깝게도 배은망덕한 사람들이 있다는 거예요."

그녀의 입술이 다시 닫혀졌다. 루크는 눈치채고 더 이상 아무런 질문도 하지 않았다. 그러고는 다시 작별 인사를 했다.

그들이 대문 밖으로 나섰을 때 브리짓이 말했다.

"더 조사하실 생각이세요, 아니면 강변길을 따라 집으로 돌아갈까요? 그 길은 산책하기에 좋은 곳이랍니다."

루크는 재빨리 대답했다. 그는 브리짓 콘웨이가 옆에서 지켜서 있는 한 더 이상 조사하고 싶은 생각이 없었다.

"물론이죠. 강변을 따라 돌아가도록 합시다." 그가 말했다.

그들은 거리를 따라 걸어갔다. 거리 끝에는 고풍스러운 금색 글씨로 장식된 골동품점이라는 간판이 붙은 집이 있었다.

루크는 멈춰 서서 창문을 통해 어둠 속을 뚫어보았다.

"저기 훌륭한 도기 접시가 있군요." 그가 말했다.

"아주머니에게 사다 드리면 좋겠는데. 값이 얼마나 나갈까요?"

"들어가서 한번 알아볼까요?" 브리짓이 말했다.

"괜찮겠습니까? 나는 골동품점에 들어가서 물건을 살펴보길 좋아한답니다. 간혹 가다가는 뜻밖에도 좋은 물건을 싸게 살 수도 있거든요."

"글쎄, 여기서도 그런 기회가 있을지는 의문이에요."

브리짓이 냉담한 어조로 말했다.

"엘스워시는 자기 물건의 가치를 너무도 잘 알고 있을 테니 말이에요."

문이 열렸다. 홀 안에는 여러 종류의 의자들과 옷장, 그리고 도자기류와 백랍으로 만든 세공품들이 있었다. 물건들로 가득 찬 두 개의 방은 서로 통하고 있었다. 루크는 왼쪽에 있는 방으로 들어가서 도기로 된 접시를 집어들었다. 바로 그때 앤 여왕의 호두나무 책상에 앉아 있던 사람이 방 뒤에서 나타났다.

"아, 콘웨이 양, 뵙게 돼서 정말 반갑군요."

"안녕하세요, 엘스워시 씨."

엘스워시는 옅은 갈색 옷차림의 마른 젊은이였다. 그는 길쭉하고 창백한 얼굴에 검은 머리를 길게 기르고 있었다.

그녀가 루크를 소개하자, 엘스워시는 즉각 그에게로 주의를 돌렸다.

"진짜 고대 영국 도자기입니다. 멋지지 않습니까? 나는 훌륭한 물건들을 꽤 가지고 있지만, 사실 그것들을 팔고 싶지는 않답니다. 시골에서 살면서 작은 가게를 여는 것이 내 꿈이었죠. 정말로 멋진 지방이에요. 위치우드는 분위기를 가지고 있거든요. 내 말을 이해하실지 모르겠습니다."

"예술가적인 기질을 가지고 계시군요." 브리짓이 중얼거리듯 말했다.

엘스워시는 급히 그녀에게 길고 흰 손을 내밀었다.

"그런 끔찍한 말씀은 마십시오, 콘웨이 양. 나는 상인일 뿐입니다. 그게 전부예요. 단지 상인일 따름이지요."

"하지만, 당신은 정말로 예술가가 아니십니까?" 루크가 말했다.

"내 말은 당신이 수채화를 그리지 않았느냐는 것이지요, 그렇지 않은가요? 웨인플리트 양 말로는 당신이 에이미 깁스라는 아가씨를 몇 번인가 그렸다고 하던데?"

"오, 에이미." 엘스워시가 말했다.

그는 뒤로 한 걸음 물러서서는 흔들거리는 맥주잔을 잡았다. 그러고는 조심스럽게 그것을 안정시켰다. 그가 말했다.

"내가요? 오, 그렇군요, 아마도 그랬을 겁니다."

그의 태도는 어딘지 불안해 보였다.

"그녀는 예쁜 아가씨였죠." 브리짓이 말했다.

엘스워시는 침착한 태도를 되찾았다.

"오, 당신은 그렇게 생각하십니까?" 그가 물었다.

"아주 평범한 아가씨였다고 나는 늘 생각했습니다만……. 혹시 도자기에 대해서 관심이 있으시다면."

그는 루크에게 계속 말을 이었다.

"내게는 도자기로 만든 새가 한 쌍 있답니다."

루크는 그 새에 대해 약간 관심을 보이고는 접시의 가격을 물어보았다. 엘스워시가 값을 불렀다.

"고맙군요." 루크가 말했다.

"하지만 나는 결국 그것을 당신한테서 빼앗지는 못하게 될 것 같군요."

엘스워시가 말했다.

"나는 언제나 부담을 덜게 되지요, 내가 이기지 못함으로써 말입니다. 그런 나를 어리석다고는 보지 않으십니까? 자, 그것을 1기니 이하로 당신이 가질 수 있게 해 드리지요. 당신이라면 그것을 소중하게 다루실 겁니다. 나는 그것을 알 수 있지요. 그것이 가장 중요한 겁니다. 그리고 어떻든 간에 여긴 상점이니까요."

"정말 고맙군요." 루크가 말했다.

엘스워시는 그들을 문밖까지 배웅해 주었다.

"이상한 친구로군요. 엘스워시라는 사람 말입니다."

루크는 들리지 않을 만한 거리까지 벗어나게 되자 브리짓에게 말했다.

"내 생각에는 그는 마법에 취미가 있는 것 같아요. 흑의(黑衣)의 미사(마법사들이 검은 옷을 입고하는 제례 의식)를 올리는 것은 아닐 테지만, 그와 비슷한 것일 거예요." 브리짓이 말했다.

"이 지방의 평판 역시 그렇고요."

루크가 다소 어설프게 말했다.

"그래요? 그렇다면 나한테 정말로 필요한 사람은 바로 그 친구이겠군. 그 문제에 대해 그 사람과 이야기해 봐야겠습니다."

"정말로 그렇게 생각하세요? 그 사람이 그런 문제에 대해 많은 것을 알고 있을 거라고요?" 브리짓이 물었다.

루크는 좀 불만스러운 어조로 말했다.

"나중에 다시 한 번 그를 찾아가 봐야겠소."

브리짓은 더 이상 대꾸하지 않았다.

그들은 이제 읍내를 벗어나 있었다. 오솔길로 접어들어 얼마간 내려가자 이윽고 그들은 강변으로 나오게 되었다. 거기에서 그들은 빳빳한 콧수염이 나고 눈이 툭 튀어나온 어떤 사람을 지나치게 되었다. 그는 불도그를 세 마리나 데리고 있었는데, 쉰 목소리로 그놈들을 차례차례 부르고 있었다.

"네로, 이리와, 조용히 해! 넬리, 가만히 있어! 그만두라니까, 어서! 오거스터스, 오거스터스……."

그는 브리짓에게 모자를 벗어 인사를 하려다 갑자기 멈추고는 몹시 호기심 어린 눈빛으로 루크를 주시하다가, 그들이 지나가자 다시 쉰 목소리로 개들에게 소리치기 시작했다.

"호튼 소령과 그의 불도그들인가요?" 루크가 물었다.

"맞았어요."

"오늘 아침 우리는 위치우드에서 주목할 만한 사람은 사실 다 만나본 셈이 아닌가요?"

"그렇다고 할 수 있어요."

"내가 너무 설치고 다닌 게 아닌지 모르겠군." 루크가 말했다.

"영국의 시골에서는 낯선 사람이란 유별나게 남의 눈에 잘 띄는 것 같아요."

그는 지미 로리머가 한 말을 상기하면서 짐짓 후회스럽다는 듯 말했다.

"호튼 소령은 결코 자기 호기심을 감추려고 하지 않아요. 오히려 더 자세히 쏘아보지요." 브리짓이 말했다.

"그는 어디에서건 금방 군인 출신이라는 걸 알 수 있는 그런 사람이로군." 루크가 다소 악의가 있는 어조로 말했다.

브리짓이 갑자기 말했다.

"우리 잠시 강둑이 앉아 쉬어가지 않겠어요? 아직 시간이 많잖아요."

그들은 마침 앉기 좋게 쓰러져 있는 나무에 걸터앉았다.

브리짓이 다시 말을 이었다.

"그래요. 호튼 소령은 정말 군인다운 사람이에요. 아주 규율이 몸에 배어 있거든요. 그가 1년 전만 해도 세상에서 둘도 없는 공처가였다는 사실을 당신은 아마 상상도 못하실 거예요."

"뭐라고요, 그 친구가?"

"그래요, 그는 내가 알기로는 세상에서 가장 끔찍한 아내를 가졌던 사람이죠. 물론 그녀는 돈이 많았고, 또한 공공연히 그 사실을 강조하는 것에 대해 결코 양심의 가책도 느끼지 않았어요."

"가엾은 사람이로군요. 그 호튼이란 사람 말입니다."

"그는 그녀에 대해 아주 훌륭하게 처신했답니다. 언제나 공손하고 신사답게 말이에요. 개인적으로는 어째서 그가 자기 아내를 도끼로 살해하지 않았는지 의문이에요."

"그녀는 그다지 인심을 얻지 못했던 모양이로군요."

"모두 그녀를 싫어했어요. 그녀는 고든에게 냉담하게 대했지만 나한테는 상당한 호의를 베풀었어요. 아무튼 그녀가 가는 곳이라면 대개 분위기를 망치곤 했죠."

"그녀가 죽음으로써 모든 사람에게 신의 은총이 내려진 셈이 된 거로군요?"

"맞아요, 한 1년쯤 되었을 거예요. 끔찍한 위염으로 고통받다가요. 그녀는 남편과 토머스 박사, 그리고 두 명의 간호사에게는 마치 지옥과도 같은 고통을 안겨 주었지만, 결국 죽음으로써 끝나고 말았던 거죠. 불도그들도 즉시 기가 살아났답니다."

"영리한 짐승들이로군."

잠시 침묵이 흘렀다. 브리짓은 무료하게 풀을 잡아 뜯고 있었다. 루크는 이마를 찌푸린 채 희미하게 보이는 건너편 강둑을 바라보았다. 새삼 도무지 꿈만 같은 그의 사명에 대한 의식이 그를 괴롭혔다.

어디까지가 사실이고, 어디까지가 쓸데없는 공상에 지나지 않는 건지? 살인자일 수도 있다는 생각에 만나는 모든 사람을 조사하며 돌아다니는 것이 과연 잘하는 짓일까? 바로 그 점에 대해서 그는 뭔가 자존심이 상한 듯한 기분이 들었다.

'제기랄, 나는 너무 오랫동안 경찰관 생활을 해왔어.'

루크는 속으로 중얼거렸다.

그는 깜짝 놀라며 상념 속에서 깨어났다.

브리짓의 차갑고 맑은 목소리가 들렸던 것이다.

"피츠윌리엄 씨, 정말로 당신은 무엇 때문에 이곳에 내려오신 거죠?"

제6장

 루크가 막 성냥을 켜서 담배에 불을 붙이려는 순간이었다. 조금도 예기치 못했던 그녀의 말은 순간적으로 그의 손을 마비시켰다. 그는 잠깐 꼼짝도 할 수 없었다. 성냥은 계속 타들어갔고, 마침내 그는 손가락을 데고 말았다.
 "이크!" 하고 소리치며 루크는 성냥을 내던지고는 급히 손을 털었다.
 "죄송해요. 당신이 나를 너무 놀라게 해서."
 그는 유감스럽다는 듯이 미소를 지었다.
 "내가요?"
 "그렇습니다." 그는 한숨을 쉬었다.
 "사실, 웬만큼 지각이 있는 사람이라면 틀림없이 내 정체를 파악했을 겁니다. 내가 민속에 대한 책을 쓰고 있다는 이야기를 처음부터 믿지 않았던 모양이로군요."
 "처음부터 그런 건 아니었어요."
 "책을 쓸 만한 위인이 못 된다는 말인가요? 아니, 내 기분을 맞추어 주려고 하진 마십시오. 그건 나도 잘 알고 있으니까."
 "당신도 물론 책을 쓰실 수 있을 거예요. 하지만, 그런 종류의(옛 미신이라든가, 과거를 캐내는) 책은 결코 아니에요! 당신은 과거의 사실에 흥미를 느낄—아니, 미래의 일에 대해서도 마찬가지일 테지만. 그런 분이 아니라, 오로지 현재만을 중요하게 생각하실 분이거든요."
 "흠, 알았습니다." 그는 얼굴을 찌푸렸다.
 "제길, 당신은 내가 이곳에 도착했을 때부터 줄곧 나를 초조하게 만들었어요! 당신은 너무 지나칠 정도로 영리해 보였다는 말입니다."
 "미안하군요." 브리짓이 냉랭하게 대꾸했다.

"대체 당신은 내가 어떤 사람이길 바라셨나요?"
"글쎄요, 사실 난 그 점에 대해서는 생각해 보지 않았소."
그러나 그녀는 계속 냉정한 태도로 다그쳤다.
"단지 자신의 기회를 충분히 인식하고 그걸 이용해 자기 상사와 결혼하려는 정도의 머리밖에 갖지 못한 좀 맹꽁이 같은 여자일 거라고 생각하셨죠?"
루크는 그만 자인한다는 듯이 신음을 냈다. 그녀는 차갑지만 한편으로는 흡족해하는 듯한 시선을 그에게 던졌다.
"나도 잘 알고 있어요. 그건 사실에요. 그 때문에 기분 나쁜 일은 없어요."
루크는 아예 얼굴에 철판을 깔기로 작정했다.
"뭐, 어쩌면 그런 생각을 전혀 품지 않았다고는 할 수 없겠죠. 하지만, 사실 나는 그 문제에 대해서는 그다지 심각하게 생각해 보진 않았습니다."
그녀가 천천히 말했다.
"아니, 그렇지는 않을 거예요. 당신은 원하는 것을 얻기 전까지는 결코 자신의 정체를 드러내지 않을 분이거든요."
그녀는 잠시 생각에 잠겼다가 다시 말을 이었다.
"정말 무엇 때문에 이곳에 내려오신 건가요, 피츠윌리엄 씨?"
그들의 대화는 다시 원점으로 되돌아갔다. 어차피 그렇게 되고 말 거라는 사실을 루크는 잘 알고 있었다. 잠깐 그는 마음을 굳히려고 생각을 정리했다.
이윽고 고개를 쳐들자, 그는 침착하고 단호한 눈빛으로 자기를 주시하는 그녀의 캐묻는 듯한 예리한 시선과 마주쳤다. 그녀의 시선에는 전에는 결코 찾아볼 수 없었던 진지한 태도가 담겨 있었다.
그는 신중히 생각에 잠긴 어조로 말했다.
"이제는 더 이상 거짓말을 늘어놓지 않는 편이 좋을 듯싶군요."
"물론이죠."
"하지만, 실은 좀 어색한데. 이봐요, 당신은 어떤 생각을 하고 있습니까? 내 말은, 그러니까……, 내가 이곳에 내려온 것에 대해 당신은 나름대로 어떤 생각인가를 이미 갖고 있었잖소?"
그녀는 천천히, 그리고 신중하게 고개를 끄덕였다.

"그래, 무슨 생각을 했습니까? 내게 말해 주겠소? 혹시 그게 내게도 도움이 되지 않을까 해서."

브리짓이 침착한 어조로 말했다.

"당신이 이곳에 내려오신 것은 에이미 깁스라는 하녀의 죽음과 관계가 있지 않을까 생각했어요."

"그렇군, 바로 그거로군! 그거였어요, 바로 그녀의 이름이 나올 때마다 내가 느꼈던 것이 말입니다. 틀림없이 뭔가가 있다는 것을 나도 알 수 있었지. 그래서 당신은 그 일 때문에 내가 내려온 것이라고 생각했습니까?"

"아니었나요?"

"글쎄요, 그것도 하나의 이유라고 할 수 있지요."

그는 미간을 좁힌 채 잠깐 생각에 잠겼다. 그의 옆에 앉아 있는 그녀 역시 조용히 침묵을 지켰다. 그녀는 그의 사고 활동을 방해하지 않으려고 아무 말 없이 그를 지켜보기만 했다. 이윽고 그는 마음을 굳혔다.

"내가 이곳에 내려오게 된 것은 마치 뜬구름 잡기 같은 것으로 환상 같은……, 아니 어처구니가 없다고도 할 만한 무슨 멜로드라마 같은 가정 때문이었지요. 에이미 깁스의 일은 그 일부에 지나지 않습니다. 나는 그녀의 정확한 사인을 밝혀내는 일에 대해 깊은 관심이 있지요."

"예, 나도 그렇게 생각했어요."

"하지만, 도대체 당신은 어째서 그런 생각을 하게 되었습니까? 그녀의 죽음에 대해 어떤 점이―그러니까, 당신의 관심을 불러일으켰던 게 무엇이었느냐 하는 겁니다."

브리짓이 말했다.

"나는 줄곧 그녀의 죽음에는 뭔가 잘못된 점이 있다고 생각해 왔어요. 그것 때문에 나는 당신을 웨인플리트 양에게 데려갔던 거예요."

"어째서입니까?"

"왜냐하면 그녀 역시 그렇게 생각하기 때문이에요."

"오"

루크는 다시 생각에 잠겼다. 그때야 비로소 그는 영리한 노처녀의 뭔가 암시를 주는 듯하던 태도를 이해할 수 있었다.

"그녀도 당신처럼, 에이미 깁스의 죽음에 대해 뭔가 이상한 점이 있다고 생각한다는 말이죠?"

브리짓은 고개를 끄덕였다.

"대체 무엇 때문입니까?"

"우선은 모자용 물감 때문이었어요."

"그게 무슨 소리입니까, 모자용 물감이라니?"

"글쎄요, 한 20년 전까지만 해도 사람들은 모자용 물감을 사용했어요. 한 계절은 핑크빛 밀짚모자를 쓰고, 다음 계절에는 모자용 물감을 사용해 짙은 청색으로 만들고, 그다음에는 또 다른 물감으로 검은색 모자를 만들고는 했죠. 하지만, 요즈음에는 그렇지 않아요. 모자는 이제 값이 아주 싸거든요. 유행이 바뀌면 내버릴 수 있을 정도로 싸구려 물건이 되었죠."

"에이미 깁스 같은 신분의 하녀들한테도 말입니까?"

"그녀보다는 오히려 내가 모자에 색을 칠하는 것이 더 어울릴 거예요. 절약해야 하기 때문이죠. 그리고 또 다른 이유도 있어요. 그 모자용 물감이 빨간색이었다는 거예요."

"그게 어쨌다는 겁니까?"

"에이미 깁스는 빨간 머리였어요, 당근처럼!"

"당신 말은 그게 서로 어울리지 않는다는 겁니까?"

브리짓은 고개를 끄덕였다.

"빨간 머리에는 진홍색 모자를 쓰지 않는 법이죠. 아마 남자들은 잘 이해하지 못하는 그런 종류의 일 중 하나이겠지만."

루크는 아주 의미심장한 태도로 그녀의 말을 막았다.

"맞습니다. 남자들은 그런 걸 이해하지 못할 겁니다. 바로 그 점이 중요한 거죠. 그건 정말 옳습니다."

브리짓이 말했다.

"지미 오빠는 런던경시청에 친구가 몇 명 있는데 당신은……."

루크가 재빨리 말했다.

"나는 공식적인 신분의 형사도 아니고, 그렇다고 해서 베이커 가에 사무실을 가진 유명한 사립탐정도 아니오. 지미가 말한 대로 나는……, 동양에서 돌아온 퇴직한 경찰에 지나지 않지요. 내가 이 일에 끼어들게 된 것은 런던행 기차에서 있었던 기묘한 사건 때문입니다."

그는 풀러튼 양과 나누었던 대화와 위치우드에 나타나기까지 있었던 일련의 사건들에 대해서 간략하게 이야기해 주었다.

"그래서 아시겠지만, 모든 게 너무 공상적이라는 겁니다! 나는 여기 위치우드에서 어떤 사람, 아마도 사람들에게 잘 알려지고 상당히 존경도 받고 있을지도 모르는, 숨어 있는 살인자를 찾는 거죠. 만일 풀러튼 양과 당신, 그리고 그 웨인, 뭐라고 하는 부인의 생각이 옳다면 그자는 틀림없이 에이미 깁스를 살해했을 겁니다."

"알았어요." 브리짓이 말했다.

"그녀의 죽음은 외부인의 소행이 아닐까요?"

"그래요, 나도 그렇게 생각해요." 브리짓이 천천히 말했다.

"리드 순경도 헛간을 이용해서 그녀의 창문으로 올라갔거든요. 그 창문은 열려 있었답니다. 조금 힘이 드는 일이지만, 어느 정도 힘이 있는 남자였다면 어려운 일이 아니었을 거예요."

"그렇게 해서 그녀의 방에 들어간 다음에 그는 무슨 짓을 했을까요?"

"감기약이 들어 있는 병과 모자용 물감을 바꿔치기해 놓은 거죠."

"그리고 그녀는 범인이 바라던 대로 행동했다는 거군요. 일어나서 그것을 마시고, 그래서 모든 사람들은 그녀가 실수했거나 자살을 기도한 것이라고 여기도록 말이죠?"

"그래요."

"검시 재판에서는 그런 수상한 점에 대해서 의문이 제기되지 않았습니까?"

"전혀요."

"그럼, 모자용 물감에 대한 문제도 제기되지 않았단 말인가요?"

"예."

"하지만, 당신은 그런 생각을 했잖습니까?"

"그렇죠."

"그리고 웨인플리트 양도 그런 생각을 했고요? 당신들은 그 문제에 대해 서로 의논해 보지 않았습니까?"

브리짓은 살포시 미소를 지었다.

"오, 아니에요. 당신이 말씀하시는 그런 건 없었어요. 내 말은, 그 문제에 대해서 직접적으로 이야기를 나누지 않았다는 거예요. 사실 난 그녀가 그 일에 대해 얼마나 관심을 두는지도 잘 모르는 형편이죠. 다만 그녀가 걱정하기 시작했고, 점차로 그 걱정이 커진 것 같다는 말밖에는 할 수가 없군요. 그녀는 매우 총명한 여인이에요. 이곳에 사는 대부분의 다른 사람들처럼 정신 상태가 흐리멍덩하지 않거든요."

"풀러튼 양은 좀 흐리멍덩한 노부인이 아니었던가 싶은데." 루크가 말했다.

"처음에는 그녀의 이야기 속에 무엇인가가 있으리라고는 상상도 하지 못했거든요."

"그녀는 아주 똑똑한 분이었다고 나는 생각해 왔는데요." 브리짓이 말했다.

"이곳에서 한가롭게 지내는 노인들은 대부분 어떤 부분에는 아주 예리한 통찰력을 가지고 있답니다. 그녀가 다른 사람들에 대해서도 거론했다고 하셨죠?"

루크는 고개를 끄덕였다.

"그렇습니다. 어떤 소년의 이름을 말했는데, 그건 바로 토미 피어스를 말한 것이었지요. 저번에 그 소년에 대해 듣자마자 나는 곧 그 이름을 떠올릴 수 있었습니다. 그리고 카터라는 사람의 이름도 나왔다는 걸 나는 확신할 수 있습니다."

"카터, 토미 피어스, 에이미 깁스, 험블비 박사……"

브리짓은 생각에 잠긴 목소리로 말했다.

"당신 말대로 그건 사실이라고 생각하기엔 정말 너무 공상적인 것 같아요. 세상에 도대체 누가 그런 사람들을 살해하고 싶어 하겠어요. 그들에게는 공통점이라곤 전혀 없는데 말이에요!"

"대체 무슨 이유로 에이미 깁스를 없애고자 했을 것 같습니까?"

브리짓은 고개를 저었다.

"난 도무지 짐작도 할 수가 없어요."

"카터라는 사람에 대해서는? 그는 어떻게, 어떤 식으로 죽었습니까?"

"강물에 빠져서 익사했어요. 그는 집으로 돌아가던 중이었는데, 안개가 자욱하게 낀 캄캄한 밤이었던 데다가 술까지 취해 있었다더군요. 다리가 하나 있는데, 난간이 한쪽밖에 없어요. 그러니 그가 발을 헛디디게 된 것도 당연한 일이었죠."

"하지만, 누군가 그를 떠밀려고 했다면 그건 아주 쉬운 일이었을 테죠?"

"오, 그야 그렇죠."

"그리고 못돼먹은 토미가 유리창을 닦고 있을 때 누군가가 그를 밀어 떨어뜨리는 것 역시 아주 손쉬운 일이었을 테죠?"

"그 역시 맞는 말씀이에요."

"그렇다면 누구의 의심도 받지 않고 세 명의 인간을 해치운다는 것은 사실 아주 손쉬운 일이라는 결론에 도달하게 되는군요."

"풀러튼 양은 의심했었어요." 브리짓이 그 점을 지적했다.

루크가 다시 말했다.

"혹시 당신도 누군가에 대해 의심을 품은 게 아닌지 물어봐도 되겠습니까? 등골이 오싹할 정도로 기분 나쁜 인상을 주거나 이상하게 광적으로 낄낄거린다든지, 혹은 소름끼치는 눈빛을 가진 사람이 위치우드에는 전혀 없나요?"

브리짓이 말했다.

"당신은 그 사람이 틀림없이 미친 사람일 거라고 생각하세요?"

"오, 아마도 그럴 거라고 생각합니다. 완전히 미쳤지만, 교활하기 짝이 없는 사람일 거라고 말이죠. 풀러튼 양 역시 그 사람이 다음 희생자를 살펴볼 때 그자의 눈에 나타났던 광기에 대해서 말했답니다. 그녀의 말투에서 나는 그런 인상을 받았습니다(그건 단지 하나의 인상에 지나지 않는다는 점을 잊지 마십시오)—그녀가 말한 사람은 적어도 사회적으로는 그녀와 동등한 신분을 가진 사람일 거라는 인상을. 물론 내가 잘못 느꼈을지도 모르지요."

"아마 당신 생각이 틀림없을 거예요! 그런 대화의 뉘앙스에 대해 그게 어떠했다고 확정 지을 수는 없지만, 그래도 그런 대화에서 느낄 수 있는 인상 같은 것은 거의 틀리는 경우가 없거든요."

"당신이 그런 점까지 알고 있다니 정말 다행스러운 일이군요." 루크가 말했다.

"아마도 당신이 쓸데없이 길게 설명해야 하는 수고를 약간은 덜어줄 수 있을 거예요. 그리고 나도 당신을 도와드릴 수 있을 거예요."

"당신이 도와준다면야 그보다 더 귀중한 도움은 없을 겁니다. 그런데 당신은 정말로 그 일을 끝까지 파헤칠 생각입니까?"

"물론이죠."

루크는 갑자기 좀 난처한 듯이 말했다.

"이스터필드 경에 대해서는 어떻게 하지요? 당신은 그 점을……."

"그 일에 대해서는 고든에게 아무 말도 하지 말아야 해요."

브리짓이 재빨리 말했다.

"그는 그것을 믿지 않을 거라는 말인가요?"

"오, 아뇨. 그걸 틀림없이 믿을 걸요! 고든은 무엇이든 믿을 거예요! 그는 아마 무척 스릴을 느끼며 똑똑한 청년들을 반 다스 가량 뽑아서 온 마을을 수색하고 다니게 하자고 주장할걸요! 그런 일이라면 아마도 쌍수를 들고 환영할 거예요!"

"그건 정말 곤란한 일이로군." 루크가 말했다.

"그래요, 그의 단순한 즐거움을 위해 그를 이 일에 끌어들일 수는 없다고 생각해요."

루크는 그녀를 쳐다보았다. 그러고는 무슨 말인가를 하려고 하다가 곧 생각을 바꾸었다. 대신에 그는 시계를 들여다보았다.

"그래요." 브리짓이 말했다.

"이제 집에 돌아갈 때가 되었군요."

그녀는 자리에서 일어났다. 그들 사이에는 갑자기 어색한 분위기가 감돌았다. 마치 루크가 미처 하지 못한 말이 공기 중에서 불안스럽게 떠돌고 있기라도 한 듯이. 그들은 말없이 집을 향해 걸어갔다.

제7장

 루크는 지금 그의 침실에 있었다. 점심시간에 그는 마양 해협에 있을 때 그의 정원에 심었던 꽃들에 대해 앤스트루더 부인한테서 끊임없이 질문을 받았었다. 그러고는 다시 이스터필드 경의 장황한 이야기를 들어야 했다.
 이제야 비로소 그는 혼자 있게 된 것이다. 그는 종이를 한 장 꺼내 그 위에 이름들을 써내려갔다.
 그것은 다음과 같은 순서였다.

  토머스 박사
  애버튼
  호튼 소령
  엘스워시
  웨이크
  에이미의 젊은 애인
  정육점 주인, 빵집 주인, 양초가게 주인 등등.

 그리고 나서 다른 종이를 꺼내어 희생된 사람들을 적어 넣었다. 그러고는 그들의 이름 옆에 다음과 같이 적었다.

  에이미 깁스— 독살당함.
  토미 피어스— 창문에서 떨어짐.
  해리 카터— 다리에서 떨어짐(술? 약 중독?)
  험블비 박사— 패혈증

풀러튼 양— 자동차 사고

여기에다 다시 덧붙였다.

로즈 부인?
벤 노인

그러고는 잠깐 생각하다가 추가했다.

호튼 부인?

그는 잠시 담배를 피우며 곰곰이 명단을 들여다보고 나서는 다시 연필을 들었다.

토머스 박사.
그에게 있을 수 있는 혐의— 험블비 박사의 경우에는 뚜렷한 동기가 있을 수 있음. 험블비 박사의 사인을 보면 특히 그에게 혐의가 가는데, 즉 병균에 의한 과학적인 독살이라고 볼 수 있기 때문이다. 에이미 깁스는 사건 당일 오후에 그를 방문했었다. 그들 사이에 무슨 일이 있었을까? 협박?
토미 피어스는? 알려진 관계가 하나도 없다. 토미는 에이미 깁스와 토머스 박사의 관계에 대해 알고 있었을까?
해리 카터는? 알려진 관계가 역시 전혀 없다.
풀러튼 양이 런던에 간 그날 토머스 박사도 위치우드에 없었던 것은 아닐까?

루크는 한숨을 내쉬고는 다시 시작했다.

애버트.
  그에게 있을 수 있는 혐의— 변호사라는 것만으로도 충분히 혐의가 가는 사람이다. 물론 편견일 수도 있다. 그의 성격, 혈색이 좋은 얼굴, 싹싹한 태도 등, 확실히 소설 속에서는 의심받을 만한 사람이다. 호탕하고 성격이 싹싹한 사람은 항상 의심스러운 법이니까. 그러나 문제는 이것이 소설이 아니라 현실 세계라는 것이다.
  험블비 박사 살해에 대한 동기—그들 사이에는 분명한 적대감이 있었다. 그는 애버트와 공공연히 맞섰다. 머리가 돈 사람에게는 적대감은 중요한 동기일 수 있다. 또한, 적대감은 풀러튼 양이 쉽게 눈치 챌 수도 있었을 것이다.
  토미 피어스는? 그는 애버트의 서류를 몰래 훔쳐보았다. 거기서 그는 알아서는 안 될 사실이라도 보았단 말인가?
  헨리 카터는? 확인할 만한 관계가 전혀 없다.
  에이미 깁스? 역시 알려진 관계가 전혀 없다. 모자용 물감은 애버트의 기질—아주 구식인 취향과 잘 맞아떨어진다.
  애버트는 풀러튼 양이 살해당한 날 마을을 떠났었을까?

호튼 소령.
  에이미 깁스, 토미 피어스, 또는 카터와의 사이에 알려진 관계가 전혀 없다.
  호튼 부인은 과연 어떻게 된 것이었을까? 그녀의 사인은 비소 중독에 의한 죽음 같기도 하다. 그렇다면 다른 살인들은 그 일에 대한 무슨 공갈 협박 때문이었을까?
  주의; 토머스 박사가 그녀의 치료를 맡았었음. 토머스에 대한 혐의가 더욱 짙어짐.

엘스워시.
  구린 데가 많은 사람으로 마법에도 관심이 있다고 알려졌다. 피에 굶주린 살인자 기질이 있을지도 모른다. 에이미 깁스와는 관계가 있다. 토미 피어스와는? 그리고 카터와는? 알려진 것이 전혀 없다. 험블비와는? 험블비 박사가 혹시 엘스워시의 정신 상태에 대해 눈치챈 것은 아니었을까?

풀러튼 양과는? 풀러튼 양이 목숨을 잃었던 날 엘스워시는 위치우드에 있었을까?

웨이크 목사.

거의 혐의가 없다고 볼 수 있음. 혹시 종교적인 광신자는 아닐까? 살인에 대한 무슨 사명감 같은 거라도 있는 걸까? 성자 같은 늙은 성직자들 역시 소설에서 자주 범인으로 지목되곤 한다. 그러나 이것은 현실적인 문제이다.

주의; 카터, 토미, 에이미, 모두 다 확실히 사람들이 싫어했던 인물들임. 신의 섭리에 의해 제거되어 마땅하다고 보았을까?

에이미의 젊은 애인.

에이미를 살해할 만한 이유는 있었을지도 모르지만, 그러나 다른 사람들의 죽음에 대해서는 거의 혐의가 없다고 보인다.

그 밖의 다른 사람들은?
그들에 대해서는 생각하지 말자.

그는 자기가 쓴 것을 쭉 읽어 보았다. 그러고는 고개를 설레설레 저었다.
그는 힘없이 중얼거렸다.
"도무지 말도 안 되는군! 유클리드는 어떻게 그런 어려운 문제들을 멋지게 풀었을까?"
그는 명단을 찢어서 불살라 버렸다. 그러고는 속으로 중얼거렸다.
'이번 일은 그리 쉽게 해결되지 않을 거야.'

제8장

 토머스 박사는 의자에 깊숙이 기대어 앉아서는 길고 섬세한 손으로 자신의 풍성한 금발을 쓸어 넘기고 있었다. 그는 겉으로 보기와는 달리 꽤 유능한 젊은 의사였다. 도저히 그의 외모로만 봐서는 믿기지 않는 일이지만, 그가 방금 내린 루크의 류머티즘 증세가 있는 무릎에 대한 진단은 불과 1주일 전에 저명한 할리가의 전문의가 내린 진단과 거의 정확하게 일치하고 있었던 것이다.
 "고맙습니다." 루크가 말했다.
 "당신도 전기치료가 효과가 있을 거라고 생각한다니 나도 안심이 되는군요. 내 나이에 다리를 절고 싶지는 않거든요."
 토머스 박사가 천진스럽게 웃었다.
 "오, 치료 방법에 무슨 부작용이 따르리라고는 생각하지 않습니다, 피츠윌리엄 씨."
 "당신은 내 마음을 크게 안심시켜 주었습니다." 루크가 말했다.
 "나는 이제껏 전문의를 찾아가 봐야 하지 않을까 생각하고 있었는데, 이제는 그럴 필요가 전혀 없다는 것을 확신하게 되었습니다."
 토머스 박사는 다시 미소를 지었다.
 "그게 당신에게 도움이 된다면 찾아가 보도록 하십시오. 뭐, 전문의의 의견을 들어봐서 나쁠 건 없으니까요."
 루크가 재빨리 말을 받았다.
 "남자들은 이런 문제들에 대해서는 아주 바람직하지 못한 생각을 하지요. 당신도 그걸 잘 알고 있을 텐데요? 나는 가끔 의사들이 자기가 마치 마법이라도 부릴 줄 아는 사람처럼 느끼지 않을까 생각한답니다. 자기 환자들에 대해서 절대적인 영향력을 발휘하는 마법사 같은 거 말입니다."

"신념의 원리를 주로 이용하는 것이지요."

"나도 알고 있습니다. '의사 선생님이 그렇게 말했어.'라는 말은 언제나 거의 존경과도 같은 것이 담겨 있는 말이라고 할 수 있지요."

토머스 박사는 어깨를 으쓱해 보였다.

"환자들이 알고 있다면야……."

그는 웃으면서 말끝을 흐렸다. 그러고 나서 다시 말했다.

"무슨 마술에 대한 책을 쓰신다고요, 피츠윌리엄 씨, 아닌가요?"

"허어, 대체 그 사실을 어떻게 아셨습니까?"

루크는 좀 지나칠 정도로 놀라움을 표시하며 물었다.

토머스 박사는 재미있다는 듯한 표정을 지어 보였다.

"아, 이런 시골에서는 소식이 아주 빨리 퍼지는 편이랍니다. 이야깃거리가 될 만한 사건이 별로 없거든요."

"아마도 그게 좀 지나치게 과장된 모양이군요. 내가 시골 유령들을 불러내고 엔도의 마녀와 대결을 하고 있다는 이야기를 듣게 되실지도 모르겠습니다."

"그렇게 말씀하신다니 좀 이상하군요."

"어째서죠?"

"글쎄요, 사실은 당신이 토미 피어스의 유령을 불러냈다는 소문이 떠돌고 있거든요."

"피어스? 피어스라고요? 그 창문에서 떨어졌다는 소년 말입니까?"

"그렇습니다."

"아하, 어떻게 된 건지 알겠군요. 맞아요, 그 뭐더라? 애버트인가 하는 변호사한테 그와 비슷한 말을 한 적이 있었지요."

"그렇습니다. 그 이야기는 애버트한테서 비롯된 것이었지요."

"내가 완고하고 빈틈없는 변호사를, 유령에 대해 믿게 만들었다는 말은 아니겠지요?"

"그렇다면 당신은 유령을 믿습니까?"

"당신은 믿지 않는 것 같군요. 아니, 나도 사실 '유령을 믿고 있다.'라고는 할 수 없을 겁니다. 그건 너무 노골적인 표현이거든요. 하지만 변사라든가 갑작스런 죽음의 경우에 나타나는 이상한 현상에 대해서는 잘 아는 편이지요. 그러나 내가 더욱 흥미를 느끼는 것은 변사와 관계가 있는 다양한 미신들입니다. 예를 들자면 살해당한 사람은 묘지에 묻힐 수가 없다는 따위를 말하는 거지요. 그리고 만일에 살인자가 자기가 죽인 사람의 시체에 손을 대면 손에 살해당한 사람의 피가 흐르게 된다는 미신도 재미있는 것 중 하나입니다. 그런 일이 어떻게 해서 일어날 수 있는 것인지 정말 궁금하거든요."

"정말 흥미있는 이야기로군요." 토머스가 말했다.

"하지만, 요즈음에는 많은 사람이 그런 것을 기억하고 있을 것 같지는 않습니다."

"당신이 생각하는 것 이상으로 많답니다. 물론 당신이 이곳에서 얼마나 많은 살인사건을 겪어 봤는지 나로서는 알 수 없으므로, 사실 뭐라고 얘기하기가 어렵군요."

이야기를 하는 중에 루크는 의식적으로 상대방이 눈치채지 못하게 그의 표정을 살펴보며 미소를 지어 보였다. 하지만, 토머스 박사는 전혀 마음에 동요가 없는 것 같았고, 오히려 마주 보며 미소 짓기까지 했다.

"아니, 이곳에서 살인이 일어났다고는 생각지 않습니다. 그러니까, 아주 오랫동안—내가 여기서 지낸 동안 그런 일은 한 번도 없었습니다. 그건 아마도 틀림없을 겁니다."

"물론 이곳은 평화로운 지방이지요. 좋지 않은 일을 일으킬 소지가 전혀 없거든요. 누군가가 토미 뭔가 하는 소년을 창문에서 밀어 떨어뜨린 것을 빼고는 말이죠."

루크는 크게 웃어젖혔다. 다시 토머스 박사는 미소로 대답했다—천진스러운 즐거움으로 가득 찬 자연스러운 미소로.

"많은 사람이 기꺼이 그 꼬마의 목을 비틀어 버리려고 했을 겁니다. 하지만, 정말로 그를 창문에서 밀어 떨어뜨린 사람이 있다고는 생각지 않습니다."

"그는 정말로 못돼먹은 소년이었던 모양이로군요. 그런 그를 없애는 것이 사회적인 의무로 여겨졌을지도……, 모르는 일입니다."

"그러한 이론을 실제로 적용할 수가 없는 것이 유감이로군요."

"어떤 대량 살인은 오히려 우리 사회에 이익을 가져다줄지도 모른다고 나는 늘 생각해 왔습니다." 루크가 말했다.

"나는 표준적인 영국 사람들이 가진 인간의 생명에 대한 외경심은 없답니다. 진보에 방해되는 인간이라면 마땅히 제거되어야 한다는 게……, 바로 내 생각이지요."

금발을 뒤로 쓸어 넘기며 토머스 박사가 말했다.

"물론 그렇겠지요. 하지만, 과연 어떤 인간이 사회에 적합한지 혹은 부적합한지를 누가 판단 내릴 수 있을까요?"

"그 심판관으로는 합리적이고 과학적인 정신을 가진 사람이 임명되어야 합니다." 루크가 말했다.

"편견이 없고 고도로 전문적인 교육을 받은 사람, 예를 들자면 의사 같은 사람이지요. 그러므로 나는 당신과 같은 분은 아주 훌륭한 심판관이 될 수 있을 거라고 생각합니다."

"살아가기에 부적합한 인간을 추려내는 심판관으로서 말입니까?"

"그렇겠지요."

토머스 박사는 고개를 저었다.

"내 직업은 부적합한 인간을 적합하게 만드는 겁니다. 물론 그것이 달성하기가 정말 어려운 일이라는 것은 나도 인정해야겠지요."

루크가 말했다.

"자, 그러면 좋은 실례로서 헨리 카터 같은 사람을……."

토머스 박사가 급히 물었다.

"카터? 세븐 스타스의 주인을 말씀하시는 겁니까?"

"그렇습니다, 바로 그 사람이지요. 나야 그 사람에 대해 전혀 몰랐지만, 내 사촌인 콘웨이 양이 그에 대해 말해 주더군요. 그 사람은 도저히 구제받지 못할 악당이었던 모양입니다."

"글쎄요." 토머스 박사가 말했다.

"물론 그는 주정꾼이었죠. 자기 아내를 학대하고, 딸을 괴롭혔답니다. 지독한 싸움꾼에다가 험악한 말씨 하며, 그와 한 번쯤 다투어 보지 않은 사람은 별로 없을 겁니다."

"그렇다면 그가 없음으로써 세상은 더욱 살기 좋은 곳이 되겠군요?"

"뭐, 그런 식으로 생각할 수도 있겠지요."

"그렇다면 만일에 고맙게도 그가 스스로 물에 빠져 죽기를 바라는 대신에 누군가가 그를 정말로 강물에 처넣어 버렸다면, 그 사람은 만인의 이익을 위한 행동을 한 것이라고 볼 수도 있지 않겠습니까?"

토머스 박사가 냉담한 어조로 말했다.

"그런 이론을 주장하시는 걸 보면, 혹시 당신은 그, 마양 해협인가 하는 곳에서 그런 이론들을 실천으로 옮기셨던 것은 아닐 테죠?"

루크는 웃음을 터뜨렸다.

"오, 아닙니다. 그것은 나한테 있어서도 이론에 불과한 것이지, 실제가 아니랍니다."

"물론 그러시겠지요. 나도 당신에게 살인을 저지를 만한 기질이 있다고는 생각하지 않습니다."

"그렇다면, 이건 내가 궁금한 것 중 하나인데, 혹시 당신은 살인자일지도 모르겠다는 생각이 든 사람을 보신 적은 없습니까?"

토머스 박사가 날카로운 어조로 말했다.

"정말 그건 너무도 어처구니가 없는 질문이로군요!"

"그런가요? 아무튼 의사란 직업은 별의별 성격의 수많은 사람을 대하게 되는 것이 아닐까요? 이를테면 살인광 증세가 있는 사람을 발견하고 그 증세가 더 악화하기 전인 초기 단계에서 어떤 조치를 취할 수도 있을 테니 말입니다."

토머스는 다소 짜증스런 목소리로 말했다.

"당신은 살인광에 대해서 거의 문외한이나 다름없는 생각을 하고 계신 겁니다. 즉, 살인광이라고 해서 미친 듯이 칼을 휘두르거나 입에 게거품을 물고 발광하는 게 아닙니다. 이보시오, 살인광 증세야말로 세상에서 가장 알아내기가 어려운 증상이라고 볼 수도 있을 겁니다. 겉으로 보기에는 여느 사람과 조금도 다를 바가 없을 수도 있으니까요. 다만 좀 쉽게 공포를 느끼거나 자기한테 적이 있다고 주장하는 정도의 차이가 있다고나 할까요. 평소에는 얌전하고 순진한 사람처럼 보이는 겁니다."

"그게 사실입니까?"

"물론 사실이지요. 살인광은 종종 자기방어, 즉 자신에 대한 위협을 느낄 때 살인을 저지르게 됩니다. 많은 살인자는 당신이나 나처럼 평범하고 정상적인 친구들이란 말입니다."

"당신은 나를 겁주는군요! 만일 내가 자기 안전을 위해서 수차례 살인을 은밀하게 저질렀다는 것을 당신이 나중에 발견하게 될지도 모른다고 생각해 보십시오."

토머스 박사는 미소를 지었다.

"그런 일이 있으리라고는 생각지 않는데요, 피츠윌리엄 씨."

"그게 정말입니까? 그렇다면 나도 보답을 해 드려야겠군요. 나도 당신이 안전을 위해 수차례 살인을 저질렀으리라고는 생각하지 않습니다."

토머스 박사가 유쾌한 어조로 말했다.

"내가 직업적인 실수를 저질렀을 수도 있다는 것을 고려하진 않는군요."

두 사람은 크게 웃음을 터뜨렸다. 루크는 일어나서 작별 인사를 했다.

"내가 시간을 너무 빼앗은 것은 아닌지 모르겠습니다."

그는 사과라도 하듯이 말했다.

"오, 나는 별로 바쁘지 않은 사람이랍니다. 위치우드는 아주 건강에 좋은 지방이거든요. 외부 사람과 대화를 나눌 수 있다는 것은 즐거운 일이지요."

"내가 궁금했던 것은……." 루크는 말하다가 멈추었다.

"예?"

"콘웨이 양이 당신한테 가보라고 하면서, 당신은 정말 훌륭한 의사라고 하더군요. 혹시 이런 시골에 파묻혀 지내는 것에 대해 불만을 느끼지는 않습니까? 재능을 발휘할 만한 기회가 별로 없잖습니까?"

"오, 일반의로 출발하는 것도 괜찮은 일이랍니다. 귀중한 경험을 쌓을 수 있거든요."

"하지만, 이런 곳에서 평생을 보낼 생각은 아니겠죠. 당신 동업자였던 험블비 박사는 야망이 전혀 없는 사람으로, 이곳에서의 생활에 아주 만족해했다고 들었습니다만. 그는 여기서 상당히 오랫동안 살았던 모양입디다?"

"평생을 보냈다고 할 수 있지요."

"듣기로는 무척 보수적인 사람이었다고 하더군요."

토머스 박사가 말했다.

"이따금 그분은 정말 곤란할 때가 많았어요. 현대의 혁신적인 치료법에 대해서는 도무지 신뢰하지 않는 전형적인 구식 의사였답니다."

"아주 예쁜 따님을 두셨다고 하던데요."

루크는 익살스런 표정을 지으며 말했다. 그는 토머스 박사의 흰 얼굴이 진홍빛으로 물드는 모습을 지켜보는 것이 재미있었다.

"오, 어……, 그렇습니다." 그가 말했다.

루크는 다정한 시선으로 그를 주시했다. 토머스 박사를 혐의자 명단에서 제외할 생각을 하자 그는 마음이 괜스레 흐뭇해졌다.

토머스 박사는 다시 평소의 안색을 회복하고는 퉁명스런 투로 말했다.

"범죄에 대한 이야기가 나와서 말인데, 혹시 그 문제에 대해서 관심이 있으시다면 내가 좋은 책을 빌려 드릴 수 있습니다. 독일어본을 번역한 것이지요. 크로이츠 하머의 《열등의식과 범죄에 대하여》라는 책입니다."

"고맙습니다." 루크가 말했다.

토머스 박사는 손가락으로 책장을 훑다가 문제의 그 책을 끄집어냈다.

"여기 있습니다. 상당히 충격적인 이론들도 있는데, 물론 그건 단지 이론에 지나지 않는 것이지요. 하지만, 정말 흥미있는 이론이랍니다. 이를테면 멘츠헬트의 초기 생애, 프랑크포르트라고 불렸던 정육점 주인, 그리고 보모 살인자인 안나 헬름에 대한 장(章)은 정말 아주 흥미있는 부분이지요."

"당국에 의해 밝혀지기까지 그녀는 자기가 보살피던 아이들을 수십 명씩이나 살해했던 것으로 알고 있습니다만." 루크가 말했다.

토머스 박사는 고개를 끄덕였다.

"그렇습니다. 그녀는 아주 온정적인 성격을 지니고 있었지요. 아이들에게 헌신적이었고, 또한 겉으로 보기에는 그 아이들의 죽음에 대해 정말 몹시도 비통해하는 것 같았으니 그녀의 심리 상태는 놀라운 겁니다."

"그런 사람들이 어떻게 남의 눈을 용케 피해 범행을 저지를 수 있는지도 정말 놀라운 일이지요."

그들은 문간에 있었다. 토머스 박사는 그와 함께 밖으로 나왔다.

"사실 그리 놀라운 것도 아니랍니다." 토머스 박사가 말했다.

"그건 아주 쉬운 일이지요."

"뭐라고요?"

"남의 눈을 피해서 범행을 저지르는 것 말입니다."

그는 다시 그 예의—매력적이고 천진스런 미소를 지어 보였다.

"조심만 한다면 말이지요. 다만 조심하기만 하면 되는 겁니다. 영리한 사람이라면 사소한 실수도 범하지 않을 정도로 극히 조심스럽게 처신할 수 있는 거죠. 그걸로 족한 겁니다."

그는 다시 미소를 지어 보이고 집 안으로 들어갔다.

루크는 계단 위에서 한동안 멍하니 서 있었다. 그 의사의 미소 속에는 뭔가 선심을 쓰는 듯한 기색이 담겨 있었다.

그들이 대화를 나누는 동안 줄곧 루크는 자기는 완전히 성숙한 어른이고, 토머스 박사는 생기 있고 영리한 젊은이라고 생각했던 것이다. 그런데 바로 이 순간 그는 그 역할이 서로 뒤바뀌었다는 것을 느꼈다. 그 의사의 미소는 어른이 천진스런 어린아이의 영리한 태도를 보고 즐거워하는 그런 미소였던 것이다.

제9장

 시내의 조그만 가게에서 루크는 담배 한 상자와 '굿 치어'라는, 이스터필드 경에게는 상당한 양의 일정한 수입을 보장해 주는 상업성을 띤 주간지를 샀다. 축구 경기에 대한 기사가 실린 면을 들여다보다가 루크는 자기가 120파운드를 벌 기회를 잃었다는 것을 알고는 그만 신음 소리를 냈다. 피어스 부인은 즉시 동정심을 보이면서 자기 남편도 그와 비슷한 실망을 느꼈다는 사실을 이야기했다. 그렇게 해서 두 사람이 친근한 관계를 맺게 되자, 대화를 계속해서 끌고나가는 것은 조금도 어렵지 않았다.

"우리 남편도 축구 경기에 대해 무척 관심이 있답니다."

피어스 부인이 말했다.

"신문이 오면 제일 먼저 그것부터 보거든요. 그리고 아까도 말씀드렸듯이 그이는 크게 실망을 느꼈을 테지만, 모든 사람이 다 이길 수는 없는 노릇이 아니겠어요? 내 말은, 그러니까 운수를 거스를 수는 없다는 거예요."

루크는 그녀의 의견에 대해서 진심으로 동조를 표시하고는, 불행이란 절대 한 번에 하나씩 오는 법이 없다는 더 심오한 문제를 꺼냄으로써 자연스럽게 대화를 이끌어 나갔다.

"아, 그건 정말 그래요, 선생님. 그건 나도 잘 알고 있답니다."

피어스 부인은 한숨을 내쉬었다.

"남편과 여덟 명의 자식—여섯은 살아 있고, 둘은 땅에 장사를 지낸 바 있는 여자라면 불행이 뭔지 잘 알 거예요."

"그렇겠군요. 오, 저런. 그렇다면 바로 부인께서 자식 두 명을 땅에 묻었다는 말씀인가요?" 루크가 말했다.

"한 아이는 땅에 묻은 지 채 한 달도 지나지 않았답니다."

피어스 부인은 처량한 기분을 즐기고 있기라도 한 듯한 어조로 말했다.

"쯧쯧, 정말 가슴 아픈 일이었겠군요."

"그냥 가슴 아픈 정도가 아니었답니다, 선생님. 그건 일종의 쇼크, 맞았어요, 바로 쇼크였어요. 사람들이 내게 그 소식을 알려주었을 때, 난 그만 앞이 캄캄해졌답니다. 토미한테 그런 일이 일어날 줄은 정말 꿈에도 생각지 못했거든요. 그리고 에마 제인, 그 애는 정말 너무도 귀여운 내 아기였어요. '당신은 그 아이를 결코 무사하게 기를 수 없을 거야.' 사람들은 내게 그렇게 말했답니다. '그 애는 이 험한 세상을 살아나가기에는 너무 착하거든.' 그런데 그것이 사실이었답니다, 선생님. 주님께서는 당신께 속한 것을 알고 계셨던 거죠."

루크는 그녀의 감정 상태를 깨닫고 순결한 에마 제인에 대한 문제에서 좀 덜 순결한 토미의 문제로 돌아가려고 애썼다.

"당신 아들은 아주 최근에 죽었습니까?" 그가 물었다.

"무슨 사고였습니까?"

"그건 사고였어요, 선생님. 그 낡은 홀, 지금은 도서관으로 쓰는 홀의 창문을 닦고 있다가 그만 균형을 잃고 꼭대기 창문에서 떨어진 거예요."

피어스 부인은 그 사건의 아주 자세한 부분까지도 세세하게 설명해 주었다.

"그가 창문턱에서 춤추는 것을 보았다는 이야기는 없습니까?"

루크가 지나가는 말로 물었다.

피어스 부인은 그거야 소년다운 짓이 아니었겠느냐고 하고는, 그것이 소령을 무척 놀라게 했던 모양으로, 그는 몹시 야단법석을 떨었다고 했다.

"호튼 소령 말인가요?"

"그래요, 선생님. 불도그를 끌고 다니는 신사 양반 말이에요. 그 사건이 있고 나서 그는 우연히 우리 토미가 아주 위험한 묘기를 부리는 것을 보았다는 말을 꺼내게 되었는데—그것은 만일 다른 사람이 갑자기 그 애를 놀라게 했다면 쉽게 떨어졌을 수도 있었다는 걸 보여 주는 거죠. 원기 왕성했다는 것, 그것이 토미의 불행이었어요, 선생님. 그 애는 여러 가지 일로 나를 몹시도 괴롭혔답니다. 하지만, 그건 그 애가 혈기가 넘쳤다는 것—그 나이의 아이들이 가질 수도 있는 그런 혈기에 지나지 않았던 거죠. 그 아이에게는 정말로 나쁜 면은 결코 없었던 거예요." 그녀는 말을 마쳤다.

"물론이죠. 나도 그렇게 생각합니다. 그러나 때로는 피어슨 부인, 사람들은……, 특히 나이가 지긋한 점잖은 사람들은 자기들도 그런 젊은 시절이 있었다는 사실을 그만 망각할 수 있답니다."

피어스 부인은 한숨을 내쉬었다.

"정말 옳으신 말씀이세요, 선생님. 신사라는 양반들—내가 어쩔 수 있겠습니까마는, 그런 아이를 그렇게 심하게 다루었으니 앙심을 품었을 만도 하다고요."

"무슨 못된 짓이라도 저질렀던 모양이로군요?"

루크는 너그러운 미소를 지으며 물었다.

피어스 부인은 즉시 대답했다.

"그건 단지 장난에 불과했어요. 그뿐이었다고요, 선생님. 토미는 흉내 내는 데 재주가 있었거든요. 그런 식으로 그 애는 우리를 웃겼답니다. 골동품 가게에서 엘스워시 씨 흉내를 내는가 하면, 교구 위원인 홉스 노인의 흉내도 냈지요. 그런데 그 저택에서 이스터필드 경의 흉내를 내서 정원사들을 웃기고 있을 때, 마침 그분이 몰래 다가오는 바람에 그만 토미는 그곳에서 쫓겨났던 거죠. 그건 당연한 처사였고, 아주 옳은 처사였어요. 하지만, 나리께서는 그 애를 미워하시지 않고 오히려 나중에 토미가 다른 일자리를 얻도록 도와주시기까지 하셨답니다."

"하지만, 다른 사람들은 그렇게 관대하지 않았지요?" 루크가 말했다.

"정말 그랬어요, 선생님. 그 사람을 비방하는 것은 아니지만, 당신은 생각지도 못하실 거예요. 그토록 쾌활하고 언제나 친절한 말씨와 농담을 즐기는 애버트 씨가 그러리라고는 말이죠."

"토미가 그에게 무슨 말썽이라도 일으켰습니까?"

피어스 부인이 말했다.

"그 아이가 무슨 나쁜 마음을 먹었던 것은 아니라고 생각해요. 그게 사적이고 남이 봐서는 안 될 서류였다면 그렇게 테이블 위에 함부로 내버려 두지도 말았어야 했을 거예요. 그게 바로 내가 하고 싶은 말이랍니다."

"오, 그야 당연하지요." 루크가 말했다.

"변호사 사무실에 있는 비밀 서류들은 안전하게 보관되어야 하죠."

"바로 그거예요, 선생님. 내가 생각하는 것도 바로 그거고, 주인 양반 역시 나와 같은 생각이랍니다. 토미가 그 서류들을 그리 많이 본 것도 아닌 모양이에요."

"무슨……, 유언장 같은 것이었습니까?" 루크가 물었다.

그는 생각했다—아마 틀림없이, 문제의 서류에 대한 질문이 피어스 부인을 망설이게 할 거라고.

그러나 이런 질문은 뜻밖에도 즉각적인 반응을 얻었다.

"오, 아니에요, 선생님. 그런 종류의 서류가 아니었답니다. 단지 그건 개인적인 편지였어요. 어떤 부인, 토미가 한 번도 본 적이 없었던 부인한테서 온 편지였대요. 무슨 말썽거리가 될 만한 내용이 전혀 없는 그런 편지 말이에요."

"애버트 씨는 아주 쉽게 화를 내는 그런 사람인가 보군요." 루크가 말했다.

"글쎄요, 그런 것 같아요. 그렇죠, 선생님? 비록 그 사람이 언제나 유쾌한 태도와 재미있는 말이나 농담을 즐기는 그런 신사라고 하더라도 말이죠. 그는 상대하기 까다로운 사람이라는 말도 들었는데, 그건 사실일 거예요. 험블비 박사님은 돌아가시기 전까지만 해도 그와는 서로 앙숙이었거든요. 그 일이 있고 나서 우린 애버트 씨에 대해 별로 좋지 않게 생각하게 되었어요. 왜냐하면 일단 사람이 죽은 이상 누구도 그들 사이에 험악한 말들이 오고 갔다는 사실을 생각하고 싶지 않을 테고, 또한 그런 것들을 다시 들추어낼 만한 기회도 전혀 없을 테니 말이에요."

루크는 진지하게 고개를 저었다.

"정말 그렇군요, 맞습니다." 그가 계속 말을 이었다.

"묘한 우연의 일치로군요, 그것은: 험블비 박사와 심한 언쟁이 있었고, 험블비 박사가 죽었다, 그리고 토미에 대해서 심하게 다루었는데 그 아이 역시 죽었다 이거죠. 애버트 씨에게 앞으로는 좀더 혀를 조심하도록 만든 귀중한 경험이 되었을지도 모르겠군요."

"해리 카터도 세븐 스타스 술집에서 그에게 호되게 당했어요."

피어스 부인이 말했다.

"그 둘 사이에 심한 언쟁이 있고 나서 불과 1주일 만에 물에 빠져 죽었지만, 아무도 그 때문에 애버트 씨를 비난할 수는 없죠. 욕설의 발단은 모두 카터 쪽에 있었으니까요. 애버트 씨의 집으로 통하는 길에서 그는 술에 잔뜩 취해 더할 수 없이 지저분한 욕설들을 목청껏 외쳐댔답니다. 모진 수모를 겪고 있던 가엾은 카터 부인은 카터의 죽음으로 그 끔찍한 고통으로부터 해방되었다는 것을 부인하지 못할 거예요."

"그에게도 딸이 있었습니까?"

피어스 부인이 말했다.

"오, 나는 남의 말이나 하길 좋아하는 사람은 결코 아니에요."

그것은 뜻밖이었지만, 그래도 가능성이 있어보였다. 루크는 귀를 바짝 세우고는 기다렸다.

"그건 단지 소문에 지나지 않았던 거예요. 루시 카터는 그런대로 상당히 아름다운 젊은 여인인데, 만일 그들 사이에 신분의 차이가 없었다면 남에게 주목받을 일도 전혀 없었을 테죠. 하지만 이미 소문이 났고, 그건 부인할 수 없을 거예요. 특히 카터가 그의 집을 찾아가 소리를 지르며 욕설을 퍼부었던 사실이 있었던 다음에야 더욱 분명한 게 아닐까요."

루크는 그녀의 다소 두서가 없는 말들이 무엇을 암시하는 것인지 곰곰이 생각해 보았다.

"애버트 씨는 아름다운 여인을 감상하는 취미가 있나 보군요." 그가 말했다.

"그건 신사분들한테 종종 볼 수 있는 취미라고 할 수 있어요."

피어스 부인이 말했다.

"거기에 무슨 다른 뜻이 있는 건 아니죠—그냥 지나가는 말로 한두 마디 하는 것뿐이지만, 그렇더라도 신분이 신분이니만큼 나중에 남들의 주목을 받게 되는 거랍니다. 이런 한적한 시골에서는 피할 수 없는 일이죠."

"정말 아름다운 곳입니다. 전혀 더럽혀지지 않았죠." 루크가 말했다.

"그건 예술가들이 노상 하는 소리예요. 하지만, 나는 우리 마을이 좀 시대에 뒤떨어져 있다고 생각해요. 왜냐하면 여긴 이렇다 하고 내세울 만한 건물이 한 채도 들어서질 않았거든요. 애쉬빌만 가봐도 거기에는 새로 지은 녹색 지봉과 색유리가 달린 멋진 건물들이 늘어서 있어요."

루크는 어깨를 약간 으쓱했다.

"이곳에도 새로 지은 커다란 회관이 있지 않습니까?" 그가 물었다.

"사람들은 그 건물이 아주 훌륭한 건물이라고들 한답니다."

피어스 부인은 별로 흥미가 없다는 듯이 말했다.

"물론 이스터필드 경은 이곳을 위해서 많은 일을 하셨죠. 그분이 훌륭한 의도를 갖고 계시다는 것을 우리는 모두 잘 알고 있답니다."

"하지만, 부인은 그분의 노력이 상당한 성과를 거두었다고는 생각지 않으시는 모양이군요?"

루크는 흥미를 갖고 물어보았다.

"글쎄요, 선생님, 그분은 진짜 젠트리(귀족 바로 아래 계급의 사람들)가 아니거든요―이를테면 웨인플리트 양이나 콘웨이 양과는 출신이 다르답니다. 왜냐하면 이스터필드 경의 부친은 여기서 얼마 떨어지지 않은 곳에서 구둣방을 했었거든요. 우리 어머니는 그 가게에서 일하던 고든 래그를 똑똑히 기억하고 있답니다. 물론 그때의 그가 지금은 '경'이 되었고 또한 부자이지만, 원래의 젠트리 분들과는 결코 같아질 수 없는 것이 아니겠어요, 선생님?"

"분명히 다르지요." 루크가 말했다.

"내가 너무 쓸데없는 말을 지껄였나 보군요, 선생님."

피어스 부인이 말했다.

"물론 당신이 애쉬 저택에서 지내시면서 어떤 책을 쓰고 계시다는 것을 알고 있답니다. 하지만, 선생님은 브리짓 아가씨의 사촌이고, 그렇다면 그건 문제가 전혀 다르거든요. 아가씨가 다시 애쉬 저택의 여주인이 될 수 있다면 우리도 정말 기쁠 거예요."

"물론 그러실 테죠." 루크가 말했다.

그는 갑자기 담배와 신문 값을 냈다. 그러고는 속으로 생각했다.

'인정도 많군. 그런 문제까지도 신경 써야 하는 걸까? 제길, 나는 이곳에 범인을 추적하려고 내려온 것인데. 도대체 검은 머리의 마녀가 결혼하거나 말거나 무슨 문제가 된다는 거지? 그녀는 이번 일과는 상관이 없는데.'

그는 거리를 천천히 걸어나왔다. 그는 브리짓에 대한 생각을 그의 마음속에서 애써 떨쳐 버리려고 했다.

'자, 다음은…….' 그는 마음속으로 생각했다.

'애버트로군. 그 사건과 애버트의 관계는? 나는 세 명의 희생자와 그를 연결시켰다. 그는 험블비 박사와 다투었고, 카터와도 시비가 있었으며, 또한 토미 피어스와도 말썽이 있었는데, 그 세 사람은 모두 죽었다. 에이미 깁스라는 하녀와는 어떤 관계였을까? 그 끔찍한 꼬마가 본 편지는 무슨 내용이었을까? 그는 그 편지가 누구한테서 온 것인지 알고 있었을까? 아니면 몰랐을까? 그는 자기 어머니에게 말하지 않았을지도 모르지. 하지만, 그 반대일 경우도 있어. 애버트가 그의 입을 막을 필요가 있다고 생각했다고 가정한다면? 그럴 수도 있었을 테지. 그 문제에 대해서 할 수 있는 말은 고작 그게 전부로군. 그럴 수도 있었을 거라는 것. 그걸로는 충분치가 못해.'

루크는 갑자기 화가 치밀어 오르기라도 한 듯 걸음을 빨리했다.

"이 망할 놈의 마을은……, 정말 짜증 나게 하는군. 미치광이 살인자가 활개를 치고 다니는데도 그저 사람들은 미소나 짓고, 이토록 평화롭고 순박해 보일 수 있다니. 아니면 내가 미친놈일까? 래비니아 풀러튼이 미쳤던 것일까? 아무튼 모든 게 너무도 공교롭다고 할 수 있지. 그래, 험블비 박사의 죽음이나 그 밖에 다른 사람들의 죽음이."

그가 지나온 시내의 거리를 뒤돌아보자, 갑자기 강한 비현실감이 그에게 엄습해 왔다. 그는 다시 생각했다.

'이런 일들은 있을 수가 없어.'

그러고는 눈을 들어 애쉬 산의 잔뜩 찌푸린 듯한 험상궂은 모습을 쳐다보았다. 그러자 비현실감은 순간적으로 씻은 듯 사라져버렸다.

애쉬 산은 실체였다. 그것은 모든 것을 알고 있었다—마법과 잔인성, 그리고 잊힌 피에 대한 욕망과 사악한 의식들.

그는 흠칫했다. 두 사람이 그 산등성이를 따라 걸어가고 있었다. 그는 그들이 누구인지 쉽게 알아볼 수 있었다—그것은 브리짓과 엘스워시였다.

젊은 남자는 이상하게 기분 나쁜 손으로 무슨 말인가를 표현하고 있었다.

그의 머리 역시 브리짓에게 기울어져 있었다. 그들은 마치 꿈속에서 빠져나온 모습처럼 보였다. 고양이처럼 사뿐사뿐 거니는 것이, 발걸음 소리도 전혀 내지 않는 것 같은 기분이 들었다. 그는 그녀의 검은 머리가 바람에 휘날리는 모습을 보았다. 새삼 그녀의 그 이상한 마력이 그를 사로잡았다.

'홀렸어. 바로 그거야, 그녀에게 홀리고 말았어.' 그는 속으로 되뇌었다.

그는 꼼짝도 않고 서 있었다. 그를 엄습한 이상한 기분에 사로잡힌 채. 그는 서글픈 심정으로 자신에게 말했다.

"누가 이 주문을 깨뜨릴 수 있을까? 아마도 없을 거야."

제10장

 뒤에서 부드러운 목소리가 들려 그는 급히 돌아다보았다. 한 아가씨가 서 있었다. 귓가에 굽이치는 곱슬곱슬한 갈색 머리와 조금은 수줍은 듯 보이는 짙은 푸른 눈을 한, 놀라울 정도로 아름다운 아가씨였다. 그녀는 잠시 망설이는 것 같더니 이윽고 입을 열었다.

"저, 피츠윌리엄 씨가 아닌가요?" 그녀가 말했다.

"그렇습니다, 내가……"

"저는 로즈 험블비라고 해요. 브리짓이 제게 말해 주었는데……, 선생님은 제 아버지의 친구 분을 알고 계시다면서요?"

 루크는 자신의 검게 탄 얼굴 덕분에 자신의 부끄러운 심정이 별로 나타나지 않게 된 것을 크게 감사했다.

"그건 오래전 일이었지요." 그는 조금 더듬거리며 말했다.

"그 친구들은, 음……, 아가씨 부친이 젊었을 때……, 그러니까, 그분이 결혼하시기 전에 알고 지내던 사람들이죠."

"아, 그렇군요." 로즈 험블비는 다소 맥이 빠진 듯한 모습이었다.

 그렇지만 그녀는 계속 말을 이었다.

"선생님은 책을 쓰고 계신다면서요?"

"그렇습니다. 책을 만들 원고를 작성하고 있지요. 지방 미신이라든가 뭐 그런 것들에 대한 책 말입니다."

"알겠어요. 그건 정말 재미있을 것 같군요."

 루크는 그녀에게 미소를 지으며 생각했다.

'우리 토머스 박사는 정말 운도 좋으시지.'

"그런 사람들이 있답니다." 루크가 말했다.

"정말 참을 수 없을 정도로 진저리나는 문제를 기막히게 흥미있는 이야기로 만들 수 있는 사람들 말이지요. 나도 그런 사람 중 하나인 것 같습니다."

로즈 힘블비는 같이 미소를 지어 보였다. 그리고 나서 말했다.

"선생님은 그런 걸 믿으세요, 미신이라든가 그런 것들을 말이에요?"

"그건 어려운 질문이로군요. 반드시 그렇지는 않답니다. 어떤 문제에 대해 관심이 있다고 해서 꼭 그것을 믿으란 법은 없거든요."

"정말 그럴지도 모르겠군요."

하지만, 그녀는 다소 의심스러운 모양이었다.

"당신은 미신을 믿는 편입니까?"

"아, 아뇨. 그렇지는 않다고 생각해요. 하지만, 어떤 물결 같은 것이 닥쳐오곤 한다고는 생각해요."

"물결이라니?"

"불행의 물결과 행운의 물결 같은 거 말이죠. 제 말은, 그러니까 요즘 들어 위치우드는 어떤 주문—불행의 주문에 걸린 것 같다는 생각이 들거든요. 아버지가 돌아가시고, 풀러튼 양은 교통사고를 당하고, 그리고 가엾은 소년이 창문에서 떨어지고……. 저는, 저는 이곳이 싫어진 듯한—이곳에서 벗어나야겠다는 생각이 들기 시작했답니다."

그녀의 호흡이 다소 가빠졌다. 루크는 신중하게 그녀를 바라보았다.

"그래서 그런 기분을 느끼시는 건가요?"

"오, 저도 그게 어리석은 생각이란 걸 알고 있답니다. 사실은 가엾은 아버지가 그토록 갑자기 돌아가셨기 때문인 것 같아요. 정말 아버지는 너무도 갑자기 돌아가셨어요." 그녀는 가볍게 진저리를 쳤다.

"그리고 다음에 풀러튼 양이. 그녀가 말하기를……."

로즈는 갑자기 말을 멈추었다.

"그녀가 무슨 말을 했습니까? 아주 유쾌한 노부인이었다고 생각했는데—내가 무척 좋아하던 숙모님과 몹시 닮은 분이라고 생각했는데요."

"오, 정말 그분을 알고 계셨어요?" 로즈의 얼굴이 밝아졌다.

"저는 그분을 아주 좋아했어요. 그리고 그분도 저희 아버지에게 무척 잘해 주셨답니다. 그런데 이따금 저는 그분이 무엇엔가 홀린 게 아닐까 걱정했답니다."

"어째서죠?"

"왜냐하면―그건 정말 이상했어요. 그분은 아버지한테 무슨 일이 일어날까 봐 몹시 걱정하시는 것 같았거든요. 저에게 경고하시기까지 했어요. 특히 사고에 대해 조심하라고. 그리고 바로 그날 런던에 올라가시기 전에 그분의 태도는 정말 이상했어요―완전히 겁에 질려 떨고 계시는 것 같았거든요. 저는 정말로 그렇게 생각해요, 피츠윌리엄 씨. 그분은 무슨 투시력 같은 것을 갖고 있었던 게 틀림없다고 말이에요. 그분은 틀림없이 자신에게 무슨 일이 일어날 거라는 사실을 알고 있었던 것 같아요. 그리고 아버지한테도 무슨 일이 일어날 거라는 사실도 알고 있었던 게 분명해요. 그건……, 그건 정말 소름끼치는 일이에요, 그런 일은!"

그녀는 그에게로 한 걸음 다가섰다.

"누구나 때로는 미래를 예견할 수가 있는 법이지요." 루크가 말했다.

"그런 것들을 전부 다 미신적이라고 할 수는 없는 겁니다."

"아뇨, 전 그게 순전히 본능적인 거라고 생각해요. 대부분의 사람에게는 없는 재능 같은 것이라고요. 그렇다고 하더라도 전 걱정스러워요."

"당신은 걱정할 필요가 없습니다." 루크가 부드럽게 말했다.

"이제 그런 것은 모두 지나갔다는 사실을 기억하세요. 지나간 과거를 돌이켜봐야 하나도 소용없는 겁니다. 앞으로 살아가야 할 길은 바로 미래죠."

"저도 알고 있어요. 하지만, 아직 문제가 더 남아 있거든요."

로즈는 잠시 망설였다.

"그건―그러니까, 선생님 사촌과 관계가 있는 일이에요."

"내 사촌? 브리짓을 말하는 건가요?"

"그래요. 풀러튼 양은 그녀에 대해서도 마찬가지로 걱정했어요. 그분은 언제나 저한테 그녀의 안부를 묻곤 했거든요. 틀림없이 그녀에 대해서도 걱정했던 거예요."

루크는 휙 돌아서서 산등성이 쪽을 뚫어지게 살펴보았다. 그는 브리짓에 대해 자신도 모르게 염려스러운 마음이 들었다.

'공상, 모든 게 터무니없는 공상에 지나지 않아! 엘스워시는 자기 가게에 만족하는 착실한 예술 애호가에 지나지 않아.'

그때 마치 그의 생각을 읽기라도 한 듯이 로즈가 말했다.

"선생님은 엘스워시 씨를 좋아하세요?"

"별로 좋아하지 않습니다."

"제프리……, 토머스 박사 말이에요, 그분도 역시 그 사람을 좋아하지 않는답니다."

"당신은 그 사람을 좋아합니까?"

"오, 아뇨. 저는 그가 끔찍한 사람이라고 생각해요." 그녀는 좀더 다가왔다. "그 사람에 대해서는 말들이 많습니다. 그는 '마녀의 들판'에서 어떤 이상한 의식을 올렸는데, 많은 그의 친구들—소름끼치도록 이상하게 생긴 사람들이 런던에서 내려왔다는 이야기를 들었어요. 그리고 토미 피어스가 그 의식의 사제 시동이었대요."

"토미 피어스가?" 루크는 뜻밖이라는 듯이 물었다.

"예. 백홍의 법의(法衣)를 입고 말이에요."

"그게 언제였습니까?"

"오, 얼마 전이었어요. 3월이었던 것 같아요."

"토미 피어스는 이 마을에서 일어난 모든 사건에 끼어들었던 모양이로군요." 로즈가 말했다.

"그 애는 끔찍이도 남의 일에 참견하길 좋아했답니다. 언제나 어떤 일이든지 알아야만 직성이 풀리는 그런 아이였어요."

"아마 그 애는 너무 많은 것을 알았던가 보군요."

루크는 굳은 표정으로 말했다.

로즈는 그 말을 액면 그대로 받아들였다.

"그 애는 정말 밉살스러운 악동이었답니다. 순전히 재미로 말벌들을 잡아 죽이고 개들을 못살게 굴었어요."

"그런 악동이 죽었다고 해서 애석하게 여길 사람도 없겠군요."

"아마 그럴 거예요. 물론 그 애 어머니에게는 몹시도 슬픈 일이었을 테지만 말이죠."

"그녀에게는 슬픔을 달래줄 수 있는 여섯이나 되는 자식들이 있다더군요. 상당히 말재주가 있는 여자인 것 같던데."

"무척 수다스럽지 않던가요?"

"그녀의 가게에서 담배 한 갑을 샀을 뿐인데도 이곳에 사는 모든 사람들의 이야기를 전부 알게 된 듯한 기분이랍니다."

로즈가 서글픈 어조로 말했다.

"그게 바로 이런 시골의 가장 좋지 않은 점이에요. 다른 사람들에 대해서 죄다 알고들 있으니 말이죠."

"오, 그렇진 않답니다." 루크가 말했다.

그녀는 그게 무슨 소리냐는 듯이 그를 쳐다보았다.

루크는 진지한 표정을 지으며 말했다.

"다른 사람에 대해 모든 사실을 빠짐없이 아는 사람은 없답니다. 비록 가장 가깝고 가장 사랑하는 사람이라고 할지라도 말이죠."

"그런 사람일지라도……." 그녀는 말을 하다가 멈추었다.

"오, 선생님 말씀이 옳은 것 같아요. 선생님은 그런 것들을 별로 두려워하시지 않는가 보군요, 피츠윌리엄 씨."

"그것이 당신에게는 두려운가요?"

천천히 그녀는 고개를 끄덕였다. 그러고는 갑자기 돌아섰다.

"이제 그만 가봐야겠어요. 혹시, 혹시 바쁘시지 않으면, 그러니까 시간이 나시면, 저희 집에 한번 들러 주세요. 어머니도 선생님을 보면 좋아하실 거예요. 아버님의 옛날 친구들을 알고 계신다니 말이에요."

그녀는 천천히 멀어져 갔다. 마치 무슨 근심거리라도 있는지 고개를 조금 숙인 모습으로.

루크는 그녀의 뒷모습을 지켜보며 서 있었다. 갑자기 그녀에 대한 걱정이 물결처럼 엄습해 왔다. 그는 이 아가씨를 감싸주고 보호해 주고 싶은 열망을 느꼈다. 대체 무엇으로부터? 이렇게 자문해 보던 그는 순간 자신에 대해 참을 수 없는 기분을 느끼며 고개를 흔들었다.

로즈 험블비가 최근에 아버지를 잃은 것은 사실이지만, 그녀에게는 어머니가 있고, 또한 보호 장벽으로는 더할 나위 없이 적합한 아주 매력적인 젊은 청년과 결혼하기로 약속이 되어 있었다. 그런데 왜 그는—루크 피츠윌리엄은 이런 보호 콤플렉스에 시달려야 할까?

'아무튼.'

그는 점점 거대한 모습으로 다가오는 애쉬 산을 향해 천천히 발걸음을 옮기면서 생각했다.

'나는 그 아가씨를 좋아하고 있어. 그녀는 토머스—그 냉정하고 오만한 악마 같은 친구에겐 너무 과분해.'

문간에서 그에게 보내던 그 의사의 마지막 미소에 대한 생각이 다시 떠올랐다. 정말 거만하기 짝이 없는 그런 미소였지! 자신만만하고!

전방의 작은 길에서 나는 발걸음 소리가 조금은 짜증스러운 심정으로 생각에 잠겨 있던 루크를 깨어나게 했다. 그는 엘스워시가 산허리를 돌아 길을 내려오는 모습을 보았다.

시선을 땅을 향한 채 그는 혼자 미소를 짓고 있었다. 그런 그의 표정이 루크를 기분 나쁘게 만들었다. 엘스워시의 걸음걸이는 그다지 의기양양한 듯이 보이지는 않았다. 그의 미소는 입술이 음흉하게 일그러진 묘한 것으로, 교활한 만족감이 깃들어 있는 확실히 불쾌한 미소였다.

루크가 걸음을 멈추자 엘스워시는 점점 다가와서 이윽고 루크와 거의 나란히 서게 되었다. 그의 눈은 상대방이 보고 있다는 것을 깨닫기 전까지만 해도 사악한 빛을 띠고 이글이글 타고 있었다. 그런데(아니면 루크가 그렇게 느껴져서인지), 그 순간 그의 표정은 완전히 바뀌었다.

조금 전까지만 해도 춤추는 사티로스(그리스 신화에 나오는 숲의 신으로, 반인반수의 괴물. 술과 여자를 좋아함)처럼 호색한 같은 눈빛을 보이던 사람이 이제는 제법 점잔을 빼는 성실한 청년으로 돌아왔던 것이다.

"오, 피츠윌리엄 씨, 안녕하십니까?"

"안녕하십니까?" 루크가 말했다.

"대자연의 아름다움을 찬미하고 있었나 보군요?"

엘스워시는 책망이라도 하듯 그 길고 창백한 손을 흔들어 보였다.
"오, 아닙니다. 그렇지 않아요. 나는 자연을 찬양하지 않습니다. 아주 경멸하지요. 대신에 나는 인생을 즐긴답니다, 피츠윌리엄 씨."
"그건 나도 마찬가지입니다." 루크가 말했다.
"'건전한 정신은 건전한 신체에 깃든다.' 이거죠. 당신은 이 말을 진리라고 생각하실 겁니다."
그의 어조에는 미묘하게 비꼬는 듯한 기색이 담겨 있었다.
"그건 더욱 잘못 보신 겁니다." 루크가 말했다.
"훌륭합니다! 건전하다는 것은 사람을 믿을 수 없을 정도로 지겹게 하죠. 누구나 조금만 정상에서 벗어나 미치게 되면……, 그때는 전혀 새롭고 황홀한 시각으로 인생을 보게 된답니다."
"문둥이가 곁눈질하는 식이로군요." 루크가 한마디 했다.
"오, 좋습니다, 정말 훌륭해요. 멋진 위트로군요! 하지만 그 속엔 중요한 게 있다고요. 매우 흥미있는 관점 말이죠. 그렇다고 꼭 당신에게 그걸 강요하고 싶진 않습니다. 당신은 노력하는 중이니까요. 누구나 노력해야죠—그게 바로 사립학교 정신이죠!"
"당신 말대로입니다."
루크는 무뚝뚝하게 고개를 끄덕여 보이고는 발걸음을 옮겼다.
'나는 너무 지나치게 상상력이 풍부해서 탈이야. 그 친구는 단지 머리가 모자란 바보일 뿐이라고.'
그러나 뭔가 정체를 알 수 없는 불안감이 그의 발걸음을 재촉했다.
엘스워시의 얼굴에 떠올랐던 그 기묘하고 교활하고 의기양양해하던 미소는 과연 그의 일방적인 상상에 불과한 것이었을까? 그리고 루크가 다가오는 것을 본 순간, 마치 스펀지에 물이 스며들듯이 깨끗이 사라진 그의 표정은—대체 어찌 된 것이었을까? 다시 불안감이 되살아나며 루크는 생각했다.
'브리짓은? 그녀는 괜찮을까? 그들은 함께 여길 올라왔는데 그만 혼자 돌아갔단 말이야.'
그는 서둘렀다. 그가 로즈 험블비와 이야기하는 동안은 해가 나와 있었는데,

지금은 다시 들어갔다. 하늘은 잔뜩 찌푸려 있었고 갑자기 바람이 이리저리 산만하게 불어 닥쳤다. 마치 그가 정상적인 일상생활에서 위치우드에 도착한 그날 이후로 그를 뒤덮은 의식적이고도 마법에 홀린 듯한 기묘한 세계로 발을 들여놓기라도 한 것 같은 기분이었다. 한 굽이를 돌자 그는 산 밑에서 바라보기만 했던 푸른 잔디가 깔린 평평한 산마루에 올라서게 되었다. 그는 그곳이 바로 '마녀들의 들판'이라는 이름이 붙은 곳이라는 것을 깨달았다.

이곳이 바로 옛날부터 그런 전설이 전해 오는 곳이다. 5월 초하루 전야(마녀가 산 중에서 마왕과 주연을 베푼다는 밤)와 제성첨례 전야에 마녀들이 모여 잔치를 벌인다는 곳이다.

그때 갑자기 안도의 물결이 그를 휩쓸었다. 브리짓이 거기 있었다. 그녀는 산허리에 돌출한 바위에 등을 기대고 앉아 있었다. 몸을 웅크린 자세로 앉아 얼굴을 손에 파묻고 있었다. 그는 재빨리 그녀에게로 다가갔다. 뜻밖에도 푸르고 신성한 아름다운 잔디밭이 펼쳐져 있었다.

"브리짓?" 그가 말했다.

천천히 그녀는 얼굴을 들었다. 그녀의 표정은 그의 마음을 괴롭게 만들었다. 그녀는 마치 어딘가 먼 다른 세계로부터 돌아온 듯한, 마치 지금의 현실세계에 자신을 적응시키기 어려워하는 듯한 모습이었다.

루크는 좀 당황하면서 말했다.

"당신……, 당신 괜찮소?"

그녀는 잠깐 대답이 없었다―마치 아직도 그녀를 잡은 그 아득히 먼 세계로부터 완전히 돌아오지 못하기라도 한 듯이.

루크는 자기 말이 그녀에게 전달되기까지는 상당히 긴 여행을 한 것 같은 생각이 들었다. 이윽고 그녀가 대답했다.

"물론이죠, 난 괜찮아요. 그런데 어째서 그런 걸 물어보시죠?"

이제 그녀의 날카로운 목소리는 거의 적의까지 담고 있었다.

루크는 싱긋 웃었다.

"그걸 안다면 내 목을 매야 할 거요. 다만 갑자기 당신이 걱정되었던 겁니다."

"어째서죠?"

"대개, 그러니까……, 지금 내가 머무르는 곳의 멜로드라마 같은 분위기 때문일 거요. 그건 나를 완전히 균형을 잃고 사물을 보게 합니다. 만일 내가 한두 시간 정도 당신 모습을 보지 못하게 되면, 나는 당연히 어떤 도랑에서 당신의 피투성이가 된 시체를 발견하게 될 거라고 생각하게 될 테니 말입니다. 그건 연극이나 소설에서나 있을 수 있는 일이지요."

"여주인공들은 절대 살해당하지 않아요." 브리짓이 말했다.

"물론이죠. 하지만……." 루크는 제때에 말을 멈추었다.

"무슨 말씀을 하려던 거죠?"

"아무 말도 아닙니다."

다행히도 그는 정말 제때 자신을 억제할 수 있었다. "하지만 당신은 여주인공이 아니잖소"라는 말을, 그것도 젊고 매력적인 여인에게 대놓고 할 수야 없잖은가.

브리짓이 계속 말했다.

"그들은 납치당하고 감옥에 갇히고 기절해서 하수구 같은 데 버려지거나 지하실에 감금되거나 하죠. 언제나 위험에 처하지만, 절대 죽지는 않아요."

"아니면 사라지거나 하지도 않지요." 루크는 다시 말을 이었다.

"이곳이 바로 '마녀들의 들판' 입니까?"

"그래요."

그는 그녀를 내려다보았다.

"당신은 빗자루만 있으면 되겠군요." 그가 부드럽게 말했다.

"고마워요. 엘스위시 씨도 똑같은 말을 하더군요."

"방금 그를 만났습니다." 루크가 말했다.

"그래서 그와 이야기를 해보셨나요?"

"그렇습니다. 그는 나를 화나게 하려고 애쓰는 것 같더군요."

"그가 성공했나요?"

"그의 방법은 좀 유치한 것이었답니다."

그는 잠시 멈추었다가 다시 퉁명스러운 어조로 말을 이었다.

"그는 좀 이상한 친구더군요. 어떤 때는 머리가 조금 돈 사람인 것 같다가도 금방 언제 그런 적이 있었느냐는 듯이 아주 딴 사람이 된 것처럼 보이니 말입니다."

브리짓은 그를 올려다보았다.

"당신도 그런 걸 느끼셨어요?"

"그렇다면 당신도 역시?"

"예."

루크는 기다렸다. 브리짓이 다시 입을 열었다.

"뭔가가 있어요. 그에게는 뭔가 이상한 데가 있어요. 나는 그 점이 늘 궁금했답니다. 지난밤에 나는 뭔가를 골똘히 생각하느라고 한숨도 못 잤어요. 그 모든 일들에 대해 생각하느라고 말이에요. 만일에 살인자가 있다면……, 그게 누구인지 내가 꼭 알고 있어야 할 것 같았어요. 내 말은, 내가 바로 이곳에서 살고 있으니 그건 당연하다는 거죠. 나는 생각에 생각을 거듭한 결과 마침내 이런 결론에 이르게 되었죠—즉, 만일 살인자가 있다면 그자는 틀림없이 미친 사람일 거라는 결론이에요."

토머스 박사가 한 말을 생각하며 루크가 물었다.

"살인자가 당신이나 나처럼 정상적인 사람일 수도 있다고는 생각지 않습니까?"

"이런 종류의 살인자는 그렇지 않아요. 내가 생각한 대로 이 살인자는 틀림없이 정신이상자일 거예요. 그래서 난 곧바로 엘스워시를 떠올리게 된 거죠. 이곳 사람 중에서 유별나게 이상한 사람이라곤 오직 그밖에 없어요. 그가 이상하다는 사실은 당신도 결코 부정할 수 없을 거예요!"

루크가 의심스럽다는 듯이 말했다.

"그 사람의 여러 특징들(아마추어 예술 애호가, 심한 허풍)은 일반적으로 전혀 해롭지 않은 것들이죠."

"맞아요. 하지만 나는 그런 것보다 좀더 중요한 특징이 있다고 생각해요. 그는 아주 혐오감을 느끼게 하는 손을 가졌어요."

"당신도 알아차렸습니까? 재미있군요. 나 역시 그걸 눈여겨보았답니다!"

"그의 손은 그냥 흰 게 아니라, 거의 푸른색을 띠고 있어요."

"그의 손이 사람들에게 아주 섬뜩한 느낌을 주는 건 사실이지요. 하지만 그렇다고 피부색으로 한 사람을 살인자로 낙인찍을 수는 없는 겁니다."

"오, 그야 그렇죠. 우리가 원하는 것은 바로 증거이니까요."

"증거라……." 루크는 신음을 내며 말했다.

"우리에게 절대적으로 부족한 것이 바로 그겁니다. 그자는 지나칠 정도로 조심성이 많아요. 조심성이 있는 살인자! 게다가 교활한 미치광이!"

"나도 나름대로 알아보려고 시도해 보는 중이었어요." 브리짓이 말했다.

"엘스워시한테 말입니까?"

"예. 당신보다는 내가 그를 다루기가 훨씬 쉬울 거라고 생각했죠. 일단은 시작은 한 셈이에요."

"얘기해 주시죠."

"글쎄요, 그는 어떤 작은 모임, 쓰레기같이 추잡한 작자들로 구성된 모임의 한 일원인 것 같아요. 그들은 때때로 이곳에 내려와 무슨 의식 같은 것을 올리는 모양이에요."

"소위 말하는 비밀 집회 같은 것 말입니까?"

"그게 무슨 비밀 집회인지 아닌지는 저도 잘 모르겠어요. 아무튼 아주 유치하고 어리석은 짓거리인 것만은 분명해요."

"악마를 경배하고 음란한 춤을 추는 등, 뭐 그런 걸 하는 게 아닐까요?"

"뭐 그 비슷한 것일 테죠. 아주 자극적인 의식인 게 틀림없어요."

"이 문제에 대해서는 나도 도움이 될 수 있을 겁니다." 루크가 말했다.

"토미 피어스도 그들의 의식에 참석한 적이 있었답니다. 그 애는 사제 시동이었다더군요. 붉은 법의를 입었다고 합니다."

"그렇다면 그 애도 그 일에 대해서 알고 있었다는 거로군요?"

"그렇지요. 그리고 그것이 그 애의 죽음을 설명해 줄지도 모릅니다."

"그 애가 그 일에 대해서 발설했다는 건가요?"

"그렇죠. 아니면 은밀한 공갈 협박 같은 것을 했을 수도 있고요."

브리짓이 신중한 어조로 말했다.

"나도 그게 너무 공상적인 생각이란 걸 알고 있어요. 하지만 다른 사람들과는 달리 엘스워시의 경우에는 그렇게 터무니없는 공상만은 아닌 것 같거든요."

"그건 나도 동감입니다. 그것은 터무니없을 정도로 비현실적인 상황에서 이제 막 가능할 수도 있는 상황으로 바뀐 것이라고 할 수 있지요."

"우리는 두 희생자와의 관계를 알고 있어요." 브리짓이 말했다.

"토미 피어스와 에이미 깁스 말이죠."

"그 술집 주인과 험블비 박사는 어떻게 되는 거죠?"

"지금으로선 알 수가 없죠."

"술집 주인은 모르지만, 험블비 박사를 제거해야 할 만한 동기는 추측할 수 있습니다. 그는 의사였고, 따라서 엘스워시의 비정상적인 상태에 대해 눈치챘을지도 모르거든요."

"예, 그건 가능한 일이에요." 그러고 나서 브리짓은 웃음을 터뜨렸다.

"오늘 아침에는 내 소질을 상당히 잘 발휘했답니다. 내 영적인 잠재력도 대단한 모양이에요. 우리 고조모 한 분이 마녀로 몰려 화형당할 뻔했다가 가까스로 모면하셨다는 이야기를 해주니까 그는 내 혈통을 상당히 높이 추켜세워 주더군요. 다음번 악마의 주연이 언제 열릴지는 모르지만, 어쩌면 나도 그 모임에 참석해 달라는 초대를 받게 될 것 같아요."

루크가 말했다.

"브리짓, 제발 조심해요."

그녀는 깜짝 놀라서 그를 쳐다보았다. 그는 자리에서 일어났다.

"나는 방금 험블비 박사의 따님을 만났습니다. 우리는 풀러튼 양에 대해 이야기를 나누었는데, 험블비 양의 말은 풀러튼 양이 당신을 걱정했다는군요."

브리짓은 일어서려고 하다가 그만 얼어붙기라도 한 듯이 그대로 멈추었다.

"대체 그게 무슨 말이죠? 풀러튼 양이 나에 대해……, 걱정을 하다니?"

"그건 로즈 험블비가 한 말이오."

"로즈 험블비가 그런 말을 했어요?"

"그래요."

"그리고 또 무슨 말을 하던가요?"

"그 말밖에는 하지 않았소."

"틀림없나요?"

"틀림없어요."

잠깐 생각해 본 다음에 브리짓이 말했다.

"알았어요."

"풀러튼 양은 험블비 박사에 대해서도 걱정했는데, 그는 죽었어요. 이제 나는 그녀가 당신에 대해서도 걱정했다는 말을 들었으니……."

브리짓은 웃음을 터뜨렸다. 이윽고 웃음을 멈추고 그녀가 고개를 흔들자 그녀의 긴 검은 머리가 얼굴을 휘감았다.

"걱정하지 마세요. 마녀는 자기 자신을 돌볼 수 있는 법이에요."

루크는 은행 지점장 테이블의 맞은편에 놓인 의자에 깊숙이 기대어 앉아 있었다.

"글쎄요, 그게 정말 안전할 것 같군요." 그가 말했다.

"시간을 너무 많이 빼앗은 거나 아닌지 모르겠습니다."

존스 씨는 그렇지 않다는 듯이 손을 내저었다. 그의 작고 까무잡잡하고 통통한 얼굴에는 흡족한 표정이 떠올라 있었다.

"천만에요. 그렇지 않습니다, 피츠윌리엄 씨. 이 마을은 조용한 곳이라 당신 같이 외부에서 오신 분과 이야기를 할 수 있다는 건 무척 즐거운 일이지요."

"여긴 정말 매혹적인 곳입니다." 루크가 말했다.

"온갖 미신들로 가득 차 있으니 말입니다."

존스 씨는 한숨을 내쉬고는, 미신을 뿌리 뽑기 위한 교육에 많은 시간이 들었다고 했다. 루크가 요즈음에는 교육의 효과를 너무 높이 평가하는 경향이 있는 것 같다는 말을 하자, 존스 씨는 그런 그의 의견에 조금 충격을 받은 모양이었다. 그가 말했다.

"이스터필드 경은 이 지역의 발전을 위해 많은 일을 하셨답니다. 그분은 자신이 어렸을 때 겪었던 불이익을 통감하시고는 오늘날의 젊은이들은 더 균등한 기회를 얻도록 하자고 결심한 거죠."

"어린 시절의 불리한 조건도 그분이 큰 재산을 모으는데 방해가 되지 못했나 보군요." 루크가 말했다.

"그렇습니다. 그분은 재능을……, 위대한 재능을 가지셨던 모양입니다."

"아니면 운이 좋았거나 말이죠." 루크가 말했다.

존슨 씨는 다소 충격을 받은 모양이었다.

"운이란 것도 역시 무시 못할 것 중 하나죠." 루크가 다시 말했다.

"예를 들어, 살인범이 한 명 있다고 합시다. 그 살인범이 용케 잡히지 않고 성공적으로 살인을 저지른다면 그 비결이 무엇일까요? 그의 능력 때문일까요? 아니면 순전히 운이 좋아서일까요?"

존스 씨는 그건 아마도 운이 좋은 탓일 거라고 했다.

루크가 다시 말을 이었다.

"그 술집 주인인 카터란 친구를 한번 살펴봅시다. 그 친구는 1주일이면 엿새는 술독에 빠지는데, 하필이면 그날 밤 다리를 건너다가 강물에 빠져 죽었을까요? 역시 그것도 운이었죠."

"어떤 사람들에게는 행운이었지요." 지점장이 말했다.

"무슨 말씀이신지?"

"그의 아내와 딸에게는 행운이었다는 거죠."

"오, 그렇군요. 그야 물론 그럴 테죠."

한 사무원이 노크하고는 무슨 서류를 들고 안으로 들어왔다. 루크는 두 장의 서류에 서명하고 수표책을 받았다. 그는 자리에서 일어났다.

"아무튼 모든 게 다 잘되어서 기쁘군요. 올해 더비 경마에서는 상당히 운이 좋았답니다. 당신은 어떠셨습니까?"

존스 씨는 미소를 지으면서 자기는 내기를 좋아하지 않는다고 했다. 그리고 자기 부인도 경마 문제에 대해서 아주 강경한 생각을 하고 있다고 덧붙였다.

"그렇다면 더비 경마장에는 가보시지 않았겠군요?"

"그렇답니다."

"혹시 이곳 사람 중에서 그곳에 간 사람은 없습니까?"

"호튼 소령이 갔었지요. 그는 정말 경마광이라고 할 수 있답니다. 그리고 애버트 씨도 경마가 있는 날이면 빠지지 않는 편이지요. 비록 돈을 따고 돌아온 적은 없지만."

"돈을 따는 사람들은 별로 없는 것 같습니다." 루크가 말했다.

그는 작별 인사를 하고 그곳을 나왔다. 은행에서 나오자 그는 담배에 불을 붙였다. 가장 가능성이 적은 사람일 거라는 가정은 차치하고라도, 혐의자 명단에서 존스 씨를 제외하지 않고 그대로 둘 만한 이유도 찾아볼 수가 없었다.

지점장은 루크가 테스트해 본 질문에 대해 전혀 흥미있는 반응을 보이지 않았다. 더군다나 그는 더비 경마 때도 참석하지 않았다. 그러나 다행히도 루크의 방문은 헛되지가 않았다. 그는 그런대로 가치가 있는 정보를 얻어낸 것이었다. 호튼 소령과 변호사 애버트는 둘 다 더비 경마가 있던 날 위치우드를 떠났었다. 그러므로 그들은 풀러튼 양이 교통사고를 당한 그날 런던에 있었을 수도 있다.

비록 루크는 토머스 박사에 대해서는 이제 의심하지 않게 되었지만, 그가 문제의 그날 직업적인 일로 위치우드에 있었다는 사실을 알게 된다면 좀더 안심하게 될 것 같았다. 그는 그 점을 반드시 확인해 봐야겠다고 마음속으로 다짐했다. 다음은 엘스워시가 있었다.

더비 경마가 있었던 날 엘스워시는 위치우드에 있었을까? 만일에 그렇다면 그가 살인자일 거라는 가정은 자연히 근거가 약해지게 되는 것이다. 풀러튼 양의 죽음이 단순한 사고에 지나지 않을 가능성도 있다는 사실을 루크도 고려해 보지 않은 것은 아니지만, 그럴 가능성은 제외했다. 그녀의 죽음은 그 시기가 너무도 공교로운 것이기 때문이다.

루크는 길가에 세워 두었던 자동차를 타고 거리 맨 끝에 있는 '파이프웰 자동차 정비소'까지 몰고 갔다. 자동차 운전에 대해서 알고 싶은 문제들이 많았기 때문이다. 주근깨가 있는 미남형의 젊은 정비공은 그의 이야기를 진지하게 들어주었다.

두 사람은 자동차 후드를 들어 올리고 기술적인 문제에 대한 본격적인 토론에 들어갔다. 그때 누군가가 부르는 소리가 들렸다.

"어이, 짐. 잠깐 좀 와보게나."

주근깨가 있는 정비공이 그에 대답했다.

짐 하비, 맞았다. 짐 하비, 바로 에이미 깁스의 애인이었다. 그는 곧 돌아와서 미안하다고 하고는 다시 기술적인 문제에 대한 대화로 들어갔다.

루크는 자동차를 그곳에 맡기기로 했다. 그곳을 떠날 즈음 그가 무심코 물었다.

"올해 더비 경마에서 돈을 땄습니까?"
"아뇨, 선생님. 클래리골드에 돈을 걸었거든요."
"주주브 2세에 돈은 건 사람들은 별로 없었나 보군요?"
"그렇답니다, 선생님. 도대체 무슨 놈의 신문이 왜 그 말이 이길 가망이 없다고 했는지 이해할 수가 없어요."

루크는 고개를 저었다.

"경마란 불확실한 게임이지요. 더비 경마를 직접 본 적이 있습니까?"
"보지 못했습니다, 선생님. 정말 보고 싶었는데―올해는 하루 휴가를 요청해서라도 말이죠. 하지만 사장이 들어주지 않을 것 같았어요. 사실이지 우리는 일손이 부족한데다가, 또 그날따라 일이 많았거든요."

루크는 고개를 끄덕이고는 그곳을 떠났다. 짐 하비도 그의 명단에서 제외되었다. 명랑한 얼굴의 청년은 결코 은밀한 살인자가 못 되었고, 또한 래비니아 풀러튼 양을 치어죽인 사람도 아니었다.

그는 강둑을 따라 천천히 집으로 돌아갔다. 여기가 일전에 호튼 소령과 그의 불도그들을 본 곳이었다. 소령은 여전히 그때와 다름없이 발작적으로 소리치고 있었다.

"오거스터스……! 넬리! 넬리! 네로, 네로, 네로!"

다시 그 툭 튀어나온 눈동자가 루크를 주시했다. 하지만, 이번에는 다음에 따라오는 것이 있었다. 호튼 소령이 말했다.

"죄송합니다만, 혹시 피츠윌리엄 씨가 아니신지요?"
"그렇습니다."
"호튼이라고 합니다, 호튼 소령이지요. 내일 애쉬 저택에서 다시 뵙게 될 것 같군요. 테니스 시합이 있답니다. 콘웨이 양이 정말 친절하게도 나를 초대했거든요. 당신과는 사촌이 된다고 하는 것 같던데, 맞습니까?"
"그렇습니다."
"나도 그럴 거라고 생각했지요. 이곳에서는 낯선 사람은 금방 사람들의 주목을 받게 된답니다."

이때 대화가 잠시 중단되었는데, 그것은 불도그 두 마리가 혈통을 알 수 없는 흰 잡종 개를 쫓아갔기 때문이었다.

"오거스터스!⋯⋯네로! 이리와, 어서! 이리 와, 어서!"

오거스터스와 네로가 이윽고 마지못해 돌아오자, 호튼 소령은 다시 대화를 이어나갔다. 루크는 처량해 보이는 시선으로 자기를 뚫어지게 쳐다보는 넬리를 가볍게 쓰다듬어 주고 있었다.

"멋진 암놈이죠, 그렇지 않습니까?" 소령이 말했다.

"나는 불도그를 좋아한답니다. 언제나 이놈들을 데리고 다니지요. 다른 어떤 개들보다도 좋아하거든요. 우리 집이 여기서 얼마 떨어져 있지 않은데, 같이 가서 한잔합시다."

루크는 그 제안을 쾌히 받아들였고, 두 사람은 함께 걸어갔다. 그의 집으로 가는 도중 호튼 소령은 자기 개들에 대한 이야기를 끊임없이 떠들어댔고, 루크는 말없이 그의 이야기를 들어주었다.

이윽고 그들은 소령의 집에 도착하게 되었다. 그는 현관문을 열고 루크를 집 안으로 안내했다. 좁은 복도를 따라가자 서가로 사면 벽을 채운, 조그맣고 약간은 개 냄새가 배어 있는 듯한 방으로 들어서게 되었다.

호튼 소령은 서둘러 마실 것을 직접 준비했다. 루크는 사방을 둘러보았다. 개를 찍은 사진들, '필드 앤드 컨트리 라이프' 잡지들, 그리고 다 낡아빠진 안락의자가 한 쌍 있었다. 책장 안에는 은제 컵들이 나란히 진열되어 있었다. 벽난로 위에는 유화가 한 점 걸려 있었다.

"아내죠."

소령은 잔에서 눈을 떼고는 루크의 시선이 향한 곳을 쳐다보지도 않고 말했다.

"놀라운 여자였지요. 그녀의 얼굴에 성격이 잘 나타나 있지 않습니까, 그렇죠?"

"정말, 그렇군요."

루크는 호튼 부인의 초상화를 쳐다보며 말했다.

그녀는 핑크빛 공단 드레스를 입고 있었는데, 손에는 은방울꽃 한 묶음을 들고 있었다. 갈색 머리를 가운데서 쪽지고 입술은 엄숙한 표정으로 굳게 다물고 있었다. 차가운 잿빛 눈은 보는 사람으로 하여금 그녀의 성급한 성미를 충분히 알아볼 수 있게 했다.

"놀라운 여자였지요." 소령은 루크에게 잔을 건네며 말했다.

"그녀가 죽은 지 벌써 1년이 넘었군요. 그때 이후로 나는 전혀 다른 사람이 되었답니다."

"예?" 루크는 잠시 무슨 말인지 알아듣지 못하고 되물었다.

"앉으십시오."

소령은 가죽을 씌운 의자를 손으로 가리키며 말했다. 그러고는 그 역시 의자에 앉아 소다수를 탄 위스키를 마시면서 말을 이었다.

"아니, 그 이후로 나는 예전의 나와는 다른 사람이 되었다는 거죠."

"부인을 그리워하시는가 보군요." 루크는 좀 어색한 어조로 말했다.

호튼 소령은 희미하게 고개를 저었다.

"남자들이란 적당히 바가지를 긁어 줄 아내가 필요하지요. 그렇지 않으면 게을러빠지게 되거든요―그렇습니다, 게을러빠지게 되는 거죠. 자기 혼자서 멋대로 살아가게 되는 겁니다."

"하지만, 설마……."

"이보시오, 나도 내가 무슨 말을 하는 건지 잘 알고 있답니다. 솔직히 나도 결혼이 처음에는 남자를 견디기 힘들게 만들지 않는다는 말은 하지 않겠습니다. 남자들은 이렇게 투덜거리지요. '제기랄, 이건 도무지 옴짝달싹도 못하게 되었으니! 스스로 무덤을 판 꼴이 되었구먼!' 그러나 그는 문득 깨닫게 되지요. 그건 바로 질서라는 깨달음이라오."

호튼 소령의 결혼생활은 가정적인 달콤한 행복을 맛보기보다는 군대 생활의 연장 같은 기분으로 일관했던 것이 아닐까 루크는 생각했다.

"여자들이란……." 소령은 독백을 계속했다.

"상당히 이상한 존재입니다. 때로는 전혀 재미없는 존재들로 보이기도 하죠. 그러나 맹세코 여자들은 한 남자를 끝까지 지켜주고 보호해 준다 이겁니다."

루크는 다만 존경스런 표정으로 침묵을 지킬 뿐이었다.

"당신은 결혼했습니까?" 소령이 물었다.

"아니오."

"아, 당신은 결국 결혼하게 될 거요. 그리고……, 이봐요, 그것과 비견할 만한 것은 전혀 없다오."

루크가 말했다.

"사람들이 결혼의 좋은 점에 대해서 이야기하는 것을 듣는다는 건 언제나 즐거운 일이지요. 특히 오늘날같이 이혼이 흔한 시대에는 말입니다."

"흥!" 소령이 말했다.

"요즘 젊은 사람들은 나를 진절머리나게 합니다. 도무지 끈기도 없고, 인내력도 전혀 없으니. 그들은 무슨 일이든 참지를 못해요. 불굴의 정신이 전혀 없단 말이외다!"

루크는 그런 별난 불굴의 정신이 어째서 필요한 거냐고 묻고 싶은 마음이 굴뚝같았지만, 가까스로 참았다.

소령이 계속 말했다.

"솔직히 얘기하겠지만, 리디아는 천 명에 하나 있을까 말까 한 그런 뛰어난 여인이었다오. 실로 천 명에 하나 있을까 말까 한! 이곳의 모든 사람들이 그녀를 존경하고 우러러보았답니다."

"그래요?"

"그녀는 어떤 터무니없는 소리라도 다 감당해 냈지요. 눈만으로도 사람을 꼼짝 못하게 만드는 위엄이 있었는데, 그녀의 시선을 받은 사람은 완전히 주눅이 들곤 했답니다. 요즈음 덜떨어진 처녀애들, 소위 하녀라는 것들 말입니다. 그들은 사람들이 어떤 오만함도 참아줄 거라고 생각하지요. 리디아는 그들에게 본때를 보여 주었답니다! 아시겠지만, 우리는 1년에 15명이나 되는 요리사와 하녀들을 썼거든요. 15명이나 말입니다!"

루크는 이것이 호튼 부인이 집안을 꾸려나간 능력에 대한 찬사라고 여겨지지는 않았지만, 그녀의 남편에게는 전혀 다르게 작용한 듯싶어서 그는 다만 입속으로만 뭐라고 중얼거렸을 뿐이었다.

"그들이 마음에 들지 않으면, 그녀는 가차없이 내쫓아 버렸지요."

"언제나 그런 식이었습니까?" 루크가 물었다.

"물론이죠. 그들 중 대다수가 우리를 떠났지요. 시원하다—그게 리디아가 늘 하던 말이었답니다!"

"상당한 기분파이셨나 보군요. 하지만, 때로는 좀 불편하지 않았나요?"

루크가 말했다.

"오, 생각을 바꿔서 직접 내 손으로 일하면 되는 거였죠." 호튼이 말했다.

"이래 봬도 나는 꽤 훌륭한 요리사에다 불도 누구 못지않게 잘 지필 줄 안답니다. 빨래를 한다는 것은 정말 내키지 않는 일이었지만, 어쩔 수 없는 노릇이었죠. 그렇다고 도망칠 수야 없지 않습니까?"

루크는 그의 말에 동감을 표시했다. 그는 호튼 부인이 집안일을 잘 돌봤었느냐고 물어보았다.

"나는 아내를 내 시중이나 들게 하는 그런 사람이 아니랍니다. 그리고 리디아는 집안일들을 하기에는 너무 섬세했어요." 호튼 소령이 말했다.

"부인께서는 그리 건강하시지 않았던 모양이로군요?"

호튼 소령이 고개를 저었다.

"그녀는 놀라울 정도로 활력이 넘쳤었답니다. 결코 굽히려 들지 않았지요. 그런데 그런 여인이 그토록 고통을 겪다니! 의사들한테도 전혀 동정을 받지 못했지요. 의사들이란 냉혈동물이에요. 그들은 오직 눈에 보이는 육체적인 고통만을 이해할 뿐이거든요. 흔히 볼 수 있는 그런 병 이외에는 이해하려 들지 않으려 한다 이겁니다. 험블비 같은 사람만 해도 그래요. 모두 그가 훌륭한 의사였다고 생각하는 것 같았지만."

"당신은 인정하지 않습니까?"

"그 사람은 아무것도 모르면서 허풍만 떠는 그런 엉터리였소이다. 새로 발견한 현대적인 증세들은 전혀 몰랐지. 그가 노이로제란 병명조차도 들어보았을지 의문입니다! 그저 아는 것이라곤 홍역이라든가 유행성 이하선염, 그리고 골절상 등밖에 없었을 겁니다. 그 외에는 전혀 모르는 거지요. 결국에는 그와 다투게 되었죠. 그는 리디아의 증세를 도무지 이해하지 못했어요. 나는 그에게 직접 대놓고 그런 말을 했는데, 그는 그걸 고깝게 여겼던 거죠. 화를 벌컥 내고는 곧바로 돌아가 버리더군요. 원한다면 다른 의사를 부를 수도 있을 거라면서. 그래서 우리는 토머스 박사를 불렀죠."

"그는 괜찮았습니까?"

"대체로 그는 매우 유능한 의사였지요. 그녀를 최후의 고통에서 벗어나게 해줄 수 있는 사람이 있었다면—그건 토머스 박사로, 그러면 그렇게 할 수 있었을 겁니다. 사실 그녀는 많이 좋아지고 있었는데, 그만 갑자기 병세가 악화하였던 거죠."

"고통이 심했습니까?"

"흠, 그랬지요. 위염이었습니다. 바늘로 찌르는 듯한 고통과 매스꺼움 같은 것들……. 가엾은 여인이 그토록 심한 고통을 겪다니! 그녀는 일종의 순교자였지요, 그런 게 있다면 말입니다. 그런데 그녀를 돌보던 간호사들은 무슨 괘종시계의 추처럼 늘 틀에 박힌 동정심을 보이는 것이었지요. '그 환자는 이래.' 혹은 '그 환자는 저래.' 하면서 말이오."

소령은 고개를 흔들고는 자기 잔을 쭉 들이켰다.

"간호사라는 것들은 정말 눈 뜨고는 못 봐주겠습니다! 그 거만한 꼴 하며……. 리디아는 그들이 자기를 독살시키려 한다고 했어요. 물론 그건 사실이 아니죠—일종의 병적인 망상 같은 것으로, 대부분의 환자가 그런 걸 가지고 있다고 토머스 박사가 말하더군요. 하지만 그 뒤에는 많은 진실이 숨어 있었던 겁니다. 간호사들이 그녀를 몹시 싫어했다는 사실 말이죠—그게 여자들의 가장 나쁜 점이죠. 언제나 같은 여자들끼리 서로 미워하니 말입니다."

"내 생각에는……."

루크는 말을 꺼내면서 표현이 좀 어색한 것 같은 생각이 들었지만, 좀더 고상하게 표현할 만한 말을 찾을 수가 없어 그대로 계속했다.

"호튼 부인은 위치우드에 친한 친구들이 상당히 많았을 것 같습니다만?"

"사람들이야 무척 친절했지요."

소령은 어딘지 못마땅하다는 투로 말했다.

"이스터필드는 그의 온실에서 재배한 포도라든가 복숭아 같은 것들을 보내왔답니다. 그리고 수다스러운 노처녀들도 종종 찾아와서 그녀의 말동무가 되어 주곤 했지요. 호노리아 웨인플리트와 래비니아 풀러튼 양 등 말입니다."

"풀러튼 양이 자주 찾아왔다는 말인가요?"

"그렇습니다. 좀 빈틈이 없는 노처녀였지만, 정말 친절한 여자였지요! 그녀는 리디아를 무척 걱정해 주었답니다. 늘 음식과 약에 대해서 묻고는 했지요. 순전히 친절한 마음에서 그랬던 것이었지만……, 좀 번거롭다 싶었다오."

루크는 이해가 간다는 듯이 고개를 끄덕였다.

"번거로운 일은 딱 질색이라오." 다시 소령이 말을 이었다.

"여긴 여자들이 너무 많아요. 골프 같은 고상한 게임을 즐기기가 어렵거든요."

"골동품점의 젊은 친구에 대해서는 어떻게 생각하십니까?" 루크가 물었다.

소령은 콧방귀를 뀌었다.

"그는 골프를 칠 줄 몰라요."

"그는 위치우드에서 산 지 오래되었습니까?"

"한 2년쯤 되었지요. 아주 꼴 보기 싫은 작자예요. 끔찍하게 긴 머리 하며 알랑거리는 꼴이란, 정말 혐오감을 느낀답니다. 그런데 정말 우습게도 리디아는 그 작자를 좋아했거든요. 여자들의 남자에 대한 판단은 믿을 게 못 돼요. 그녀들은 좀 경박한 친구들을 좋아하지요. 아내는 그자가 귀띔해 준 무슨 엉터리 만병통치약 같은 걸 복용하겠다고 우겨대기도 했습니다. 십이궁(별자리)이 새겨진 괴상한 자줏빛 유리병에 들어 있는 약이었죠! 보름달이 뜰 때 채집한 약초들 따위로 만든 것이었을 겁니다. 정말 말도 되지 않는 엉터리 약이지만, 여자들은 그런 엉터리 약을 무턱대고 믿지요. 말 그대로 추호도 의심치 않고 말입니다, 하하하!"

너무 갑자기 화제가 바뀌는 감도 없지 않아 있었지만, 루크는 호튼 소령이 그 사실을 눈치채지 못할지도 모른다고 생각하고는 곧바로 물어보았다.

"애버트, 그 변호사란 양반은 어떤 사람입니까? 법률에 대해서는 꽤 정통한가요? 일이 좀 있어서 법률적인 상담을 받아야겠는데, 그에게 한번 가볼까 하고 생각 중이라서……."

"상당히 유능한 변호사라고들 합디다만."

호튼 소령은 무슨 말인지 알겠다는 듯이 말했다.

"나는 잘 모르겠소이다. 사실이지 난 그와 한 번 다툰 적이 있거든요. 리디아가 죽기 전에 유언장을 작성하려고 이 집에 온 이후로 난 그를 본 적이 없답니다. 내 생각으로 그는 비열한 친구가 아닌가 해요. 물론……"

그는 다시 덧붙였다.

"변호사로서 그의 능력이 부족하다고는 할 수 없지만."

"그야 물론 그렇겠지요." 루크가 말했다.

"싸움을 좋아하는 사람 같기는 하지만요. 내가 듣기로는 많은 사람이 그와 다투고 등을 졌다고 하던데요."

"문제는 그가 너무 쉽게 화를 낸다는 겁니다." 호튼 소령이 말했다.

"설사 전능하신 하나님이라고 할지라도 자기 의견에 반대하면 무슨 불경죄라도 범하는 것인 양 생각하는 모양이에요. 그가 험블비 박사와 다투었다는 이야기를 알고 있습니까?"

"그들은 사이가 안 좋았던 모양이지요?"

"지독한 싸움이었죠. 솔직히 말해서 그건 별로 놀랄 것도 못 된답니다. 험블비는 도저히 구제불능의 고집쟁이였으니까요. 하물며 그럼에야……"

"그의 죽음은 정말 유감이었습니다."

"험블비의 죽음 말입니까? 그렇죠, 그건 정말 안됐다고 할 수 있지요. 조심성이 부족했던 겁니다. 패혈증이란 정말 끔찍이도 위험한 병이라고 할 수 있어요. 상처가 나면 나는 절대로 잊지 않고 요오드를 바른답니다! 간단한 예방조치죠. 험블비는 자기가 의사이면서도 그런 걸 사용하지 않은 겁니다. 그건 아주 자명한 겁니다."

루크는 그게 그렇게 자명한 거라고는 절대 생각지 않았지만 그냥 넘어가기로 했다. 그는 시계를 들여다보면서 자리에서 일어났다.

호튼 소령이 말했다.

"벌써 점심때가 되었나요? 정말 그렇군요. 아무튼 당신과 이야기를 나누게 되어서 기쁩니다. 많은 곳을 다녀본 사람과 사귄다는 것은 내게도 유익한 일이지요. 우리 언제 다시 한 번 시간을 냅시다. 어디에 계셨습니까? 마양 해협? 거기 가본 적이 있었답니다. 당신은 책을 쓴다고 들었습니다만. 미신과 뭐 그런 것들에 대한 책이라죠, 아마?"

"그렇습니다. 나는……."

그러나 호튼 소령은 틈을 주지 않았다.

"나는 당신에게 정말 흥미있는 이야기를 들려줄 수 있답니다. 그러니까 내가 인도에 있을 때인데, 내 부하가……."

흔해 빠진 고행자들에 대한 이야기와 밧줄과 망고 요술(망고 나무가 삽시간에 자라 열매를 맺는 것처럼 보이게 하는 인도 요술), 은퇴한 앵글로 인디언(영국인과 인도인 사이에서 난 혼혈아)에 대한 이야기 등등, 지겨운 이야기들을 들어주느라고 10여 분을 더 지체한 뒤에야 루크는 겨우 빠져나올 수 있었다. 네로를 꾸짖는 소령의 목소리를 뒤로 한 채 그 집을 나오며 그는 소령의 그 기적 같기만 한 결혼생활에 대해 새삼 경이로움을 느꼈다.

호튼 소령은 진심으로 자기 아내(그를 빼놓고는 누구라도 그렇게 말할, 거의 식인 호랑이와 다를 바가 없는 여자)를, 진심으로 그리워하는 것 같았다. 그런 게 아니라면, 루크는 갑자기 자문해 보았다—그건 정말로 기가 막힌 위장이었을까?

제12장

테니스 시합이 열렸던 오후는 다행히도 날씨가 화창했다. 이스터필드 경은 예의 그 상냥한 태도로 즐거움을 만끽하는 주인의 역할을 훌륭하게 해내고 있었다. 그는 종종 자신의 비천한 가문에 대해서 언급하곤 했다.

선수들은 전부 여덟 명이었다—이스터필드 경, 브리짓, 루크, 로즈 험블비, 애버트, 토머스 박사, 호튼 소령, 그리고 헤티 존스라는 다소 바람기가 있는 지점장의 딸이라는 아가씨.

오후의 제2세트에서 루크는 브리짓과 한 조가 되어, 이스터필드 경과 한 조가 된 로즈 험블비와 상대했다. 로즈는 강한 포핸드 드라이브를 구사하는 훌륭한 플레이어로, 군(郡) 대회에 선수로 참가하곤 했었다. 그녀는 이스터필드 경의 실점을 만회해 주었고, 훌륭한 선수가 못 되는 브리짓과 루크는 게임마다 전력을 다해야 했다. 그들이 3대 3 동점을 이루었을 때, 루크가 갑자기 놀라운 실력을 발휘해서 5대 3으로 앞서게 되었다.

이스터필드 경이 갑자기 자제력을 잃고 흥분하는 것을 보게 된 것은 바로 그때였다. 그는 로즈가 인정했는데도 폴트로 판정된 서브가 실은 라인 볼이었다고 주장하면서 마치 어린애들이 투정하듯 막무가내로 고집을 부렸다. 세트 포인트였는데도 브리짓은 쉬운 볼을 네트에 쳐놓고는 곧 이어서 넣은 서비스에서 더블폴트를 범했다. 순식간에 듀스 그다음 볼이 다시 돌아와서 미들 라인에 떨어졌고, 루크가 그 볼을 받으려고 하다가 그만 파트너와 충돌을 했다. 그러고 나서 브리짓은 다시 더블폴트를 범해서 결국 그 세트를 잃고 말았다.

브리짓이 미안하다는 듯이 사과를 했다.

"미안해요. 내가 그만 엉망이 되고 말았군요."

그건 정말 그럴듯해 보였다. 브리짓의 샷은 거칠었고, 제대로 경기할 만한 기력도 없어 보였다. 그 세트는 이스터필드 경과 그의 파트너가 8대 6이란 스코어로 승리를 거두는 것으로 끝났다.

다음 세트의 상대를 정하기 위해 잠시 논의가 있었다. 결국 로즈가 다시 애버트와 파트너가 되어, 토머스와 존스 양의 조와 상대하게 되었다. 이스터필드 경은 얼굴에 만족한 미소를 띤 채 이마의 땀을 닦으며 주저앉아서는 예의 그 상냥한 태도를 회복했다. 그는 자기가 발행하는 주간지에 연재되기 시작한 '영국이 갖추어야 할 조건'이라는 제목의 논평 기사에 대해 호튼 소령과 토론하기 시작했다.

루크가 브리짓에게 말했다.

"채소밭에서 나 좀 봅시다."

"하필이면 왜 채소밭이죠?"

"양배추라도 뜯어먹고 싶은 심정이라오."

"완두콩은 싫고요?"

"완두콩이라면 더할 나위도 없지."

그들은 테니스 코트를 떠나 담장으로 가려진 채소밭으로 함께 걸어갔다. 토요일 오후라 정원사들도 외출하고 없는 그곳은 부드러운 햇살을 받아 나른하고 평화롭게 느껴졌다.

"여기 당신 완두콩이 있어요." 브리짓이 말했다.

루크는 그곳을 찾아오게 된 목적에 대해서는 한마디도 언급하지 않았다.

"어째서 당신은 그들에게 그 세트를 넘겨준 겁니까?"

브리짓의 눈썹이 성큼 추켜세워졌다.

"미안해요. 그만 맥이 탁 풀려서요. 테니스 실력도 형편없고요."

"그건 결코 실력이 없어서 그런 게 아니오! 당신이 범한 더블폴트는 어린애도 속이지 못할 거요! 게다가 거친 샷 하며. 아마 공들이 반 마일도 더 날아가 버렸을 거요!"

브리짓이 차분한 어조로 말했다.

"그건 내 형편없는 테니스 실력 탓이에요. 내가 조금만 더 실력이 좋았어도 좀더 그럴듯하게 했을 거예요! 하지만, 실력이 그런 데야. 만일 내가 볼을 라인에서 살짝만 벗어나게 하려고 한다면 볼은 언제나 라인 안쪽으로 들어갈 테고, 그러면 그 잘난 게임은 아직도 계속되고 있었을 거라고요."

"오, 그렇다면 당신도 그걸 인정하는군요."

"그야 뻔한 게 아니겠어요, 나의 친애하는 왓슨-씨."

"그런데 그 이유는?"

"역시 뻔한 거죠. 나는 그걸 생각해야 했던 거였어요. 고든이 지는 걸 좋아하지 않는다는 사실을 말이에요."

"그렇다면 나는 뭐요? 나는 이기는 것을 좋아하지 않을 거라고 생각합니까?"

"내 생각에는요, 루크, 그건 그렇게 중요치가 않은 것 같아요."

"무슨 말인지 좀더 분명하게 설명해 주지 않겠소?"

"물론이죠, 원하신다면. 누구든 자기 빵과 버터하고 싸울 수 없는 법이에요. 고든이 바로 내 빵이고 버터란 말이죠, 당신이 아니라."

루크는 깊이 숨을 들이마셨다. 그러고는 드디어 분노를 폭발시켰다.

"당신은 대체 무슨 생각에서 그 엉터리 같은 작자와 결혼하려는 거요? 대체 어째서 그러는 거요?"

"왜냐하면 그의 비서로서 나는 1주일에 6파운드밖에 받지 못하지만, 그의 아내가 되면 거금 10만 파운드가 내 손에 들어올 테고, 거기다가 진주와 다이아몬드가 가득 들어 있는 보석 상자와 결혼에 따른 여러 가지 부수입이 들어올 테니까요."

"하지만, 결혼이란 보다 가치가 있는 어떤 임무 같은 것들이 따르기 마련이오!"

브리짓은 차가운 어조로 말했다.

"우리가 이런 멜로드라마 같은 태도를 서로에게 취하면서 일생을 보내야 한다는 말인가요? 만일 당신이 고든을 애인 앞에서 꼼짝 못하는 멋진 연인으로 생각하고 계신다면, 그런 생각일랑 아예 깨끗이 지워 버리는 게 좋을 거예요. 고든은 아직 덜 자란 꼬마 아이예요. 그에게 필요한 건 어머니이지 아내가 아니란 말이에요. 불행하게도 그의 어머니는 그가 네 살 때 돌아가셨어요. 그가 원하는 사람은 언제든지 자기 허풍을 들어줄 수 있는, 그의 자신감을 확신시켜 주며 언제라도 이스터필드 경의 신하로서 그의 이야기를 들어줄 준비가 되어 있는 그런 사람이라고요."

"당신은 정말 매서운 혀를 가지고 있군요, 응?"

브리짓은 날카로운 어조로 쏘아붙였다.

"나는 동화 같은 이야기는 하지 않아요! 그게 당신이 듣고 싶은 말이죠? 나는 제법 똑똑한 머리에다 평범한 용모를 가진, 그렇지만 돈이 한 푼도 없는 젊은 여자예요. 나는 정직하게 돈을 벌 생각이에요. 사실 고든의 아내로서 내가 할 일은 고든의 비서로 지금 내가 하는 일과 별로 다르지 않을걸요. 아마 한 1년쯤 지나면 그가 나에게 굿나잇 키스를 해줘야 한다는 사실조차 기억하고 있을지 의문이에요. 결국 다른 점이라곤 오직 봉급의 차이뿐일걸요."

그들은 서로 얼굴을 쳐다보았다. 이제 둘의 표정에서는 화난 기색이 사라져 버렸다. 브리짓이 그를 조롱하듯이 말했다.

"제발 그만두세요. 당신은 정말 고지식한 분이세요. 그렇지 않은가요, 피츠윌리엄 씨? 진부한 이야기는 좀 그만 하세요. 내가 자신을 돈에 팔려고 한다는 거죠? 그것도 꽤 괜찮은 일이라고 난 생각해요!"

"당신은 정말 피도 눈물도 없는 악마요!" 루크가 말했다.

"그게 뜨거운 피를 가진 바보가 되는 것보다는 나아요!"

"그래요?"

"그럼요. 나는 알고 있어요."

루크가 코웃음을 쳤다.

"대체 당신이 뭘 안다는 거요?"

"나는 어떤 사람이 무엇에 관심이 있는지를 알고 있단 말이에요! 당신은 조니 코니쉬를 만난 적이 있나요? 3년 동안이나 나는 그와 약혼한 사이였어요. 그는 정말 반할 만큼 멋진 사람이었죠. 나는 그를 끔찍이도 좋아했어요—그만큼 사랑했기에 아픔도 컸던 거예요. 그는 나를 버리고 북부 말씨에 턱이 세 겹이나 되는, 그리고 1년에 3천 파운드의 수입이 있는 훌륭한 홀보 과부와 결혼했어요! 그와 같은 일이 로맨스로 치료된다고 생각하지는 않겠지요?"

루크는 그만 신음을 내며 고개를 돌렸다.

"그럴 수는 없겠지요." 그가 말했다.

"그럴 수 없어요."

잠시 침묵이 흘렀다. 침묵이 그들 사이를 무겁게 내리눌렀다.

이윽고 브리짓이 그런 침묵을 깨뜨렸다. 그녀의 목소리는 어딘지 모르게 자신감이 없었다. 그녀가 말했다.

"도대체 그런 식으로 내게 말할 권리가 당신에게는 전혀 없다는 것을 당신이 깨닫기를 바라요. 고든의 집에서 지내면서 그런 말을 한다는 것은 정말 지독한 악취미예요."

루크는 침착함을 되찾았다.

"그건 진부한 소리가 아닌가요?" 그가 점잖게 물어보았다.

브리짓은 얼굴을 붉혔다.

"그건 사실이에요, 어쨌든."

"그렇지 않아요. 나는 모든 권리를 가지고 있습니다."

"말도 안 돼요!"

루크는 그녀를 가만히 쳐다보았다. 그의 얼굴은 이상할 정도로 창백한 것이, 마치 무슨 육체적인 고통을 겪는 사람 같았다.

"나는 권리가 있습니다. 내게는 당신을 돌볼 권리가 있어요. 당신, 조금 전에 뭐라고 했습니까? 그만큼 사랑하기에 아픔도 큰 거라고 했지 않습니까!"

그녀는 뒤로 한 걸음 물러섰다.

"당신은……?" 그녀가 말했다.

"그렇습니다. 웃기는 일이죠, 그렇지 않습니까? 당신에게는 정말 웃기는 일이 아닐 수 없겠지요! 내가 어떤 목적을 가지고 이곳에 찾아왔을 때 당신이 저택 모퉁이를 돌아 나왔는데—그걸 어떻게 표현할까요? 나는 그만 어떤 주문에 걸렸던 겁니다! 바로 그런 기분이었지요. 당신은 아까 동화라는 이야기를 했는데, 그런 동화에 내가 빠져들게 된 겁니다! 당신은 나에게 마술을 걸었습니다. 나는 꼭 그런 기분을 느끼고 있습니다. 만일 당신이 손가락으로 나를 가리키며, '개구리로 변해라.'라고 말하면 나는 즉시 머리에 눈이 툭 튀어나온 개구리가 되어 풀쩍 풀쩍 뛰어다니게 될 것 같단 말입니다."

그는 그녀에게로 한 걸음 더 다가섰다.

"당신을 정말 사랑합니다, 끔찍하게 말입니다. 브리짓 콘웨이. 그토록 끔찍하게 사랑하는데, 그런 내가 당신이 올챙이배를 한, 테니스 게임에서 이기지 못한다고 화를 내는 그런 거드름이나 피우는 졸장부와 결혼하게 되는 것을 즐거운 마음으로 지켜보리라고 기대할 순 없을 겁니다."

"그렇다면 대체 나더러 어떻게 하란 말씀이죠?"

"대신에 당신은 나와 결혼해야 한다는 거요. 틀림없이 그런 말은 더욱 웃음거리밖에 되지 않겠지만."

"웃음도 아주 커다란 웃음거리죠."

"그럴 테죠. 헌데, 우리는 지금 어디에 있는 겁니까? 테니스 코트로 돌아갈까요? 아마도 이번에는 당신도 내가 게임에서 이길 수 있는 파트너가 되어 줄 겁니다."

"실은 당신도 고든만큼이나 쉽게 화를 잘 낼 거라고 생각해요."

브리짓이 달콤한 어조로 말했다. 루크는 갑자기 그녀의 어깨를 잡았다.

"당신은 정말이지 악마 같은 혀를 가지고 있군요, 브리짓?"

"나는 당신이 나를 그렇게 좋아하지는 않을 거라고 생각해요, 루크. 하지만 내게 커다란 열정을 품은 것 같군요."

"나도 당신을 결코 좋아한다고는 생각지 않소."

브리짓은 그를 쳐다보며 말했다.

"당신이 귀국할 때는 결혼해서 가정을 꾸밀 생각이었겠죠, 그렇죠?"

"그렇습니다."

"하지만, 나 같은 여자를 생각했던 건 아닐 테죠?"

"최소한 당신 같은 여인과 결혼할 생각은 없었지요."

"물론 그러셨을 거예요. 나는 당신이 좋아하는 타입을 알고 있어요. 아주 잘 알고 있답니다."

"정말 현명하십니다그려, 브리짓."

"정말로 정숙한 아가씨로, 순수한 영국 토박이에다 시골과 개를 좋아하는 그런 여인이죠. 아마도 이런 모습을 상상했을 거예요. 트위드 스커트를 입은 그녀가 구두 끝으로 가만히 불꽃을 건드리는 모습을."

"그 그림은 정말 매력적인 모습인 것 같군요."

"틀림없어요. 테니스 코트로 돌아갈까요? 당신은 로즈 험블비와 게임을 할 수 있을 거예요. 그녀는 실력이 좋으니까 당신은 틀림없이 승리할 수 있을 거예요."

"고리타분한 구식 사람으로서, 나는 당신에게 마지막 말을 할 수 있도록 허락하겠소."

다시 그들 사이에 침묵이 찾아왔다. 이윽고 루크는 천천히 그녀의 어깨에서 손을 떼었다. 그들은 왠지 불안한 태도로 그렇게 서 있었다. 마치 그들 사이에 아직도 미처 다하지 못한 무슨 미련 같은 것이라도 남아 있는 듯이. 그때 브리짓이 갑자기 돌아서서 앞장을 섰다. 다음 세트가 막 끝나는 참이었다.

게임을 다시 하는 것에 대해 로즈가 반대했다.

"나는 두 세트나 뛰었어요."

하지만, 브리짓은 계속 고집을 했다.

"나는 조금 지친 것 같아요. 더 이상 게임을 하고 싶지가 않군요. 당신과 피츠윌리엄 씨가 한 조가 되고 존스 양과 호튼 소령님이 한 조가 되어 한번 상대해 보세요."

그러나 로즈 역시 계속 못 하겠다고 버텨서 결국은 남자들 넷이서만 조를 짜게 되었다. 게임이 끝나고 나서 그들은 차를 마셨다. 이스터필드 경은 토머스 박사와 대화를 나누기 시작했는데, 자기가 최근에 웰러먼 크라이츠 연구소를 방문한 것이 커다란 자랑거리라도 되는 듯 그 이야기를 장황하게 늘어놓고 있었다.

"나는 최근 과학 분야의 발전 동향을 이해하고 싶었답니다."

그는 자못 진지한 어조로 설명했다.

"내가 발행하고 있는 주간지에 대해 책임을 아주 통감하고 있소이다. 이 시대는 과학의 시대입니다. 과학은 대중들에게 쉽게 동화될 수 있어야 하지요."

"사소한 과학적 기술도 자칫하면 상당히 위험한 것이 될 수도 있지요."

토머스 박사는 어깨를 약간 으쓱하며 말했다.

"과학의 생활화, 그것이 바로 우리가 초점을 맞추어야 할 문제입니다."

이스터필드 경이 말했다.

"과학적 사고방식이란……."

"시험관 의식이죠." 브리짓이 진지한 어조로 말했다.

"나는 깊은 감명을 받았답니다." 다시 이스터필드 경이 입을 열었다.

"게다가 웰러먼 본인이 직접 나와 동행을 하면서 안내해 주었지요. 나는 그에게 부하 직원 한 사람만 내게 딸려 주면 된다고 했지만, 그는 자기가 직접 안내하겠다고 고집을 부렸답니다."

"그거야 당연한 처사이지요." 루크가 말했다.

이스터필드 경은 상당히 기분이 좋은 모양이었다.

"그리고 그는 모든 것들을 아주 자세하게 설명해 주었습니다. 배양액이라든가 혈청, 일반적인 원리 등을 말이죠. 그의 연구에 대한 연재 기사를 실을 수 있도록 원고를 써주겠다고 승낙까지 해주었답니다."

앤스트루더 부인이 중얼거리듯 말했다.

"그들은 모르모트를 실험용으로 쓴다면서요? 그건 너무 잔인한 짓이에요. 물론 개나 고양이를 실험용으로 쓰는 것만큼 나쁜 짓은 아니지만."

"개를 실험용으로 쓰는 인간들은 총살을 당해야 마땅하지요."

호튼 소령이 그 쉰 목소리로 단호하게 말했다.

"나는 사실 말입니다, 호튼 씨, 당신은 아마도 인간의 생명보다 개의 목숨을 더 소중하게 평가하는 것 같다고 생각합니다."

애버트가 불쑥 참견하고 나섰다.

"그야 말할 것도 없지!" 소령이 말했다.

"개는 우리 인간들처럼 그렇게 친구를 배반하진 않거든. 개가 추악한 욕설을 하는 것은 결코 들어보지 못했을 거요."

"다만 그 추악한 이빨로 당신의 다리를 물 뿐이지요."

애버트가 시비라도 걸려는 양 비꼬는 투로 말했다.

"그 점에 대해서는 어, 어떻게 생각하십니까, 호튼 씨?"

"개들은 훌륭한 판단력을 가지고 있소." 호튼 소령이 말했다.

"당신이 기르는 짐승 중 한 마리가 지난주에 하마터면 내 다리를 물 뻔했어요. 그 점에 대해서는 어떻게 설명하시겠습니까, 호튼 씨?"

"아까 말했던 거와 똑같은 얘기요!"

브리짓이 교묘하게 끼어들었다.

"테니스를 몇 게임 더 치는 게 어떻겠어요?"

다시 파트너를 짜서 몇 세트가 진행되었다. 이윽고 로즈 험블비가 작별 인사를 하자 루크가 그녀 곁으로 다가섰다.

"내가 집까지 바래다 드리겠습니다." 그가 말했다.

"그 라켓을 내게 주시죠. 차를 가지고 오지는 않았겠죠?"

"예, 하지만 뭐 그리 멀지 않아요."

"나도 걷기를 좋아한답니다."

그는 더 이상 말하지 않고, 그저 그녀한테 테니스 라켓과 운동화를 받아들었을 뿐이었다. 그들은 아무런 대화도 없이 드라이브 웨이를 걸어 내려갔다. 그리고 로즈가 한두 가지 사소한 문제들을 언급했지만, 루크는 그저 간단히 무뚝뚝하게 대꾸하기만 했을 따름이었다. 그런데도 그녀는 그의 기분을 눈치채지 못한 것 같았다. 이윽고 그들이 그녀의 집에 도착해 대문을 들어서자, 비로소 루크의 표정이 밝아졌다.

"이제야 기분이 좀 나아지는군요." 그가 말했다.

"그렇다면 지금까지는 기분이 좋지 않았나요?"

"그걸 전혀 눈치채지 못한 척하다니. 하지만, 당신의 그런 말이 내 잔뜩 토라졌던 심정을 싹 가시게 해주었답니다. 우습게도 나는 마치 우중충한 구름 속에서 밝은 태양 아래로 나온 듯한 기분이 듭니다."

"정말 그래요. 우리가 저택을 떠날 때만 해도 구름이 해를 가리고 있었는데, 지금은 다시 해가 나왔거든요."

"당신 말대로 정말 날씨마저도 내 기분을 잘 반영해 주는 것 같습니다. 아무튼 누가 뭐라고 해도 세상은 살기 좋은 곳이지요."

"맞아요."

"험블비 양, 내가 좀 주제넘는 말을 해도 되겠습니까?"
"나는 당신이 그러실 분이 아니란 걸 확신해요."
"오, 너무 그렇게 확신하지는 마십시오. 내가 하고 싶은 말은 바로, 토머스 박사는 정말 행운아인 것 같다는 말이랍니다."
로즈는 얼굴을 붉히며 미소를 지었다.
"정말입니다. 당신과 그는 약혼한 사이인가요?"
로즈는 고개를 끄덕였다.
"다만 우리는 그 사실을 공식적으로 발표하지 않았을 뿐이죠. 당신도 아실 테지만, 아버지는 그걸 반대하셨지요. 그래서 그건 좀, 아무래도 좀 도리가 아닌 것 같아요. 아버지가 돌아가신 때 그런 사실을 알린다는 건 말이에요."
"당신 아버님께선 반대하셨습니까?"
로즈는 마지못해 하는 듯 천천히 고개를 끄덕였다.
"예, 나는 사실 그러셨던 거나 마찬가지라고 생각해요. 아버지는……, 그러니까 제프리를 좋아하시지 않았거든요."
"그분들은 사이가 상당히 좋지 않았나 보죠?"
"가끔은 그랬던 것 같아요. 물론 아버지는 상당히 편견이 심한 노인이셨죠."
"그리고 그분은 당신을 몹시 사랑하셨고, 그래서 당신을 잃게 된다는 생각을 하기가 싫었던 게 아닐까요?"
로즈는 고개를 끄덕였지만, 그녀의 태도에는 뭔가 내키지 않아 하는 듯한 기색이 여전히 남아 있었다.
"그런 심정이 더욱 깊이 작용했던 것이 아닐까요?" 루크가 물었다.
"그분은 확실히 토머스 박사가 당신의 남편이 되기에는 적합한 사람이 못된다고 생각하셨던 것이 아닐까요?"
"아니에요. 아시겠지만, 아버지와 제프리는 서로 성격이 전혀 달랐고, 그래서 그들은 자주 의견 충돌을 일으켰던 거예요. 제프리는 정말 인내심이 강했고 그걸 잘 이겨냈지만, 아버지가 자기를 좋아하지 않는다는 것을 알고는 더욱더 말이 없고 소심한 태도를 보이게 되었기에, 아버지는 그를 더욱 잘 이해할 수가 없게 되었던 거예요."

"편견이란 상대하기가 정말 어려운 것이지요." 루크가 말했다.

"그건 정말이지 너무도 부당한, 도무지 이해가 가지 않는 편견이었어요!"

"당신 아버지께서는 무슨 반대하실 만한 이유 같은 걸 내세우시지는 않던가요?"

"오, 전혀요. 내세우실 만한 게 전혀 없었어요! 물론이죠. 제 말은, 아버지가 그를 싫어하신다는 것 말고는 제프리에 대해서 이렇다 하고 트집 잡을 만한 것이 전혀 없었다는 거예요."

"나는 당신을 사랑하지 않아요, 펠 박사님.
그 이유는 나도 말할 수 없어요."

"바로 그런 거죠."

"무슨 약점을 잡힐 만한 것이 전혀 없었습니까? 내 말은……, 그러니까 당신의 제프리가 술을 마신다거나 경마에 열중한다거나 하지는 않았느냐는 것이죠."

"오, 전혀요. 나는 사실 제프리가 더비 경마에서 어떤 말이 우승했는지조차 알고 있을까 의문이에요."

"그렇다면 정말 이상하군요." 루크가 말했다.

"분명히 나는 더비 경마가 있는 날, 엡섬에서 토머스 박사를 보았거든요."

그 순간 그는 자기가 바로 그날 영국에 도착했다는 사실을 자기 입으로 언급한 적이 없었기만을 바랐다.

하지만, 로즈는 조금도 의심하지 않고 곧바로 대답했다.

"정말로 당신은 제프리를 더비 경마장에서 보았다고 생각하세요? 오, 잘못 보셨을 거예요. 그이는 다른 일 때문에 여길 떠날 수가 없었거든요. 힘든 산고를 치르는 환자를 돌보느라고 거의 온종일 애쉬워울드에서 보냈거든요."

"정말 기억력이 놀라우시군요!"

로즈는 웃었다.

"내가 그 일을 기억하는 것은 그때 태어난 아이에게 주주브(대추나무)란 별명이 붙었다는 이야기를 그이가 해주었기 때문이랍니다!"

루크는 멍하니 고개를 끄덕였다.

"아무튼……." 로즈가 다시 말을 이었다.

"제프리는 경마 모임 같은 곳에는 절대 가지 않아요. 그런 건 딱 질색을 하거든요." 그러고는 어조를 바꾸어서 덧붙였다.

"들어오시지 않겠어요? 어머니도 당신을 보고 싶어 하실 거예요."

"정말 그럴까요?"

로즈는 그를 방 안으로 안내했는데, 그 방에는 어슴푸레한 석양빛이 비껴들어 다소 처량한 분위기를 자아내고 있었다. 한 여인이 안락의자에 앉아 기묘한 자세로 의자를 흔들고 있었다.

"어머니, 이분은 피츠윌리엄 씨예요."

험블비 부인은 그에게 시선을 던지면서 악수를 청했다. 로즈는 조용히 그 방을 빠져나갔다.

"이렇게 뵙게 되어서 정말 기쁘군요, 피츠윌리엄 씨. 당신이 우리 바깥양반의 옛날 친구들을 알고 있다고 로즈가 그러더군요."

"그렇습니다, 험블비 부인."

그는 그 가엾은 부인 앞에서 그런 거짓말을 되풀이한다는 것이 정말 싫었지만, 그런 말을 꺼내지 않을 도리가 없었다.

험블비 부인이 말했다.

"당신도 그분을 생전에 한번 뵈었다면 좋았을 것을. 그이는 훌륭한 한 인간이자 위대한 의사였다오. 많은 사람을 치료해 주었지요. 절망적으로 모든 희망을 포기했던 사람들을. 단지 그이의 강한 개성으로요."

루크가 부드럽게 말했다.

"제가 이곳에 온 이후로 그분에 대해 많은 이야기를 들었습니다. 많은 사람이 그분에 대해 어떻게 생각하는지 저도 잘 알고 있답니다."

그 순간 험블비 부인의 표정이 아주 눈에 뜨일 정도로 변하는 것을 그는 눈치채지 못했다.

그녀의 목소리는 다소 단조로웠지만, 감정이 전혀 드러나지 않은 목소리는 오히려 그녀가 끊임없이 감추려는 진실한 감정을 더욱 강하게 드러내는 것 같앉다. 갑자기 그녀는 전혀 예상치도 못했던 말을 불쑥 꺼냈다.

"세상은 정말 악으로 가득 찬 곳이라오, 피츠윌리엄 씨. 당신은 그걸 알고 있나요?"

루크는 뜻밖이었다.

"예, 그렇다고 볼 수도 있지요."

그녀는 계속해서 다그쳤다.

"그래요, 하지만 당신은 그것을 정말로 알고 있나요? 그건 중요한 문제라오. 온통 악으로 둘러싸여 있어요. 누구든 각오가 되어 있어야 해요—그것과 맞서 싸울 수 있도록! 존은 그랬지요. 그이는 알고 있었던 거라오. 그이는 정의의 편에 서 있었던 거예요!"

"저도 그분이 그러셨다는 것을 확신합니다." 루크가 부드럽게 말했다.

"그이는 우리 마을에 존재하고 있는 악을 알고 있었어요."

험블비 부인이 말했다.

"그분이 알고 계셨던……." 그녀는 갑자기 눈물을 쏟았다.

"죄송합니다." 루크는 나지막한 어조로 이렇게 말하고는 침묵을 지켰다.

그녀는 이내 진정을 되찾았다. 갑자기 자제심을 잃었던 것만큼이나 빨리.

"이렇게 추태를 보인 것을 용서하시구려." 그녀가 말했다.

그는 그녀가 내민 손을 마주 잡았다.

"이곳에 계시는 동안 우리를 종종 찾아 주세요. 그건 로즈를 위해서도 크게 위로가 될 거예요. 그 아이는 당신을 무척이나 좋아한다오."

"저도 그녀를 좋아한답니다. 당신 따님은 이제껏 제가 봐온 중에 가장 훌륭한 아가씨라고 생각합니다, 험블비 부인."

"그 아이는 나한테도 정말 큰 위로가 된답니다."

"토머스 박사는 아주 운이 좋은 사람인 것 같습니다."

"맞아요."

험블비 부인은 다시 손을 내렸다. 목소리 역시 단조로움을 되찾았다.

"나는 모르겠어요. 모든 게 정말 너무나도 어려워요."

침침한 어둠 속에서 불안스럽게 손가락을 비틀었다 풀었다 하는 그녀를 놔

두고 루크는 그곳을 떠났다.

집으로 돌아오는 길에 그의 머릿속에는 대화의 여러 장면이 오고 갔다. 토머스 박사는 더비 경마가 열렸던 날 위치우드를 떠났었다. 그는 자동차를 타고 갔었다. 위치우드는 런던에서 35마일밖에 떨어져 있지 않다. 하지만 그는 산모를 돌보고 있었다고 한다. 그의 말과는 다른 무엇이 있었을까?

그 점을 꼭 확인해 봐야겠다고 그는 생각했다. 그의 마음은 험블비 부인에게로 향했다. 그녀가 그 말에 대해 그렇게 강조한 것은 무슨 의미에서였을까?

"온통 악으로 둘러싸여 있어요."

그녀의 신경과민은 단지 남편의 죽음으로 인한 과도한 충격 때문이었을까? 아니면 그 이상의 무엇인가가 있었을까? 그녀는 혹시 무엇인가를 아는 것은 아닐까? 험블비 박사는 죽기 전에 무엇인가를 알고 있었던 것일까?

"이 문제를 계속해서 알아봐야겠어." 루크는 자신에게 말했다.

"계속 알아봐야겠어."

의식적으로 그는 자기와 브리짓 사이에 있었던 논쟁을 생각하지 않으려고 무척 애썼다.

제13장

 다음 날 아침 루크는 결심을 했다. 그가 간접적인 방법으로 조사하면 할수록 그만큼 중심에서 멀어져 가고 있다는 것을 느꼈기 때문이다. 조만간 그의 정체가 어쩔 수 없이 노출되리라는 것은 피할 도리가 없는 일이다.
 시간이 지나면 그가 책을 쓰고 있다는 허울 좋은 핑계는 효력을 상실하게 되고, 분명히 계획된 목적을 품고 위치우드에 왔다는 것이 드러나게 될 거라는 사실을 깊이 느끼고 있었다. 일단 이러한 행동 계획이 수립되자 그는 호노리아 웨인플리트를 방문하기로 했다. 그는 그녀가 아는 사실을 자기에게 말해 줄 거라고 믿고 있었다. 될 수 있으면 그녀가 추측하고 있을지도 모르는 사실들까지도 자기에게 모두 털어놓게 하고 싶었다. 그는 웨인플리트 양의 추측이야말로 거의 진실에 가까운 것일지도 모른다는 예리한 생각을 하고 있었다.
 웨인플리트 양은 당연히 예상하고 있었다는 듯한 태도로 그를 맞이하며, 그의 방문이 뜻밖이었다는 듯한 표정은 전혀 보이지 않았다. 이윽고 그녀가 그의 앞에 앉아, 깔끔한 두 손을 가지런히 포개고는 그 지적인 눈(마치 양순한 염소의 눈 같은 시선)을 그의 얼굴에 가만히 고정했으므로, 그는 방문 목적을 꺼내기가 그렇게 쉽지만은 않았다.
 "알고 계시겠지만, 웨인플리트 양, 내가 이 마을을 찾아온 이유가 단순히 지방 풍속에 대한 책을 쓰기 위해서만은 아니라는 것을 이미 짐작하고 계셨겠지요?" 그가 말했다.
 웨인플리트 양은 머리를 한쪽으로 기울인 채 계속 듣기만 했다.
 "내가 이곳에 내려오게 된 것은 에이미 깁스라는 한 가엾은 처녀의 죽음과 관계된 사실들을 조사하기 위해서입니다."
 웨인플리트 양이 말했다.

"당신이 경찰에서 파견된 사람이라는 말인가요?"
"오, 그렇지 않습니다. 나는 사복형사가 아닙니다."
그러고는 조금 유머러스한 억양으로 덧붙였다.
"나는 소설 속에 등장하는 유명한 사립탐정 같은 사람이 아닌가 싶답니다."
"알겠어요. 그렇다면 당신을 이곳에 부른 사람은 브리짓 콘웨이였겠군요?"
루크는 잠시 주저하다가 그렇게 생각하도록 놔두기로 했다. 풀러튼 양의 이야기를 언급하지 않고 자신의 출현에 대해 설명하기가 어려웠기 때문이다.
칭찬하는 듯한 부드러운 목소리로 웨인플리트 양이 계속 말을 이었다.
"브리짓은 정말 유능하고 똑똑한 아가씨예요! 만일 그 일이 나한테 떠맡겨졌다면, 아마도 나는 내 판단력을 믿지 못했을 거예요. 내 말은 어떤 일에 대해 완전한 확신이 서지 않는 한 뚜렷한 방침을 세우고 실행에 옮기기가 무척 어려울 거라는 말이라오."
"하지만, 당신은 확신하고 계시지 않습니까?"
웨인플리트 양이 진지한 어조로 말했다.
"아니, 실은 그렇지 않아요, 피츠윌리엄 씨. 그건 누구에게 확신을 줄 수 있는 그런 일이 아니에요. 내 말은, 모든 게 상상에 지나지 않을 수도 있다는 거라오. 혼자 살면서 다른 사람들과 이야기를 나누거나 의견을 들어볼 기회가 도무지 없는 사람이라면 멜로드라마 같은 심정에 사로잡히기가 쉽고, 또한 사실적인 근거가 전혀 없는 일들을 멋대로 상상해서 꾸며낼 수도 있거든요."
루크는 그 말 속에 숨겨진 진실을 인식하고는 그녀의 이야기에 순순히 고개를 끄덕이고 부드러운 어조로 이렇게 말했다.
"하지만, 당신은 마음속으로 확신을 하고 계시죠?"
그래도 여전히 웨인플리트 양은 마음 내키지 않는 듯한 기색을 보였다.
"우리 서로 말장난은 하지 말기로 해요, 좋지요?" 그녀가 말했다.
루크는 미소를 지었다.
"내가 그것을 좀더 쉬운 말로 표현했으면 좋겠다는 거죠? 좋습니다. 당신은 에이미 깁스가 살해되었다고 생각하시죠?"
호노리아 웨인플리트는 그의 노골적인 질문에 조금 흠칫하는 기색이었다.

"나는 그녀의 죽음에 대해 뭔가 잘못된 것이 있다고 생각해요. 도무지 이해가 가지 않으니. 그 모든 일이 근본적으로 이해가 가지 않는다는 것이 바로 내 생각이에요."

루크가 조급히 물었다.

"그렇다면 당신은 그녀의 죽음이 자연적인 죽음이라고는 생각하시지 않겠죠?"

"물론이에요."

"그것이 또한 우연한 사고였다고도 생각하시지 않는 거고요?"

"내게는 거의 있을 수 없는 일로 여겨져요. 정말로 너무도 많은……."

루크가 그녀의 말을 재빨리 가로챘다.

"그게 자살이었다고는 생각지 않으십니까?"

"그건 더욱 있을 수 없는 일이에요."

"그렇다면……." 루크가 부드러운 어조로 말을 이었다.

"당신은 그것이 살인사건이었다고 생각하십니까?"

웨인플리트 양은 잠시 머뭇거리다가 침을 꿀꺽 삼키고는, 이윽고 결심이 선 듯 용감하게 입을 열었다.

"그래요, 나는 그렇게 생각해요."

"좋습니다. 이제 우리는 서로 생각이 일치하게 되었군요."

"하지만, 그런 생각을 뒷받침해줄 만한 증거가 내게는 전혀 없어요."

웨인플리트 양은 안타까운 어조로 말했다.

"그럴 거라는 생각 이외에는 전혀 내세울 만한 것이 없단 말이지요."

"물론 그러실 테지요. 이건 사적인 대화에 지나지 않습니다. 우리는 단지 우리가 생각하고 의심하는 것에 대해 이야기를 나누고 있을 뿐입니다. 우리는 에이미 깁스가 살해당했다고 의심하고 있습니다. 그렇다면 과연 누가 그녀를 살해했을까요?"

웨인플리트 양은 고개를 저었다. 그녀는 매우 곤혹스러운 표정을 짓고 있었다. 루크가 그녀를 쳐다보면서 말했다.

"그녀를 살해할 만한 동기를 가진 사람은 누구일까요?"

웨인플리트 양이 천천히 말했다.

"그녀는 내가 알기로는 정비소에서 일하는 애인인 짐 하비라는 청년과 다투었어요—아주 성실하고 훌륭한 젊은이랍니다. 신문에서 젊은이들이 자기 애인을 끔찍한 방법으로 살해했다는 기사는 읽어본 적이 있지만, 나는 정말로 짐이 그런 짓을 저지를 수 있으리라고는 믿기지 않아요."

루크는 고개를 끄덕였다. 웨인플리트 양이 계속 말을 이었다.

"그 외에도 나는 그가 그런 방법으로 범행을 저지르리라고도 생각할 수 없어요. 그녀의 창문으로 기어올라가 감기약과 독약이 들어 있는 병을 바꿔치기 한다는 것 말이에요. 내 말은, 도저히 그럴 것 같지가……."

루크가 그녀의 머뭇거림을 도와주었다.

"그건 화가 난 연인의 행동이 아니란 것이죠? 나도 동감입니다. 내 생각으로는 짐 하비는 혐의의 대상에서 빼버려도 될 것 같습니다. 에이미는 살해당했다(우리는 그녀가 살해당했다는 것에 동의했습니다). 누군가가 그녀를 그런 식으로 처치하고 싶어 했고, 또한 그자는 치밀한 계획을 세워 조심스럽게 범행을 저지름으로써 그것은 우연한 사고인 것처럼 보일 수 있었습니다. 자, 그렇다면 당신은 어떤 생각을(아니, 육감이랄 수도 있는), 우리가 이상에서 살펴본 상황에 잘 들어맞을 인물에 대해 생각을 해본 바가 있습니까? 그 사람이 누구일 것 같습니까?"

웨인플리트 양이 말했다.

"아니, 정말로……, 모르겠어요. 전혀 짐작도 못 하겠어요!"

"정말입니까?"

"모……, 모르겠어요, 정말."

루크는 그녀를 신중하게 살펴보았다. 그녀의 부인은 진실성이 결여된 것 같다고 느꼈다. 그는 계속 물어보았다.

"그 동기에 대해서도 전혀 모르시겠습니까?"

"동기도 전혀 짐작할 수가 없어요."

그녀의 부인은 그 강도가 더욱 높아졌다.

"그녀는 위치우드의 여러 곳에서 일했었나요?"

"이스터필드 경 댁에서 일하기 전에 한 1년가량 호튼 소령 집에 있었지요."
루크는 신속하게 상황을 종합했다.

"그렇다면 이렇게 볼 수 있군요. 누군가가 그녀를 없애고자 했습니다. 지금까지 밝혀진 사실들로 봐서 우리는 이런 가정을 세울 수 있습니다. 우선 그 범인은 남자였고, 또한 모자용 물감을 이용했던 것으로 봐서 상당히 보수적인 냄새를 풍기는 인물이며, 두 번째로, 그자는 어느 정도 운동신경이 발달한 사람이었음이 틀림없을 것이라는 점인데, 그 점은 그자가 헛간 지붕을 타고 그녀의 창문으로 기어올라 갔으리라는 것으로 봐서 분명해집니다. 당신은 이상과 같은 점에 대해 동의하십니까?"

"완전히 동감이에요." 웨인플리트 양이 말했다.

"내가 직접 돌아보며 조사해 봐도 좋겠습니까?"

"물론이에요. 아주 좋은 생각이라고 여겨지는군요."

그녀는 그를 옆문으로 데려가서 뒤뜰을 둘러보게 했다.

루크는 별 어려움이 없이 헛간 지붕을 조사할 수 있었다. 헛간 지붕에서 그는 쉽게 손을 뻗쳐 하녀 방의 창문틀을 들어 올리고는 조금 힘을 쓰자 그 방으로 들어갈 수 있었다. 잠시 뒤에 그는 밑에서 웨인플리트 양과 다시 만나서는 손수건으로 손을 닦으면서 말했다.

"사실은 보기보다도 훨씬 쉽군요. 약간의 근육 운동만으로도 충분히 가능합니다. 창문턱이라든가, 외부에 무슨 흔적 같은 것은 전혀 없었나요?"

웨인플리트 양은 고개를 저었다.

"전혀 없었던 것 같아요. 그 순경도 그런 식으로 올라갔었답니다."

"그렇다면 거기에 무슨 흔적 같은 것이 남아 있었다고 하더라도, 그건 그 경관이 남긴 흔적 때문에 지워졌겠군요. 경찰이 오히려 범죄를 도와주다니! 아무튼 그거야 어쩔 수 없는 일이니까!"

그들은 다시 집 안으로 돌아갔다.

"에이미 깁스는 잠에 깊이 빠지는 편이었습니까?" 그가 물었다.

웨인플리트 양은 신랄한 어조로 재빨리 대답했다.

"아침에 그녀를 깨우기란 정말이지 보통 힘든 게 아니었다오. 때로는 그녀가 대답할 때까지 몇 번씩이나 문을 두드리며 소리쳐 불러야 했답니다. 하지만 그때는, 피츠윌리엄 씨, 말 그대로 영원히 들을 수 없게 되었던 거예요."

"그렇습니다." 루크가 알겠다는 듯이 고개를 끄덕이며 말했다.

"그렇다면 이제, 웨인플리트 양, 과연 동기가 무엇이었는지에 대해 알아봅시다. 우선 가장 눈에 띄는 인물부터 살펴보면, 그 엘스워시라는 친구와 에이미 깁스 사이에 무슨 일이 있었을 거라고 생각하십니까?"

그러고는 급히 덧붙였다.

"내가 묻는 것은 바로 당신 자신의 의견입니다. 소문이라든가 뭐 그런 것이 아니고 말입니다."

"그것이 그렇게 중요한 문제가 된다면 내 대답은 '그렇다.'라고 할 수 있어요."

루크는 고개를 끄덕였다.

"당신 생각으로는 에이미라는 하녀가 뭔가 공갈 협박을 할 만한 꼬투리를 잡고 있었을 수도 있다고 보십니까?"

"역시 그런 문제라면, 그럴 가능성은 충분히 있다고 말할 수 있어요."

"혹시 그녀가 죽을 당시에 자기 소유로 많은 돈을 가지고 있었거나 하는 것에 대해 알고 계신 것은 없습니까?"

웨인플리트 양은 생각에 잠겼다.

"그런 일은 없었을 거예요. 만일 그녀에게 뭔가 비정상적인 수입이 있었다면, 틀림없이 내 귀에도 들어왔을 거라고 생각해요."

"그리고 혹시 그녀가 죽기 전에 뭔가 비정상적일 정도로 사치를 부리거나 한 적도 없었나요?"

"그런 적도 없었다고 생각해요."

"그렇다면 그것은 공갈 협박 이론에는 상당히 불리하게 작용하는군요. 대개 범인은 최후의 행동을 하기로 결심하기 전에 일단 희생자의 협박 요구를 들어주기 마련인데. 다른 이론도 가능합니다. 그녀는 무엇인가를 알고 있었을지도 모른다는 거죠."

"어떤 종류의 일을 말인가요?"

"그녀는 위치우드에 사는 누군가를 위협할 수 있는 사실을 알고 있었는지도 모릅니다. 완전히 가설적인 상황을 설정해 보기로 하죠. 그녀는 이곳의 많은 집에서 하녀로 일해 왔었습니다. 그녀가 누군가에게, 이를테면 애버트 같은 사람에게 직업적인 면에서 결정적인 타격을 줄 수도 있는 어떤 사실을 알게 되었다고 가정해 보는 거죠."

"애버트 씨를요?"

루크가 재빨리 말했다.

"아니면 토머스 박사의 경우에는 의사의 본분에서 벗어나는 행위라든가, 또는 부주의한 시술 같은 종류의 일일 수도 있겠죠."

"하지만 분명히……." 웨인플리트 양은 말을 꺼내다가 그만 중단했다.

루크가 계속했다.

"에이미 깁스는 당신 말씀대로 호튼 부인이 죽었을 당시 그 집에서 하녀로 일하고 있었습니다."

잠시 침묵이 흐르고 나서, 이윽고 웨인플리트 양이 말했다.

"피츠윌리엄 씨, 어째서 당신은 호튼 부인의 일까지 이번 일에 끌어들이는 건지 말씀해 주시지 않겠어요? 호튼 부인은 죽은 지 벌써 1년도 넘었는데."

"그렇습니다. 하지만 에이미 깁스는 당시 그곳에 있었습니다."

"나도 알아요. 대체 호튼 부부가 그 일과 무슨 관계가 있다는 건가요?"

"그건 나도 모릅니다. 다만 궁금할 뿐이지요. 호튼 부인은 극심한 위염으로 죽었다고 하던데요, 맞습니까?"

"맞아요."

"그녀의 죽음은 아주 갑작스러운 것이었습니까?"

웨인플리트 양이 천천히 말했다.

"맞아요. 그녀는 많이 좋아지고 있어서 거의 회복 단계에 들어선 것 같았는데, 그런데 갑자기 병이 도지더니 세상을 떠난 거예요."

"토머스 박사도 예상치 못한 일이었습니까?"

"그건 잘 모르겠어요. 하지만 아마도 그랬을 거라고 생각해요."

"그리고 간호사들, 그들은 뭐라고 했습니까?"

"내 경험에 의하면……." 웨인플리트 양이 말했다.

"간호사들이란 환자의 병이 악화할 때 결코 놀라는 법이 없어요. 그들을 놀라게 하는 것은 환자가 회복되는 일이라오."

"하지만, 그녀의 죽음은 당신에겐 뜻밖이었죠?" 루크가 끈질기게 물어보았다.

"그랬어요. 그녀가 죽기 바로 전날 나는 그녀와 함께 있었는데, 그녀는 무척 좋아진 것 같았고, 기분도 상당히 좋은 듯 즐겁게 이야기를 나누었거든요."

"그녀는 자신의 병에 대해 어떻게 생각하는 것 같았습니까?"

"그녀는 간호사들이 자기를 독살시키려 한다고 불평했어요. 간호사를 한 명 내쫓은 적도 있었는데, 그 두 간호사는 전에 쫓아냈던 그 간호사만큼이나 정말 끔찍한 존재들이라고 하면서 말이에요."

"그런 그녀의 불평에 대해서는 별로 신경 쓰지 않았을 것 같습니다만?"

"글쎄요, 그렇다고 할 수 있지요. 나는 그게 전부 병 때문에 그런 거라고 생각했어요. 그런데다 그녀는 무척 의심이 많은 여인이었고, 또한—이런 말을 하면 너무 몰인정하다고 할지는 모르지만, 그녀는 자신을 중요한 사람으로 여겨 주도록 부추기기를 좋아했거든요. 의사들도 그녀의 증상을 전혀 이해하지 못했는데, 그건 결코 간단한 문제가 아니었어요. 어떻게 보면 잘 알려지지 않은 아주 희귀한 질병이었을 수도 있고, 누군가가 '그녀를 살해하려고 기도하고 있는 것'이었을 수도 있기 때문이죠."

루크는 짐짓 무심한 듯한 목소리를 내려고 애쓰면서 말했다.

"그녀는 혹시 남편이 자기를 해치려 한다고 의심하지는 않던가요?"

"오, 아니에요. 그녀한테는 그런 의심일랑은 추호도 없었을 거예요!"

웨인플리트 양은 잠시 생각에 잠겼다가 이윽고 조용한 목소리로 물어보았다.

"그게 바로 당신이 생각하는 것인가요?"

루크가 천천히 말했다.

"남편들이란 그전부터 그런 짓을 해왔고, 또한 그러면서도 전혀 의심을 받지 않았답니다. 호튼 부인은 모든 점을 미루어 볼 때, 어떤 남자라도 그녀를 죽이고 싶어 했을 그런 여자였던 것 같습니다. 게다가 그는 그녀의 죽음으로 상당히 많은 돈을 손에 넣게 된 것으로 알고 있습니다만."

"그건 그래요."

"당신은 어떻게 생각하십니까, 웨인플리트 양?"

"내 생각을 알고 싶으세요?"

"그렇습니다. 바로 당신의 의견을 말입니다."

웨인플리트 양은 신중한 어조로 침착하게 말했다.

"내 생각에는 호튼 소령은 자기 아내한테 매우 헌신적이었고, 또한 아내를 살해한다는 것은 결코 꿈에라도 생각해 본 적이 없었을 거예요."

루크가 그녀를 가만히 응시하자, 그녀는 그에 대한 응답으로 부드러운 호박색의 시선을 마주 보냈다. 그것은 추호도 흔들림이 없는 그런 시선이었다.

"글쎄요." 그가 말했다.

"아마도 당신 생각이 옳을 겁니다. 만약에 그것이 그 반대의 경우였다면 능히 알아볼 수 있었을 테니까요."

웨인플리트 양은 조금 쑥스러워하는 듯한 미소를 지었다.

"우리 여자들이 훌륭한 관찰자라고 생각하나요?"

"그것도 제1급의 관찰자라고 할 수 있지요. 풀러튼 양도 당신 생각과 같았을 거라고 생각하십니까?"

"래비니아가 무슨 의견을 말하는 것을 들어본 적이 없었던 것 같은데요."

"그녀는 에이미 깁스에 대해서 어떻게 생각했습니까?"

그녀는 잠시 생각해 보는 듯 눈살을 조금 찌푸렸다.

"그건 말하기가 어렵군요. 래비니아는 아주 기묘한 생각을 하고 있었거든요."

"어떤 생각이었습니까?"

"그녀는 여기 위치우드에서 뭔가 수상한 일들이 벌어지고 있다고 생각하는 것 같았어요."

"예를 들자면 그녀는 누군가가 토미 피어스를 창문에서 밀어 떨어뜨린 거라고 생각하던가요?"

웨인플리트 양은 깜짝 놀라며 그를 쳐다보았다.

"당신이 어떻게 그걸 아셨죠, 피츠윌리엄 씨?"

"그녀가 나한테 그런 이야기를 해주었지요. 꼭 그런 말로 표현하지는 않았지만, 내가 그런 생각을 할 수 있는 대체적인 윤곽을 제시해 주었습니다."

웨인플리트 양은 흥분으로 뺨을 핑크빛으로 물들인 채 상체를 앞으로 내밀었다.

"그게 언제였나요, 피츠윌리엄 씨?"

루크는 침착한 어조로 말했다.

"바로 그녀가 살해당하던 그날이었습니다. 우리는 같은 런던행 기차를 타고 있었지요."

"그녀가 당신한테 정확히 무슨 말을 하던가요?"

"그녀는 위치우드에서 너무 많은 사람이 죽었다고 했습니다. 에이미 깁스, 토미 피어스, 그리고 카터 등의 이름을 거론했지요. 그리고 험블비 박사가 다음 희생자가 될 거라고 했습니다."

웨인플리트 양은 천천히 고개를 끄덕였다.

"그녀는 누구한테 혐의가 있다고 말하던가요?"

"어떤 이상한 눈빛을 가진 사람이라고 하더군요. 그녀 말에 따르면, 그런 눈빛은 누구라도 잘못 볼 리가 없다는 겁니다. 그녀는 그자가 험블비 박사와 이야기를 나누고 있을 때 그자의 눈에 그런 눈빛이 떠올라 있는 것을 보았다고 했습니다. 그것이 바로 그녀가 험블비 박사가 다음 희생자가 될 거라고 말한 이유였지요." 루크가 말했다.

"그녀의 말대로 그분이 돌아가셨군요." 웨인플리트 양이 속삭이듯 말했다.

"오, 맙소사! 세상에, 그럴 수가!"

그녀는 힘없이 뒤로 쓰러지듯 의자에 몸을 기대었다. 그녀의 눈에는 놀란 표정이 역력했다.

"그 사람이 누구였습니까?" 루크가 물었다.

"자, 웨인플리트 양, 당신은 알고 있습니다. 당신은 틀림없이 알고 계십니다!"

"나는 알지 못해요. 그녀는 나한테 그 사람이 누군지 정말 이야기해 주지 않았어요."

"하지만, 당신은 짐작하실 수 있을 겁니다." 루크는 집요하게 다그쳤다.

"그녀의 심중에 들어 있던 사람이 누구였는지 당신은 능히 짐작하실 수 있을 겁니다."

마지못해 하면서 웨인플리트 양은 천천히 고개를 끄덕였다.

"그게 누구인지 내게 말씀해 주십시오."

하지만, 웨인플리트 양은 완강하게 고개를 저었다.

"안 돼요. 그건 정말 말할 수 없어요. 당신은 나한테 정말 너무도 부당한 일을 하라고 요구하는 거예요! 당신은 내게 있었을지도 모르는(단지 있었을지도 모르는 사실을), 이제는 고인이 된 친구의 마음속에 있었을지도 모르는 사실을 짐작해 내라고 요구하고 있어요. 나는 그처럼 무책임한 말을 할 수는 없어요!"

"그건 무책임한 말이 아니라, 단지 의견에 불과한 겁니다."

그러나 웨인플리트 양은 뜻밖에도 아주 완강했다.

"아무튼 난 그런 말을 하고 싶은 생각은 추호도 없어요." 그녀가 말했다. "사실이지 래비니아는 나한테 무슨 말을 해준 적이 한 번도 없었다오. 그녀가 어떤 생각인가를 하고 있었던 것 같기는 하겠지만, 당신도 알다시피 내가 완전히 잘못 생각하고 있을 수도 있는 거예요. 내가 어떤 사람의 이름을 함부로 입에 올리는 것은 정말 부당하고 좋지 않은 처사가 될지도 몰라요. 그렇게 해서 당신을 잘못 인도하기라도 하면 참으로 중대한 결과를 가져올 수도 있거든요. 그리고 내가 아주 완전히 잘못 생각하고 있을지도 모르는 일이잖아요. 사실은 내가 아마도 완전히 잘못 생각하고 있을 거예요!"

그러고는 웨인플리트 양은 입을 굳게 다물고 아주 결연한 시선으로 루크를 응시했다. 그런 그녀의 시선에서 루크는 어쩔 수 없이 자신의 뜻을 굽혀야 할 거라는 사실을 깨달았다.

루크는 웨인플리트 양의 강직한 성품과 그가 도무지 정체를 파악할 수 없는 무엇인가가 모두 자기에게 불리하게 작용을 하고 있다는 것을 깊이 인식했다. 그는 기꺼이 패배를 자인하고는 작별 인사를 하려고 자리에서 일어났다. 그는 나중에 다시 공격을 해보리라 마음속으로 굳게 다짐하는 한편, 자신의 그런 의도를 상대방이 전혀 알아채지 못하도록 신경을 썼다.

"당신 생각이 틀림없을 겁니다." 그가 말했다.

"내게 많은 도움을 주셔서 정말 고맙습니다."

웨인플리트 양은 그를 문까지 배웅해 주면서, 그런 그녀의 확신이 조금 흔들리는 듯싶었다.

"내가 바라는 것은 당신이 그렇게 생각하지……."

이렇게 말하다가 그녀는 갑자기 문장을 바꾸었다.

"혹시라도 내가 당신에게 도움을 줄 수 있는 것이 그밖에 달리 또 있다면, 부디 서슴지 말고 나에게 알려 주세요."

"그렇게 하도록 하겠습니다. 지금까지 우리가 나눈 대화를 다른 사람에게 얘기하시지는 않겠죠?"

"물론이에요. 다른 사람한테는 단 한마디도 말하지 않겠어요."

루크는 그녀의 말이 진심이기를 바랄 뿐이었다. 그녀가 다시 말했다.

"브리짓에게 안부를 전해 주세요. 그녀는 정말 훌륭한 아가씨예요, 그렇죠? 게다가 똑똑하기도 하고. 나는……, 나는 그녀가 행복해지기를 바란답니다."

그러고는 루크가 무슨 뜻이냐는 듯한 표정을 짓자, 그녀는 다시 덧붙였다.

"이스터필드 경과 결혼하는 것을 말하는 거랍니다. 그들은 나이 차이가 너무 많이 나거든요."

"예, 그건 사실이지요."

웨인플리트 양이 한숨을 내쉬었다.

"옛날에 내가 그 사람과 약혼한 적이 있었다는 것을 당신도 알고 있을 거예요."

그녀는 생각지도 못했던 말을 불쑥 꺼냈다. 루크는 깜짝 놀라며 그녀를 멍하니 쳐다보았다.

그녀는 고개를 끄덕이면서 다소 서글퍼 보이는 미소를 지어 보였다.

"오래전 일이라오. 그는 정말 장래가 촉망되는 청년이었어요. 나는 혼자서라도 열심히 공부하라고 그를 격려해 주었지요. 그리고 그의 굽힐 줄 모르는 정신과 기필코 성공하고야 말겠다는 결심이 정말 자랑스러웠어요. 그런데 내 가족들이 몹시 화를 내며 반대하고 나섰지요. 그 당시만 하더라도 계급의식이 아주 강했거든요."

그녀는 잠시 생각에 잠겼다가 다시 말을 이었다.

"나는 항상 큰 관심을 두고 그의 성공을 지켜보았답니다. 내 가족들이 잘못한 거라고 나는 생각해요."

그러고는 미소를 지으며, 작별 인사로 고개를 끄덕여 보이고는 집 안으로 들어갔다. 루크는 생각을 정리하려고 애썼다.

그는 웨인플리트 양을 그냥 '나이가 많은 노부인'이라고만 생각해 왔던 것이다. 지금에야 비로소 그녀가 아마도 아직 60세가 채 되지 않았을 거라는 사실을 깨닫게 되었다. 이스터필드 경은 50은 족히 넘었을 거다. 그녀는 아마 그보다 많아야 한두 살 정도 더 먹었을 것이다.

그러나 이스터필드 경은 브리짓과 결혼할 예정이다. 스물여덟 살밖에 되지 않은 브리짓과 말이다. 그토록 젊고 생기발랄한 브리짓과.

"오, 제기랄." 루크가 내뱉었다.

"그 문제에 대해서는 더 이상 생각하지 말자. 일, 그 일에 대해서만 열중해야지!"

제14장

 에이미 깁스의 이모라는 처치 부인은 불쾌하기 이를 데 없는 여인이었다. 그녀의 날카로운 콧날과 교활해 보이는 눈, 그리고 아주 약아빠진 말솜씨 등은 모두 한결같이 루크에게 욕지기를 느끼도록 하기에 족한 것들이었다. 그는 일부러 무뚝뚝한 태도를 보이기로 했는데, 그것이 그녀에게는 뜻밖에도 아주 효과적이었다. 그가 엄숙한 목소리로 말했다.
 "당신이 해야 할 일은 내 질문에 성실하게 대답하는 것입니다."
 "그럼요, 선생님. 나도 잘 알고 있답니다. 내가 할 수 있는 거라면 무엇이든지 아주 기꺼이 말씀드릴 생각이랍니다. 나는 경찰에 잡혀갈 만한 짓을 한 적이 결코 없으니까……."
 "그렇다면 당신은 아무런 걱정도 할 필요가 없어요."
 루크가 그녀 대신 말을 맺었다.
 "아무튼 내 말대로만 해준다면 그런 건 문제가 되지 않을 겁니다. 내가 알고자 하는 것은 죽은 당신의 조카에 대한 모든 겁니다. 그녀의 친구들이 누구였고, 돈을 얼마나 가지고 있었으며, 또한 뭔가 이상하다 싶은 말을 한 적은 없는지 등. 우선 그녀의 친구들에 대해 알아봅시다. 그래, 어떤 친구들이 있었습니까?"
 처치 부인은 교활해 보이는 눈초리의 보기 싫은 눈으로 루크를 슬쩍 훔쳐보았다.
 "당신은 정말 신사이실 테죠, 선생님?"
 "그녀에게 무슨 은밀한 관계의 여자 친구들이라도 있었습니까?"
 "글쎄요, 그런 일은 결코 없었다고 할 수 있지요, 선생님. 물론 에이미와 함께 일했던 처녀들이 있긴 했지만, 에이미는 그들과는 별로 어울리지 않았답니다. 아시겠지만……."

"그녀는 남자를 더 좋아했다 이거군요. 계속하시오. 그 점에 대해서 말이오."

"그 아이가 실제로 사귀고 있던 사람은 자동차 정비소에서 일하는 짐 하비였답니다, 선생님. 그는 아주 성실한 젊은이였지요. '너는 그 사람보다 더 좋은 남자는 찾지 못할 거야.'라고 나는 그 아이한테 수도 없이 말했답니다."

루크는 무뚝뚝하게 그녀의 말을 중단시켰다.

"그리고 다른 사람들은 없었습니까?"

다시 그는 그녀의 교활한 시선을 의식했다.

"혹시 골동품점을 경영하는 신사 양반에 대해 생각하고 계신 것이 아닌가요? 나는 그걸 좋아하지 않았답니다. 그래서 이렇게 솔직히 말씀드리는 거예요, 선생님. 나는 언제나 품행 방정 했고, 또한 무슨 꿍꿍이속을 품어 본 적도 없답니다. 요즈음 젊은 계집애들한테는 아무리 말해 줘도 소용이 없거든요. 그들은 제 갈 길로 가는 거예요. 그러고는 종종 그 때문에 일생을 후회하며 살아가게 되는 거죠."

"에이미는 그 일을 후회했습니까?" 루크가 퉁명스럽게 물어보았다.

"아뇨, 선생님. 난 그렇게 생각하지 않는답니다."

"그녀는 죽던 날 토머스 박사한테 진찰받으러 갔었는데, 그렇다면 그게 그 문제 때문이 아니었습니까?"

"아니에요, 선생님. 나는 그 때문은 아니었다고 거의 확신할 수 있어요. 오, 그 문제에 대해선 정말 맹세라도 할 수 있답니다! 에이미가 안색이 창백하고 기운이 없어 보였던 것은 사실이지만, 그건 단지 그 아이가 지독한 감기에 걸렸기 때문이었어요. 당신이 생각하시는 그런 일은 결코 아니었답니다. 그런 일이 없었다는 걸 나는 확신할 수 있어요, 선생님."

"그 문제에 대해서는 당신 말을 믿도록 하지요. 그런데 대체 그녀와 엘스워시 사이에는 어떤 일들이 어느 정도까지 진척되어 있었습니까?"

처치 부인은 또다시 그를 슬쩍 훔쳐보았다.

"나는 뭐라고 확실하게 말씀드릴 수 없군요, 선생님. 에이미는 나한테 자기 문제를 털어놓는 애가 아니었거든요."

루크가 무뚝뚝하게 말했다.

"하지만, 그들 사이가 상당히 깊어졌던 것만은 틀림없지 않습니까?"

처치 부인은 부드러운 어조로 말을 받았다.

"이곳에서는 그 신사 양반에 대한 평판이 별로 좋지 않은 편이랍니다, 선생님. 온갖 소문이 다 돌고 있거든요. 게다가 런던에서 내려온 친구들과 함께 괴상한 일들을 벌이곤 했죠. 한밤중에 '마녀의 들판'에 올라가서 말이에요."

"에이미도 참석했었습니까?"

"한 번인가는 참석했던 것으로 알고 있어요, 선생님. 밤중 내내 밖에서 돌아오지 않은 걸 이스터필드 경께서 아시게 되었고—그때 그 아이는 애쉬 저택에서 일하고 있었죠. 그녀를 몹시 꾸짖으셨는데, 그 애가 건방지게도 나리한테 말대꾸했던 거예요. 당연히 그분은 그 애를 내쫓았죠."

"자기가 참석한 곳에서 무슨 일이 있었는지 당신한테 이야기해 주던가요?"

처치 부인은 고개를 저었다.

"별로 많은 이야기는 하지 않았답니다, 선생님. 그 애는 자기 혼자서 꿍꿍이를 즐기는 편이었거든요."

"그녀는 호튼 소령 집에도 한동안 있었다고 하던데, 맞습니까?"

"한 1년 가까이 있었죠."

"어째서 그 집에서 나온 겁니까?"

"그게 자기한테 더 유리했기 때문이죠. 저택에서 일하면 보수를 더 많이 받을 수 있었거든요."

루크는 고개를 끄덕였다.

"호튼 부인이 죽었을 때 에이미는 그 집에서 일하고 있었지요?"

"그렇습니다, 선생님. 에이미는 몹시 불평을 했어요. 간호사 두 명이 같이 있었는데, 쟁반을 닦으라는 둥 여러 가지 귀찮은 일들을 시킨다면서요."

"그럼, 그녀는 변호사 애버트 씨 집에서 일한 적은 없었습니까?"

"없었답니다, 선생님. 애버트 씨 댁에는 남자 하인 한 명이 있고, 그리고 부인이 그분을 돌봐 주죠. 에이미가 그의 사무실로 한번 찾아간 적이 있는데, 무슨 일로 찾아갔는지는 나도 모르겠어요."

루크는 관계가 있을 만한 사소한 문제들까지도 확인해 보기로 했다. 하지만, 처치 부인이 더 이상 아는 것이 없는 것 같자 그 문제는 접어두기로 했다.

"혹시 그녀의 친구 중에서 런던에 사는 신사는 없었습니까?"

"나도 정말이지 똑같은 말을 되풀이하고 싶지는 않답니다."

"자, 처치 부인, 내가 원하는 건 진실이라는 걸 잊지 마십시오."

"그는 신사가 아니었어요, 선생님. 신사하고는 아주 거리가 먼 사람이었죠. 그 애 스스로 자신을 망치는 일이었기 때문에 나도 그 애한테 그런 말을 했었답니다."

"좀더 쉬운 말로 해주지 않겠습니까, 처치 부인?"

"선생님도 세븐 스타스 술집에 대해 들어보셨겠죠? 아주 좋지 못한 곳이고, 또한 그 주인인 해리 카터도 질이 나쁜 작자여서 대부분의 시간을 술독에 빠져서 지내곤 하던 사람이에요."

"에이미가 그 사람과 친했었습니까?"

"그 애는 한두 번 정도 그자와 함께 산책을 한 적이 있었어요. 하지만, 그 이상 무슨 다른 일이 있었을 거라고는 생각하지 않아요. 그건 정말이랍니다."

루크는 신중하게 고개를 끄덕이고는 화제를 바꾸었다.

"당신도 토미 피어스라는 소년에 대해 알고 있지요?"

"누구요? 피어스 부인의 아들 말인가요? 물론 알고 있죠. 끔찍한 말썽꾸러기였답니다."

"그는 에이미와 자주 만나는 편이었습니까?"

"오, 그렇지 않았어요, 선생님, 설혹 그가 에이미한테 몹쓸 장난을 치려고 했다 해도 에이미는 그를 호되게 꾸짖어 쫓아버리곤 했을 거예요."

"그녀가 웨인플리트 양과 같이 지낼 때는 만족해했습니까?"

"그 애는 상당히 지루해하는 것 같았어요, 선생님. 그리고 보수도 많지 않았고요. 물론 그 애가 애쉬 저택에서 그렇게 쫓겨나고 나서는 다른 좋은 일자리를 구하기가 그리 쉽지 않았답니다."

"내 생각에는 그녀가 이곳을 완전히 떠날 수도 있었을 것 같은데요?"

"런던으로 말인가요?"

"아니면 다른 고장으로라도 말이오."

처치 부인은 고개를 저었다. 그러고는 천천히 말했다.

"에이미는 위치우드를 떠나고 싶어 하지 않았답니다. 물론 그런 일들이 있었기 때문만은 아니었지요."

"'그런 일들이 있었다'니 그게 무슨 뜻입니까?"

"짐과 골동품점을 하는 신사 양반과의 일을 말하는 거죠."

루크는 신중하게 고개를 끄덕였다. 처치 부인은 계속 말을 이었다.

"웨인플리트 양은 아주 훌륭한 노부인이지만, 놋쇠그릇이라든가 은식기 같은 것에 먼지가 앉거나 요가 지저분한 것 등에 대해서는 몹시 까다롭게 굴었답니다. 에이미가 자기 나름대로 즐기는 것이 없었다면 그런 잔소리들을 참아내지 못했을 거예요."

"그건 나도 충분히 짐작이 갑니다." 루크가 냉담하게 말했다.

루크는 잠시 생각에 잠겼다. 이제는 더 이상 물어볼 만한 질문이 없을 것 같았다. 그는 처치 부인이 아는 것들을 거의 빠짐없이 알아낸 것이 틀림없을 거라고 생각했다. 그는 마지막으로 모험적인 시도를 해보기로 했다.

"내가 이런 질문들을 하는 이유를 당신도 충분히 짐작할 수 있을 겁니다. 에이미 양의 죽음은 여러 가지 상황들로 미루어 보건대 상당히 의심스러운 점이 많다고 할 수 있지요. 우리는 그게 우연한 사고였다는데 대해서는 도저히 만족할 수가 없습니다. 만일 그것이 우연한 사고가 아니었다면 도대체 어찌된 일인지 당신도 충분히 짐작이 갈 겁니다."

처치 부인은 왠지 기분 나쁘게 느껴지는 안도의 표정을 띠며 말했다.

"마수(魔手)!"

"바로 그렇습니다. 자, 당신 조카딸이 마수에 걸려든 것이 분명하다면, 당신은 그녀의 죽음에 책임이 있을 것 같은 사람이 과연 누구라고 생각합니까?"

처치 부인은 앞치마로 손을 씻었다. 그녀는 의미심장한 질문을 했다.

"경찰이 범인을 추적하는데 도움을 준다면 뭔가 보상이 있을 테죠?"

"아마 그럴 겁니다." 루크가 말했다.

"뭐라고 꼬집어 말할 수는 없지만요."

처치 부인은 그 게걸스러운 혓바닥으로 얄팍한 입술을 핥으면서 말을 이었다.

"하지만, 골동품점의 신사 양반은 수상한 사람이에요. 선생님도 캐스터 사건과 그 가엾은 처녀에 대해 기억하고 계실 거예요. 그리고 나중에도 같은 식으로 당한 처녀가 대여섯 명이나 되었죠. 혹시 엘스워시 씨도 그런 종류의 인간이 아닐까요?"

"그게 바로 당신이 말하고 싶은 겁니까?"

"아무튼 그와 비슷한 사건일 수도 있죠, 선생님. 그렇지 않은가요?"

루크는 그럴 수도 있다고 인정했다. 그러고는 다시 물었다.

"더비 경마가 있던 날 오후에 엘스워시는 이 마을을 떠났었습니까? 그건 아주 중요한 문제라 할 수 있는데요."

처치 부인은 멍한 표정이었다.

"더비 경마 날이라니요?"

"그렇습니다. 2주일 전 목요일 말입니다."

그녀는 고개를 저었다.

"아뇨, 그 문제에 대해서는 뭐라고 할 수가 없군요. 그는 보통 목요일에 외출하는 편인데, 이따금 런던에 올라가곤 했답니다. 일찍 문을 닫는 목요일인 셈이죠."

"오, 일찍 문을 닫는다······." 루크가 말했다.

그는 자기가 제공한 시간이 가치가 있는 것이었으며, 따라서 금전적 보상을 받을 만한 자격이 있다는 것을 은근히 드러내는 듯한 그녀의 표정을 무시한 채 처치 부인에게 작별을 고했다. 그는 처치 부인이 정말 못 견디게 싫어졌다. 그녀와 나눈 대화는 비록 뚜렷하게 서광을 던져 주는 것은 없었지만, 몇 가지 점에서는 뭔가 암시해 주는 것들이 있었다.

제15장

그는 마음속으로 조심스럽게 여러 가지 사실들을 검토해 보았다. 그렇다, 지금까지는 그들 네 사람으로 좁혀졌다.

토머스, 애버트, 호튼, 그리고 엘스워시.

웨인플리트 양의 태도는 그에게 그런 점을 입증해 주는 것도 같았다. 한 사람의 이름을 거론하는 일에도 그녀는 그토록 완강하고 당황하는 태도를 보였던 것이다. 물론 그것이 뜻하는 것은(그것은 그런 뜻임이 틀림없었다) 문제의 그 사람은 위치우드에 사는 누군가이며, 넌지시 비치는 것만으로도 상당한 타격을 줄지도 모르는 사람이라는 것을!

그것은 또한 풀러튼 양이 자기가 의심하는 사실을 런던경시청에 알려야겠다고 결심했던 것과도 맞아떨어진다. 지방경찰은 아마도 그녀의 그런 생각을 비웃어 넘겼을지도 모른다. 그것은 정육점 주인이나 빵집 주인, 또는 양초가게 주인의 사건이 아니었다. 또한 자동차정비소의 단순한 기계적인 문제와도 경우가 다르다. 문제의 그 사람을 살인죄로 기소한다는 것은 너무 공상적일 뿐만 아니라, 심각한 사태를 가져올 수도 있는 일이었다. 가장 가능성이 있는 후보자로는 네 사람이 있었다.

그는 다시 한 번 세심하게 각각의 사람들을 사건과 비교해 보고 마음을 결정하기로 했다. 우선 웨인플리트 양의 단호한 태도를 생각해 봐야 한다. 그녀는 양심적이고 강직한 사람이다. 그녀는 풀러튼 양이 의심한 사람이 누구인지 자기도 알고 있다고 생각하지만, 그것은 그녀가 지적했듯이 그녀의 일방적인 신념에 불과했다. 그녀가 잘못 생각하고 있을 가능성이 있다는 말이다. 웨인플리트 양의 마음속에 들어 있는 사람은 과연 누구일까?

웨인플리트 양은 자신의 무책임한 비난이 무고한 사람의 명예를 훼손하게 되지 않을까 몹시 걱정하는 것이다. 그러므로 그녀의 의심의 대상이 되는 사람은 상당한 사회적인 지위를 가진, 대다수의 사람들이 존경하며 따르는 인물임이 틀림없다. 따라서 루크는 엘스워시는 자동으로 제외된다고 생각했다.

그는 사실 위치우드에서는 이방인과 다름없고, 그에 대한 평판도 별로 좋지 않은 편이다. 만일 엘스워시가 웨인플리트 양이 마음속으로 점 찍은 사람이라면, 그녀가 그의 이름을 거론하는 일에 그토록 완강한 태도를 보였으리라고는 생각할 수 없다는 게 루크의 생각이다. 그러므로 웨인플리트 양이 그토록 신경 쓰는 만큼 엘스워시에 대한 혐의는 사라지는 것이었다.

다음으로 루크는 호튼 소령 역시 제외해도 좋을 것 같다고 생각했다. 웨인플리트 양은 호튼 소령이 자기 아내를 독살시켰는지도 모른다는 제안을, 뭔가 그에 대한 따뜻한 심정을 품은 듯 항변했다. 만일에 그녀가 그를 나중의 범죄들과 관련이 있다고 의심했다면 호튼 부인의 죽음에 대한 그의 혐의에 대해 그토록 적극적인 변호를 하진 않았을 것이다.

그렇다면 남은 것은 토머스 박사와 애버트가 된다. 그들 모두 필수적인 요건들을 충분히 갖추고 있다. 그들은 직업적으로 상당한 명망을 누리고 있고, 사람들에게 알려진 스캔들 같은 것도 전혀 없다. 그들은 대체로 사람들에게 인기가 있고 존경을 받는 편이며, 또한 성실하며 정직한 사람들로 알려졌다.

루크는 문제를 다른 측면에서 검토해 보기로 했다. 그 자신은 엘스워시와 호튼을 혐의 대상에서 제외할 수 있을까? 즉시 그는 고개를 저었다. 그건 그렇게 간단한 문제가 아니었다.

풀러튼 양은 알고 있었다(정말로 알고 있었던 것이다), 그자가 누구였는지를. 그것은 첫 번째로는 그녀의 죽음으로, 두 번째로는 험블비 박사의 죽음에 의해 입증이 되었다. 하지만 풀러튼 양은 실제로 호노리아 웨인플리트라는 이름을 언급한 적이 없었다. 그러니 비록 웨인플리트 양이 자기가 알고 있다고 생각한다 하더라도, 그녀의 생각이 틀릴 가능성은 아주 클지도 모른다. 우리는 종종 다른 사람들이 무슨 생각을 하는지 알고 있을 수도 있지만, 때로는 우리가 잘못 알고 있었으며, 나중에 엄청난 실수를 저지르고 말았다는 사실을 깨닫게 되는 경우도 많다. 따라서 네 명의 후보자는 여전히 혐의자 범위에 머물러 있게 된 것이다.

풀러튼 양은 이미 고인이 되었기에 더 이상의 도움은 받을 수가 없다. 결국 루크는 전부터, 그가 위치우드에 도착한 다음 날부터 해왔던 작업을 또다시 하게 되었다―증거를 분석하고 가능성을 검토하는 작업.

그는 엘스워시부터 시작했다. 표면적인 사실들로 미루어 볼 때, 엘스워시는 맨 처음에 검토할 인물로서는 아주 제격이었다.

"그래, 이런 식으로 하도록 하자." 루크는 자신에게 말했다.

"모든 사람들을 차례대로 의심해 보는 것이지. 우선 엘스워시를. 그가 진짜 살인자라고 하자. 일단은 내가 아는 것을 아주 분명하게 해두자. 이제 희생자일 가능성이 있는 사람들을 시간적인 순서에 따라 하나하나 검토해 보는 것이다.

첫째로는 호튼 부인. 엘스워시가 호튼 부인을 살해하려고 들 만한 동기가 무엇인지 알아내기는 어려운 일이다. 하지만, 한 가지 수단은 있다. 그녀가 그에게서 엉터리 만병통치약을 구해서 마신 적이 있다는 사실을 호튼 소령이 말해 주었다. 혹시 비소 같은 독약이 그런 식으로 그녀에게 투여되었을 수도 있다. 문제는 왜, 즉 동기가 무엇이냐는 것이다.

다음으로 에이미 깁스. 어째서 엘스워시는 에이미 깁스를 살해했을까? 손쉽게 찾아볼 수 있는 이유는―그녀가 귀찮은 존재가 되었다는 것이다. 파혼에 대한 책임을 지라고 위협한 것일까? 아니면 그녀도 한밤중의 축제(?)에 한몫 거들었던 것일까? 그래서 그녀가 그것을 폭로하겠다고 위협한 것일까?

이스터필드 경은 위치우드에서 상당한 영향력을 가지고 있고, 또한 브리짓의 말에 따르면 이스터필드 경은 매우 도덕적인 사람이다. 엘스워시가 뭔가 아주 못마땅하게 여겨질 만한(이스터필드 경에게) 일을 꾸미고 있었다면, 이스터필드 경이 그 사실을 안다는 것은 엘스워시에게 아주 불리하게 작용할 수도 있다. 그래서 에이미를 제거한 것이다. 사디스트(가학성 변태 성욕자)적인 살인은 아닌 것 같다. 살인 방법이 전혀 어울리지가 않았다.

다음은 누구지? 카터? 무엇 때문에 카터를 죽였을까?

그가 한밤의 축제에 대해 알고 있었을 것 같지는 않은데―그렇다면 에이미가 그에게 이야기해 준 것일까? 카터의 예쁜 딸이 그 일에 연루된 것은 아닐까? 엘스워시가 그녀에게 구애하게 된 것일까? 루시 카터를 조사해 보자. 혹시 카터가 엘스워시에게 심한 욕설을 퍼부었고, 그래서 엘스워시는 그 일에 대해 화를 낸 것은 아닐까? 만일에 그가 이미 한두 번의 살인을 범했다면, 극히 사소한 이유 때문에라도 살인을 기도하는데 추호도 망설이지 않을 것이다.

이제 토미 피어스에 대해 살펴보자. 엘스워시는 무엇 때문에 토미 피어스를 살해했을까? 그건 상상하기가 별로 어렵지 않다. 토미 피어스는 한밤의 축제인가 하는 짓거리에 한몫 거들어 주었다. 토미는 그것을 누설하겠다고 위협을 했다. 아니, 토미는 벌써 그 일을 떠들고 다니고 있었을지도 모른다. 따라서 토미의 입을 막아야 했을 것이다.

험블비 박사, 엘스워시는 왜 험블비 박사를 살해한 것일까? 그것 역시 아주 쉽게 추측해볼 수 있다. 험블비는 의사였고, 따라서 그는 엘스워시의 정신 상태가 극히 비정상적임을 알아차렸던 것이다. 어쩌면 그 문제에 대해 뭔가 조치를 취하려고 준비하고 있었을지도 모른다.

그래서 험블비 박사는 제거되었다. 문제가 되는 것은 살인 방법이다. 어떻게 엘스워시는 험블비 박사가 패혈증에 걸려 사망하게 되도록 완벽하게 손을 쓸 수가 있었을까? 아니면, 험블비 박사의 죽음은 그와는 상관없는 일이었을까? 손가락이 중독된 것은 일종의 우연의 일치였을까?

마지막으로 풀러튼 양이 남았다. 목요일에는 문을 일찍 닫는다.

엘스워시는 그날 런던에 올라갔을지도 모른다. 그는 자동차를 가지고 있을까? 그가 자동차를 타는 것을 한 번도 본 적은 없지만, 굳이 증명할 필요도 없는 문제이다. 그는 그녀가 자기를 의심하고 있다는 것을 알았고, 그래서 혹시라도 런던경시청에서 그녀의 이야기를 받아들이게 될 기회를 아예 주지 않을 생각이었다. 런던경시청에서는 그에 대해 벌써 뭔가 수상쩍은 낌새를 알고 있었던 것은 아닐까? 이상은 엘스워시에 대해 불리한 점들이다!

그렇다면 그에게 유리한 점은 무엇인가? 글쎄, 우선 한 가지, 그는 확실히 웨인플리트 양이 풀러튼 양의 심중에 들어 있던 사람일 거라고 생각하는 사람이 아닌 것 같다. 다른 하나는, 그는 적합하지가 않다, 전혀. 내가 막연하게 느꼈던 인상과는. 그녀가 이야기하고 있을 때 나는 한 사람의 모습을 머릿속으로 그려 보았는데—그것은 결코 엘스워시 같은 사람은 아니었다. 내가 그녀의 태도에서 느꼈던 문제의 인물에 대한 인상은 극히 정상적인 사람으로, 겉으로 보기에는 조금도 사람들의 의심을 받지 않을 그런 사람일 거라는 것이었다.

엘스워시는 누구라도 한 번쯤 의심을 품을 만한 그런 인물이다. 아니, 나는 오히려 토머스 박사 같은 사람이 아닐까 하는 인상을 받았었다. 그렇다면 토머스 박사에게는 과연 어떤 혐의가 있을까? 나는 그와 이야기를 나누어 보고서 그를 혐의자 명단에서 빼버렸다. 훌륭하고 성실한 친구였다. 하지만, 이번 일에서 대체로 살인자의 특징은(내가 전반적인 사건의 흐름을 잘못 파악하는 것이 아니라면), 그와 같이 훌륭하고 성실한 사람일 가능성이 크다는 것이다.

설혹 의심을 한다고 하더라도 제일 나중에 고려해볼, 도무지 범인일 것 같지 않은 그런 사람이 바로 살인자일 수도 있는 것이다! 물론 누구나 토머스 박사에 대해서는 똑같은 생각을 하고 있을 것이다.

그러면 이제 토머스 박사에 대해서도 같은 식으로 살펴보도록 하자. 왜 토머스 박사는 에이미 깁스를 살해했을까? 사실 그것은 도무지 그의 소행으로는 보이지 않는다. 하지만 그날 그녀는 그에게 진찰을 받으러 갔었고 그는 그녀한테 감기약이 들어 있는 병을 주었다. 실제로 병에 들어 있었던 것이 수산이었다고 가정해 보면, 그것은 아주 간단하고 교묘한 방법이 될 수 있으리라.

그녀가 중독된 것이 발견되었을 때 누가 거기에 갔을까? 험블비 박사였을까, 아니면 토머스 박사였을까? 만일 그것이 토머스 박사였다면, 그는 주머니 속에 모자용 물감이 들어 있는 병을 가지고 있다가 조심스럽게 테이블 위에 올려놓은 다음에, 아주 뻔뻔스러운 태도로 분석을 해봐야겠다며 그 병을 가지고 갔을 수도 있다. 그와 같은 일은 충분히 가능한 것이다. 그건 단지 침착하기만 하면 할 수 있는 일일 테니까.

토미 피어스는? 역시 그럴듯한 동기를 발견할 수가 없다. 토머스 박사에게 동기가 있다고 하는 것은 너무 억지가 아닐 수 없다. 무슨 병적인 동기조차도 찾아볼 수가 없다. 카터의 경우도 마찬가지이다. 토머스 박사가 카터를 제거하고 싶어 했다면 그건 무슨 이유에서였을까?

오직 한 가지 가정할 수 있는 것은 에이미, 토미, 술집 주인 등은 토머스 박사가 알기로는 모두 불건전한 사람들로 알려졌을지도 모른다는 것이다. 아참, 호튼 부인의 죽음이 뭔가 의심스러운 것이었다고 가정한다면? 토머스 박사는 그녀를 치료했다. 그런데 그녀는 갑자기 병세가 악화되어 세상을 떠났다.

그러면 충분히 그런 일을 꾸밀 수 있었을지도 모른다. 그리고 그 당시 에이미 깁스도 그 집에서 일하고 있었다는 것을 고려해 보면, 그녀는 뭔가를 눈치 챘던 것인지도 모른다. 그것을 그녀는 이용하려고 했던 것이고, 토미 피어스는 믿을 만한 사람들에게 들은 바로는 유별나게 호기심이 많은 소년이었다. 그 역시 뭔가를 알고 있었을지도 모른다.

하지만, 이런 이론을 카터에게도 적용시키기에는 무리가 있다. 에이미 깁스가 그에게 뭔가를 이야기해 주지 않았다면 말이다. 그는 취중에 무심코 그것을 발설했을지도 모르고, 따라서 토머스 박사는 그도 침묵시키기로 작정했던 것인지도 모른다. 물론 이런 것들은 모두 지나친 억측에 불과한 것이다.

이제 험블비 박사에 대해 생각해 보자. 아, 이제야 비로소 정말 그럴듯한 살인사건을 다루게 된 것이라 할 수 있다. 적절한 동기와 이상적인 범행 수단을 갖춘 살인. 만일 토머스 박사가 자기 동업자를 패혈증에 걸리게 할 수 있었다면, 다른 사람들이야 더 말할 것도 없다. 그는 그 상처를 돌볼 때마다 계속 재발시켰을 수도 있다. 이에 비하면 앞선 살인들은 다소 억지인 듯싶다.

풀러튼 양은? 그녀의 살인에 대한 근거는 더욱 희박하지만, 한 가지 분명한 사실이 있다. 토머스 박사는 그녀가 살해당했던 날 한동안 위치우드를 떠나 있었다. 그는 어떤 산모를 돌보고 있었다고 했다. 그게 사실일 수도 있다.

하지만, 그가 자동차로 위치우드를 떠났었다는 사실이 마음에 걸린다. 혹시 다른 곳에 들른 것은 아닐까? 맞아, 생각나는 일이 하나 있어. 언젠가 내가 그의 집을 나설 때 그가 나에게 보여 주던 표정. 마치 알고 있으면서도 잘못된 길로 인도하는 사람이 그러하듯이 오만하고 선심을 베푸는 듯하던 그 미소."

루크는 한숨을 내쉬고는 고개를 설레설레 저으며 다시 추리를 계속했다.

"애버트도 역시 아주 건전한 사람인 것 같다. 정상적이고 부유한 사람인데다가 사람들의 존경을 받고 있고, 거의 의심이 가지 않는 등. 또한 그는 자부심과 자신감이 강한 사람이다, 대개의 살인자가 그러하듯이. 하기야 그들은 지나칠 정도로 자부심이 강하지. 언제나 자신들은 절대 잡히지 않을 거라고 생각하는 친구들이니까.

에이미 깁스는 그를 방문한 적이 있었다. 무엇 때문이었을까? 무슨 일로 그녀는 그를 만나고자 했던 것일까? 법률적인 자문을 받기 위해서? 어째서? 아니면 그것은 사적인 문제였을까? 토미가 보았다는 '어떤 부인한테서 온 편지'라는 것이 있었지. 그 편지는 에이미 깁스가 보낸 것이었을까? 아니면, 호튼 부인이 쓴 편지로—혹시 에이미 깁스가 내용을 아는 편지였을까? 대체 어떤 여인이 무슨 내용의 편지를 애버트에게 보냈길래, 사환이 실수로 그 편지를 보게 되었을 때 그가 그토록 흥분했던 것일까? 그밖에 또 에이미 깁스의 사건에서 생각해볼 수 있는 것은 무엇일까? 모자용 물감? 그렇다, 상당히 보수적인 성격을 지닌 애버트 같은 남자들이라면 일반적으로 여성들의 유행에 대해 꽤 어두운 편일 것이다. 구시대적인 감성에 젖어 있겠지.

토미 피어스는? 확실한 것은 그 편지와 관련이 있을 것이라는 정도로—실제로 그것은 아주 치명적인 편지였을 수도 있었다. 카터는? 글쎄, 카터의 딸과 관련된 무슨 말썽이 있었을까? 애버트는 스캔들이 퍼지는 걸 싫어했고, 카터 같은 야비하고 치사한 덜된 인간이 그를 위협하려고 했다면……. 그는 이미 두 건의 살인을 감쪽같이 범했다! 카터 역시 없애버리는 거다! 어두운 밤중에 그대로 밀어 버리면 그만인 것이다. 사실 그런 살인은 너무도 쉬운 것이다.

애버트의 심성에 대해서도 분석해야 할까? 그건 물론이다. 한 노부인의 눈에 비친 추악한 모습을. 그녀는 그에 대해 수상하게 생각하고 있었다. 그런데 험블비 박사가 그와 다투게 된 것이다. 험블비 노인이 감히 애버트와—그토록 현명한 변호사요 살인자인 그와 감히 맞서려고 하다니.

'그 늙은 바보가, 쥐뿔도 모르는 늙은이가! 감히 나에게 대들려고 하다니!'

그리고 그다음에는……, 어떤 일이 벌어졌을까? 래비니아 풀러튼의 눈에 그의 살의가 포착된 것이다. 그러자 그의 눈빛이 흔들리고는 뭔가 수상한 기색을 보였다. 의심받지 않는 것을 자랑으로 여기던 그는 문득 뭔가 수상한 낌새를 느꼈다. 풀러튼 양이 자기의 비밀을 알고 있다. 그녀는 자기가 무슨 짓을 했는지 아는 것이다.

그래, 하지만 그녀는 결코 증명할 수가 없겠지. 그러나 그녀가 그 일을 조사하고 다닌다면? 그런 이야기를 떠벌리고 다닌다면? 그렇다면—그는 판단력이 아주 예리한 사람이다. 그는 그녀가 결국 어떤 행동을 하리란 걸 짐작할 수 있었다. 만일 그녀가 그런 이야기를 갖고 런던경시청에 찾아가게 되면, 그들은 그녀의 이야기를 믿고 조사에 착수하게 될지도 모른다. 뭔가 결정적인 조치를 해야만 한다. 그래서 애버트는 자기 차로, 아니면 차를 빌려서 런던으로 간 것일까? 아무튼 그는 더비 경마가 있던 날 이곳을 떠났었다."

다시 루크는 생각에 잠겼다. 그는 너무 한 인물에 신경을 집중시키느라고 다른 사람으로 혐의 대상을 옮겨야 한다는 것을 거의 잊을 뻔했다. 그가 유력한 살인자로서 호튼 소령을 머릿속에 떠올릴 수 있는 심적 상태를 갖추기까지는 잠시 시간이 걸렸다.

"호튼은 자기 아내를 살해했다. 이렇게 가정하고 시작하기로 하자. 그는 아내를 살해할 만한 충분한 동기가 있었고, 또한 그녀의 죽음으로 상당한 재산이 손에 들어왔다. 그 일을 성공적으로 수행하기 위해 그는 아내에게 헌신적인 남편으로 보이도록 해야만 했다. 그는 온갖 어려움을 무릅쓰고라도 계속 그런 태도를 유지해야 했다. 때로는 그런 그의 태도가 좀 지나칠 정도로 심하게 보이지는 않았을까?

좋아, 하나의 살인은 성공적으로 이루어졌다. 다음 차례는 누구지? 에이미 깁스. 그래, 충분히 있을 수 있는 일이지. 에이미는 그 집에서 일하고 있었다. 그녀는 소령이 그녀의 죽 그릇에 무엇인가를 타는 것을 목격했을지도 모른다. 어느 정도 시간이 흐르기 전까지만 해도 그녀는 자기가 목격한 것이 무슨 의미를 가진 것인지 미처 깨닫지 못했을 수도 있다. 모자용 물감을 살인 도구로 사용한다는 생각은 소령 같은 사람에게는 아주 자연스럽게 떠오를 수 있는 그런 것이다—여자들의 자질구레한 물건들에 대해서 거의 아는 것이 없는 그런 아주 남자다운 사람에게는. 에이미 깁스 문제는 깨끗하게 처리되었다. 그 술주정꾼인 카터는 역시 앞에서와 마찬가지로—에이미가 그에게 뭔가 이야기해 주었다고 가정할밖에. 그래서 다시 간단하게 해치웠다.

이제는 토미 피어스 차례이다. 그의 호기심 많은 천성을 다시 거론할 수밖에 없다. 애버트의 사무실에 있었던 그 편지는 혹시 호튼 부인이 보낸, 남편이 자기를 독살시키려고 한다는 것을 고발하는 내용의 편지가 아니었을까? 그건 너무 지나친 억측이긴 하지만, 그럴 수도 있다. 아무튼 소령은 토미가 위험스러운 존재라는 사실을 알아내게 되었던 것이고, 따라서 토미도 에이미와 카터와 같은 신세가 되었던 것이다.

솔직히 말하자면 모든 것이 너무도 간단하고 명백하다고 할까? 살인은 쉽다는 것일까? 아, 그건 정말 사실이다. 하지만, 그렇게 보기에는 다소 어려운 문제도 있다. 바로 험블비 박사의 죽음이다! 동기는? 아주 모호하다.

험블비 박사는 처음부터 호튼 부인의 치료를 맡았던 사람이다. 그가 그녀의 병세에 대해 뭔가 수상하게 여기는 것 같아서, 호튼은 아내를 설득해 좀더 젊고 의심이 적은 의사로 바꾸도록 했던 것일까? 하지만, 그게 사실이라면 어째서 위험하게 험블비 박사를 그토록 오래 살려 두었던 것일까? 어려운 문제다, 그건. 그리고 또한 그의 사인 역시 마찬가지이고, 패혈증으로 죽었다는 걸 소령과 연결한다는 것은 있을 수 없는 일이 아닐까?

그렇다면 풀러튼 양은? 그건 충분히 가능하다. 그는 차를 가지고 있다. 나도 그걸 보았으니까. 그리고 그는 문제의 그날 위치우드를 떠났었다. 물론 더비 경마를 보러 간 것으로 알려졌지만, 그럴지도 모르지, 그럼. 호튼이 과연 냉혹한 살인자일까? 그가? 나도 그걸 알고 있다면야 얼마나 좋을까?"

루크는 멍하니 앞을 바라보고 있었다. 그의 눈썹은 생각에 몰두하느라고 잔뜩 찌푸려져 있었다.

"그건 그들 중 하나야. 나는 엘스워시가 범인이라고 생각하지는 않지만, 그래도 가능성은 있지. 그는 가장 눈에 잘 뛰는 인물이니까. 토머스 박사 역시 가능성이 너무 희박해―험블비 박사의 사인에 대한 혐의만 없다면. 패혈증은 확실히 범인이 의학적인 지식이 있는 살인자라는 것을 보여 주는 것이란 말이야. 애버트일 수도 있지. 역시 문제는 다른 사람들과 마찬가지로 증거가 별로 없다는 것이지만, 그에 대해서는 어떻게 해서든지 일부라도 알아낼 수 있을 것 같기도 해.

그렇지, 그 역시 다른 사람들처럼 범인이 아닐 수도 있지. 그리고 호튼이 범인일지도 모르는 일이야. 아내에게 수년 동안 시달리면서 자신이 형편없는 존재라고 느꼈을지도 몰라—맞아, 그건 있을 수 있는 일이지. 하지만, 웨인플리트 양은 그렇게 생각하지 않고, 또한 그녀는 결코 어리석은 노파가 아니라, 누구보다도 이곳 사정에 밝은 여자거든.

그녀가 의심하는 사람은 과연 애버트일까, 아니면 토머스일까? 이 두 사람 중 한 명임에는 틀림없는데. 만일 내가 그녀에게 '그들 중 누구입니까?'라고 노골적으로 물어보았다면, 그게 누구인지 알아낼 수 있었을지도 모르지. 하지만, 역시 그녀가 잘못 알고 있을 가능성도 커.

그녀의 생각이 옳다는 걸 증명할 방법이 전혀 없거든—풀러튼 양이 자기 자신 이외에는, 누구에게도 입증해 보일 수 없었던 것처럼. 더 많은 증거, 그것이 바로 나한테 필요한 것이지. 만일 한 번만 더 사건이 일어난다면(단지 한 번만이라도), 그때는 나도 알 수 있을 텐데."

그는 갑자기 흠칫하며 하던 생각을 멈추었다.

"내가 지금 바라는 것은 또 다른 살인이 일어나라는 것이 아닌가?"

그는 숨을 죽이며 말했다.

제16장

 세븐 스타스의 바에서 루크는 맥주잔을 기울이면서 약간 곤혹스러움을 느꼈다. 대여섯 명은 되는 농부들의 시선이 그의 일거수일투족을 따라 움직였고, 그가 술집 안으로 들어섰을 때는 그들이 나누던 대화까지 일시적으로 중단되었던 것이다. 루크는 시험 삼아 농작물이라든가 날씨 문제, 축구 복권 등 일반적인 관심사에 대해서 몇 마디 꺼내어 보았지만, 그의 말에 대답하는 사람은 아무도 없었다. 그는 그만 풀이 죽고 말았다. 그때 그는 카운터 뒤에 있는 검은 머리에 홍조를 띤 아름다운 아가씨가 바로 루시 카터 양임이 틀림없을 거라고 판단했다. 그녀는 루크가 말을 걸자 기꺼이 맞장구를 쳤다.
 카터 양은 한참 깔깔대고 웃고 나서는 말했다.
 "제발 그만두세요! 당신이 그런 일에는 전혀 관심이 없다는 걸 잘 알고 있답니다! 그건 너무도 뻔한 거예요!"
 그러고는 몇 마디 말이 오갔지만, 그녀의 대답은 너무도 기계적이었다.
 루크는 죽치고 앉아 있어 봤자 아무런 소득도 없을 거라는 사실을 알고는 맥주를 마저 마시고 그곳을 나왔다. 그는 다리가 놓인 곳까지 걸어 보았다. 그가 다리를 쳐다보고 서 있을 때 그의 뒤에서 목소리가 들렸다.
 "바로 거기라오, 선생. 그곳이 바로 해리가 빠졌던 곳이외다."
 루크는 돌아보고, 그 사람이 바로 조금 전에 같이 술을 마셨던 사람이라는 것을 알았다—농작물이라든가 날씨, 또는 복권 등에 대한 화제에 대해 전혀 귀를 기울이지 않았던 그 사람. 그런데 지금은 분명히 그는 끔찍한 참변이 일어났던 장소의 안내자로서 스스로를 즐기는 것 같았다.
 "그는 저 진창 속으로 떨어졌지요." 늙은 농부가 말했다.
 "곧장 저 진창으로 떨어져서는 고개를 진창 속에 처박은 거라오."

"혹시 누군가가 그를 떠민 것은 아닐까요?"

루크는 대수롭지 않은 듯한 어조로 말했다.

"그랬을지도 모르지요." 농부도 동의했다.

"하지만, 대체 누가 그런 짓을 할 수 있었을지는 도통 알 수가 없구먼요."

"그에게 앙심을 품은 사람이 있었을지도 모르지요. 그는 술만 마시면 아주 심한 욕설도 서슴지 않았다고 하던데, 맞습니까?"

"그의 말씨는 듣기에 따라 다르게 들리는 것이었소. 물론 해리는 점잖은 말만 골라서 하지는 않았지만, 그렇다고 술에 취한 사람을 밀어서 떨어뜨릴 인간은 없을 거요."

루크는 그런 그의 말에 아무런 반박도 하지 않았다. 술에 취한 것을 틈타 그런 짓을 한다는 것은 도저히 용납할 수 없는 행위로 간주하는 것이 분명했다. 농부는 루크의 말에 상당히 충격을 받았던 모양이다.

"아무튼, 그건 슬픈 사건이었지요." 루크는 막연하게 말했다.

그 노인이 말했다.

"그의 안사람에게는 그렇게 슬픈 일만도 결코 아니었다오. 그녀를 포함해서 루시까지도 그 일을 가지고 슬픈 일이었다고는 하지 않을 거요."

"그가 이 세상에서 사라지는 것이 다른 사람들에게는 다행스러운 일이 될 수도 있다는 말씀이로군요."

노인은 그 문제에 대해서는 대답을 회피하는 것 같았다.

"글쎄요." 그러고는 다시 말을 이었다.

"하지만 그는 정말로 남을 해칠 생각은 없었다오. 해리는 그런 사람이 아니었지."

이 말은 마치 카터의 묘비명 같았다. 이윽고 그들은 헤어졌다. 루크는 도서관 쪽으로 발걸음을 옮겼다. 도서관은 정면에 있는 두 개의 방을 사무실로 고쳐서 쓰고 있었다.

루크는 그곳을 지나 박물관이라는 간판이 붙은 문으로 들어섰다. 그는 아무런 흥미도 끌지 못하는 유물들을 살펴보며 이리저리 기웃거렸다. 로마 시대의 도자기 몇 점과 동전들이 있었다. 그리고 남양군도의 골동품, 말레이인의 머리

장식과 호튼 소령이 '기증'한 다양한 인도 신상들, 거대하고 괴상하게 생긴 불상, 진품으로 보이지 않는 이집트의 염주 상자 등이 있었다.

루크는 그곳을 나와 다시 홀 안을 천천히 거닐었다. 주위에는 아무도 없었다. 그는 조용히 계단을 올라갔다. 신문과 잡지류를 열람할 수 있는 정기 간행물실과 논픽션류의 책으로 가득 찬 방이 있었다. 루크는 한 층을 더 올라갔다.

그곳에는 폐물이라고 해도 틀리지 않을 것들로 가득 찬 방들이 있었다. 좀이 슬어서 박물관으로부터 옮겨온 박제된 새들, 낡은 잡지로 가득 찬 서가와 옛날 소설책이라든지 동화책 같은 것들로 꽉 차 있었다.

루크는 창문으로 다가갔다. 여기가 바로 토미 피어스가 앉아 있었던 곳이리라. 그는 여기 앉아 휘파람을 불다가 혹시 누가 올라오는 소리라도 들리면 힘차게 유리창을 닦는 척했을 것이다. 그때 누군가가 들어왔던 것이다. 토미는 창문에 반쯤 걸치고 앉아서는 열심히 창문을 닦는 것처럼 보이려고 애썼을 테고, 그러고는 누군가가 그의 뒤로 다가와서는 잠시 이야기를 나누다가 갑자기 그를 밀쳐 떨어뜨린 것이리라.

루크는 돌아섰다. 그는 계단을 내려와 잠시 홀 안에 머물러 있었다. 아무도 그가 들어오는 것을 주목하지 못했다. 루크는 중얼거렸다.

"누구라도 그렇게 할 수 있었을 거야. 세상에서 가장 쉬운 일이었을 테니."

그는 도서관 쪽에서 다가오는 발걸음 소리를 들었다. 그는 공명정대한 사람이었고, 또한 남에게 보이지 못할 일도 없어서 그대로 서 있었다. 만일 그가 남의 눈에 띄고 싶지가 않았다면, 박물관으로 통하는 문 안으로 단지 한 발짝 물러서기만 해도 되었다.

한쪽 팔로 몇 권의 책을 안은 웨인플리트 양이 도서관에서 나왔다. 그녀는 장갑을 끼고 있었다. 분주하면서도 행복해 보이는 모습이었다.

그녀는 그를 보자 표정이 환히 밝아지면서 환성을 질렀다.

"오, 피츠윌리엄 씨, 그래 박물관을 둘러보시는 중이었나 보죠? 사실은 볼만한 게 별로 없지요. 이스터필드 경은 우리 박물관이 정말로 흥미가 있는 소장품들을 갖게 될 거라고 했답니다."

"정말입니까?"

"그렇답니다, 현대적인 것들이죠. 런던의 과학 박물관에 있는 것과 같은 것들 말이에요. 비행기와 기관차의 모형과 화학기구 같은 것들도 전시하자는 거죠."

"그것참, 훌륭한 전시품들이 될 것 같군요."

"그래요, 나도 박물관이 꼭 옛날 것들만 전시해야 한다고는 생각하지 않아요, 그렇죠?"

"아마도 그럴 겁니다."

"그리고 또 식품 같은 것들(칼로리라든가 비타민 등)도 전시하자는 거예요. 이스터필드 경은 '대적합 운동'에 대해 무척 관심을 기울이고 있거든요."

"그래서 그분이 그날 저녁때 그런 이야기를 하신 거로군요."

"그런 것들도 역시 현대의 산물이죠? 이스터필드 경은 웰리먼 연구소에 갔었던 일과 거기서 본 세균이라든지 배양기, 박테리아 등에 대해 나한테 말해 주었답니다. 그건 정말 소름끼치는 얘기였어요. 그리고 온갖 종류의 모기들과 수면병, 간디스토마 등에 대해서도 이야기해 주었는데, 사실 나한테는 좀 이해하기가 어려운 이야기들 같아요."

"그건 아마 이스터필드 경한테도 이해하기가 어려운 것들이었을 겁니다."

루크는 유쾌한 어조로 말했다.

"그분은 전혀 이해하시지 못했을 겁니다. 당신은 그분보다 훨씬 머리가 좋으시니 말입니다, 웨인플리트 양."

웨인플리트 양이 조용하게 말했다.

"정말 고마우신 말씀이로군요, 피츠윌리엄 씨. 하지만 여자는 남자들처럼 그렇게 깊이 있는 사고는 절대로 하지 못한다고 나는 생각한답니다."

루크는 이스터필드 경의 사고방식에 대해 불리하게 비평하고 싶은 욕망을 가까스로 눌러 참았다. 대신에 그는 이렇게 말했다.

"나는 박물관을 둘러보고 맨 위층의 창문을 살펴보려고 올라갔었답니다."

"토미가 떨어졌던……." 웨인플리트 양은 흠칫하고 떨었다.

"정말 너무도 끔찍한 일이었어요."

"그렇습니다, 그렇게 고상한 생각은 아니지요. 나는 처치 부인(그러니까 에이미 깁스의 이모 말입니다)과 한 시간 정도 이야기해 보았지요. 그다지 훌륭한 여인은 못 되는 것 같더군요."

"아주 좋지 않은 여자예요."

"나는 그녀에게 좀 강압적인 수단을 써야 했답니다." 루크가 말했다.

"그녀가 나를 경찰 간부쯤으로 생각하게 하고 싶었거든요."

그는 웨인플리츠 양의 표정이 갑자기 변한 것을 눈치채고는 하던 말을 중단했다.

"오, 피츠윌리엄 씨, 당신은 그것이 현명한 처사였다고 생각하세요?"

루크가 말했다.

"사실 그건 잘 모르겠습니다. 그저 어쩔 수 없었다고 생각합니다. 책을 쓴다는 구실은 이제 밑천이 다 떨어진 상태였거든요. 이 이상은 더 버텨나갈 수가 없답니다. 결국 사건과 직접적인 관련이 있는 것들만 질문하고 말았죠."

웨인플리트 양은 여전히 곤란하다는 듯한 표정을 지은 채 고개를 저었다.

"이런 시골 마을에서는……, 당신도 알겠지만, 모든 얘기가 아주 빨리 퍼져 나가요."

"당신 말씀은, 내가 거리를 걸어가면 사람들이 '저기 형사가 간다.'라고 이야기할 거라는 건가요? 그건 이제 별로 문제가 되지 않는다고 생각합니다. 어쩌면 그런 식으로 더 많은 사실을 알아낼 수 있을 것도 같거든요."

"내 말은 그런 게 아니에요."

웨인플리트 양은 약간 목소리를 낮추었다.

"내가 말한 것은 그자가 알게 될 거라는 뜻이에요. 그자는 당신이 자기 뒤를 추적하고 있다는 것을 알게 될 거예요."

"나도 그자가 알게 될 거라고 생각합니다." 루크가 천천히 말했다.

웨인플리트 양이 말했다.

"하지만, 당신은 그것이 끔찍하게 위험한 일이란 걸 모르시나 보군요? 정말 끔찍이도 위험한 일이에요!"

"당신 말씀은……." 루크는 드디어 그녀의 급소를 잡게 되었다.

"당신 말씀은 살인자가 나를 습격할 거란 뜻인가요?"

"맞아요."

"정말 우습군요." 루크가 말했다.

"나는 한 번도 그런 생각은 해보지 않았답니다! 하지만 당신 생각이 옳을 거라고 생각합니다. 글쎄요, 그런 일이 일어날 수 있다면야 더 이상 바랄 나위가 없을 것도 같은데요."

웨인플리트 양이 아주 진지한 어조로 말했다.

"당신은 그가……, 그가 얼마나 교활한 사람인지를 아직 깨닫지 못하는 것 같아요. 그는 남달리 조심성이 많은 사람이기도 해요. 그리고 또한 아주 많은 살인 경험을, 아마도 우리가 아는 것보다도 훨씬 많은 살인 경험이 있다는 사실을 결코 잊어서는 안 돼요."

"알았습니다." 루크가 신중한 목소리로 대답했다.

"그건 아마 사실일 겁니다."

웨인플리츠 양이 비명을 지르듯 숨죽인 목소리로 말했다.

"오, 나는 정말 생각하기조차도 싫어요! 난 너무도 불안하답니다!"

루크가 부드럽게 말했다.

"당신은 걱정하실 필요가 없습니다. 내 안전에 대해서는 나도 각별한 신경을 쓸 작정이라는 것을 분명히 말씀드리지요. 아시겠지만, 나는 혐의 대상을 아주 상당히 압축시켰답니다. 하여튼 나는 살인자가 과연 누구일지 대충 짐작은 하고 있거든요."

그녀는 급히 그의 얼굴을 쳐다보았다.

루크는 한 걸음 다가서며 목소리를 더욱더 낮추어 속삭이듯 말했다.

"웨인플리트 양, 내가 만일 당신이 생각하고 있을 가능성이 제일 높은 두 사람, 토머스 박사와 애버트 씨 중에서 당신이 정말로 의심하는 사람이 누구냐고 묻는다면 대답해 주시겠습니까?"

"오!"

웨인플리트 양은 단지 그 한마디뿐이었다. 그녀는 손으로 가슴을 감싸 안았다. 그러고는 뒷걸음질을 쳤다.

루크를 쳐다보는 그녀의 눈에 깃든 표정이 그를 당황하게 하였다. 그녀의 표정은 안타까워한다고 할까, 하여튼 그런 것과 관련이 있는 듯한 것으로, 루크는 도저히 뭐라고 표현할 수 없는 표정이었다.

"나는 뭐라고 할 수가 없군요." 그녀가 말했다.

그러고는 갑자기 돌아서서 기묘한—한숨 같기도 하고, 어떻게 들으면 흐느끼기도 하는 것 같은 기묘한 소리를 냈다.

루크는 더 이상 물어보는 일을 포기했다.

"집으로 돌아가시려던 참이었나 보군요?" 그가 머쓱해져서 물었다.

"아니에요, 이 책들을 험블비 부인에게 갖다 주려던 참이었어요. 마침 장원으로 가는 길과 방향이 같으니까, 가는 데까지는 함께 갈 수 있을 거예요."

"그것참 잘되었군요." 루크가 말했다.

그들은 계단을 내려와서 왼쪽으로 돌아 잔디밭의 가장자리를 따라 걸어갔다. 루크는 그들이 떠나온 그 저택의 웅장한 모습을 뒤돌아보았다.

"당신 부친께서 살아 계실 때는 정말 아름다운 저택이었겠군요?"

그가 물었다.

웨인플리트 양은 한숨을 내쉬었다.

"그렇답니다. 그때만 해도 우리는 저 집에서 모두 행복하게 지냈지요. 저 집이 헐리지 않게 된 것이 나는 정말 너무도 감사하답니다. 요즈음에는 많은 옛날 저택들이 헐리고 있거든요."

"나도 알고 있습니다. 그건 슬픈 일이지요."

"그리고 사실 새로 짓는 건물들은 그다지 튼튼하게 지어지지 않는 것 같아요."

"그런 집들이 옛날 건물들처럼 오랜 세월을 견디어낼지도 의문이지요."

"하지만, 물론—." 웨인플리트 양이 말을 이었다.

"새로 짓는 건물들은 생활하기엔 편리하죠. 쓸데없이 노력을 낭비하지 않아도 되고, 멋없이 공간만 차지하는 큰 바람막이 복도가 없어도 되고요."

루크도 그녀의 말에 공감을 표시했다. 그들이 험블비 박사의 집에 이르자, 웨인플리트 양은 조금 머뭇거리면서 말했다.

"정말 아름다운 저녁이로군요. 당신만 괜찮다면 나는 좀더 걸었으면 싶군요.

신선한 공기를 쐬며 산책한다는 건 즐거운 일이거든요."

다소 뜻밖이기는 했지만, 루크는 공손하게 기쁨을 표시했다. 사실 아름다운 저녁이라고 하기에는 적당치 않은 날씨였다. 강한 바람이 나뭇잎을 뒤흔들며 불고 있었다. 곧 폭풍우가 몰아닥칠 것 같다고 그는 생각했다.

하지만, 웨인플리트 양은 한 손으로 모자를 꽉 움켜쥔 채 그의 옆에서 연신 즐거운 표정으로 다소 급히 숨을 몰아쉬며 끊임없이 조잘거렸다. 그들이 택한 길은 약간 쓸쓸해 보이는 오솔길로 험블비 박사의 집에서 애쉬 저택으로 통하는 지름길이었는데, 그 길은 큰길에서 떨어진 샛길로 애쉬 장원의 후문으로 이어져 있었다. 후문은 정문처럼 화려하게 쇠로 장식된 문은 아니었지만, 두 개의 대문 기둥이 거대한 두 그루의 핑크빛 파인애플 나무로 뒤덮여 있었다.

어째서 파인애플 나무가 이런 곳에 있는 것인지 루크는 적당한 해답을 찾아낼 수는 없었지만, 이스터필드 경에게는 파인애플이라는 단어가 다른 의미로 해석되는 좋은 취미 같은 것이라도 있는 모양이라고 생각했다. 그들이 문에 가까이 다가가자 화가 난 듯한 목소리가 들렸다.

잠시 뒤에 그들은 이스터필드 경이 운전사 복장을 한 젊은 남자와 마주 보고 서 있는 모습을 볼 수 있었다.

"자네는 해고야!" 이스터필드 경이 큰소리로 이렇게 말했다.

"알아듣겠어? 자네는 해고라고!"

"부디 너그럽게 용서해 주십시오, 나리. 이번 한 번만 용서해 주십시오."

"안 돼, 난 그 일을 결코 너그럽게 봐줄 수가 없어! 감히 내 차를 끌고나가 다니! 내 차를! 게다가 그래, 술까지 마셨단 말이지! 틀림없이, 아니란 말을 할 생각은 말라고! 나는 이미 내 집에서는 절대 용납할 수 없는 세 가지 금기 사항을 자네에게 분명히 밝혀둔 바가 있어. 첫째는 술에 취하는 것, 둘째는 부도덕한 행동, 셋째는 주제넘은 행위!"

그 사람은 사실 술을 마시지는 않았지만, 하고 싶은 말을 내뱉을 만한 용기는 충분히 있었다. 그의 태도가 돌변했다.

"당신이 뭔데 이래라저래라 하는 거요, 이 형편없는 늙은이 같으니라고! 당신 집이라고? 그래, 당신 아버지가 이 마을에서 구둣방을 했다는 사실을 우리가 모르는 줄 아시오? 그 꼴을 해서 마치 무슨 거물이라도 되는 양 거들먹거리며 다니는 걸 보면 정말 배꼽이 다 빠질 지경이라고! 당신이 어떤 사람인지 내가 알려줄까? 당신은 말이야, 나보다 나을 게 하나도 없는 사람이라고. 그게 바로 당신이 형편없는 사람이란 거야!"

이스터필드 경의 얼굴이 자줏빛으로 물들었다.

"자네가 감히 나한테 그따위 소리를 지껄여? 자네가 감히?"

그 젊은 친구는 위협적인 태도로 한 걸음 더 다가섰다.

"만일에 당신이 이처럼 볼품없는 배불뚝이 꼬마 늙은이만 아니었다면 턱을 한 방 갈겨 주었을 거요. 암 물론이지."

이스터필드 경은 허둥지둥 물러나다가 그만 돌부리 같은데 걸려 엉덩방아를 찧으며 털썩 주저앉았다. 루크는 급히 다가갔다.

"여기서 썩 꺼져!"

그는 그 운전사에게 거칠게 소리쳤다.

그 운전사는 제정신으로 돌아온 모양이었다. 그는 몹시 겁을 집어먹은 듯한 표정이었다.

"죄송합니다, 선생님. 그만 제가 머리가 돌았던 모양입니다, 정말입니다."

"당신, 너무 술에 취한 모양이로군."

루크가 말했다. 그는 이스터필드 경을 부축해 일으켰다.

"죄송합니다, 나리." 운전사가 더듬거리며 말했다.

"자네는 이번 일에 대해서 후회하게 될 거야, 리버스."

이스터필드 경이 말했다. 그의 목소리는 격한 감정으로 떨리고 있었다. 젊은 친구는 잠시 머뭇거리다가 비틀거리는 발걸음으로 천천히 물러갔다.

이스터필드 경이 분노를 터뜨렸다.

"무례하기 짝이 없는 작자로군! 감히 나한테 그럴 수가! 그따위 소릴 나한테 지껄여! 저자는 틀림없이 아주 쓰라린 경험을 하게 될 거야! 더 이상 살아 있을 만한 가치도 없는 인간이지. 내가 저런 인간들을 위해서 후한 보수를 주고, 모든 편의를 제공하며, 그만둘 때는 연금까지 주려고 생각했으니. 배은망덕해도……, 정말 배은망덕해도 유분수지!"

그는 흥분이 가라앉자, 조용히 한 곁에 서 있던 웨인플리트 양을 알아보았다.

"당신도 거기 있었구려, 호노리아! 이렇게 추한 꼴을 당신에게 보이다니, 정말 낯 뜨거워 못 견디겠군 그자의 언행이……."

"그 사람은 제정신이 아니었던 것 같아요, 이스터필드 경."

웨인플리트 양이 시치미를 떼며 말했다.

"그자는 술에 취했던 거요, 문제는 그자가……, 술에 취했다는 거요!"

"상당히 취한 것 같더군요." 루크가 말했다.

"그자가 무슨 짓을 했는지 아시오?"

이스터필드 경은 두 사람을 번갈아 쳐다보며 말했다.

"내 차를 마음대로 끌어냈던 거요—내 차를! 그것도 상당히 오랫동안 끌고 다닌 모양이오. 나는 브리짓이 운전하는 2인승 차를 타고 라인에 갔었는데, 그 사이에 그자가 건방지게 내 차를 끌고나가 어떤 처녀(아마 루시 카터인가 하는 처녀겠지)를 태우고 쏘다녔던 거요!"

웨인플리트 양이 부드러운 어조로 말했다.

"아주 옳지 못한 행동이로군요."

이스터필드 경은 다소 위안이 된 모양이었다.

"정말 그렇지요?"

"하지만, 틀림없이 그 사람도 크게 뉘우치게 될 거예요."

"나도 그자가 크게 후회하는 모습을 보고 말 거요."

"당신은 이미 그 사람을 해고시켰잖아요?"

웨인플리트 양이 그 사실을 일깨워 주었다.

이스터필드 경은 고개를 저었다.

"비참한 결과를 맛보게 될 거요, 그런 작자는." 그는 어깨를 뒤로 젖혔다.

"집으로 들어갑시다, 호노리아. 셰리 주나 한잔하고 가요."

"고마워요, 이스터필드 경. 하지만 나는 험블비 부인에게 이 책을 갖다 주어야 하거든요……. 잘 있어요, 피츠윌리엄 씨. 이젠 모든 일이 아주 순조롭게 풀릴 거예요."

그녀는 미소를 지으며 그에게 고개를 끄덕여 보이고는 경쾌한 걸음걸이로 그곳을 떠났다. 그것은 파티에서 어린아이를 달래는 보모의 태도와 아주 흡사했기에 루크는 갑자기 어떤 생각이 뇌리를 스치는 듯 급히 숨을 멈추었다.

웨인플리트 양이 그와 동행을 한 것은 단지 그를 보호해 주기 위해서였단 말인가? 그건 좀 지나치게 어리석은 생각 같았지만, 그러나…….

이스터필드 경의 목소리가 그의 상념을 방해했다.

"아주 유능한 여인이라오, 호노리아 웨인플리트는."

"물론입니다, 나도 그렇게 생각합니다."

이스터필드 경은 저택을 향해 걷기 시작했다. 그는 다소 거북한 동작으로 걸으며 손을 엉덩이로 가져가 조심스럽게 문지르고 있었다. 그러다가 갑자기 그는 싱그레 웃었다.

"나는 오래전 호노리아와 약혼한 적이 있었답니다. 그녀는 상당히 아름다운 아가씨였다오. 지금처럼 그렇게 앙상하게 마르지 않았었어요. 이제 와서 생각해 보면 정말 실없는 일 같기도 하지만. 그녀의 집안은 이곳에서는 상당한 명문이었답니다."

"그래요?"

이스터필드 경은 깊은 생각에 잠겼다.

"나이 많은 웨인플리트 대령이 온 마을을 장악하고 있었지요. 누구든 그분을 보면 얼른 모자를 벗고 인사를 해야 했답니다. 아주 구식 노인네여서, 마치 마왕처럼 오만한 분이었다오."

그는 다시 싱그레 웃어 보였다.

"그러니 호노리아가 나와 결혼하겠다고 했을 때 절대로 무사할 리 없었던 거라오! 그녀는 자신을 급진주의라고 생각했는데, 그건 사실이었지요. 그녀의 태도는 아주 진지했답니다. 모든 신분 차별은 폐지되어야 한다고 주장했다오. 그녀는 그토록 진지한 아가씨였어요."

"그런 것을 그녀의 가족이, 그 로맨스를 깨뜨린 모양이로군요?"

이스터필드 경은 가볍게 콧등을 문질렀다.

"글쎄요, 꼭 그런 것만은 아니었다오. 우리……, 우리는 가끔 심하게 다투곤 했지요. 그녀한테는 새가 한 마리—끔찍할 정도로 조잘거리는 카나리아 종 새가 있었는데, 아무리 그게 싫다고 해도 그건 지나친 짓이었어요. 새 모자지를 그렇게 비틀어 버린다는 것은. 아무튼 뭐 이제 와서 새삼스럽게 그런 일들을 들추어내 봐야 좋을 게 하나도 없겠지. 그런 건 다 잊어버립시다."

그는 불쾌한 기억을 떨쳐 버리기라도 하는 듯이 어깨를 으쓱해 보였다. 그러고는 다소 신경질적으로 내뱉듯이 말했다.

"나도 그녀가 나를 절대 용서해 주지 않을 거라고 생각해요. 아무튼 그거야 당연한 일일 테니까."

"나는 그녀가 이미 당신을 모두 용서했을 거라고 생각합니다만."

루크가 말했다.

이스터필드 경의 얼굴이 밝아졌다.

"그렇게 생각하시오? 그렇다면야 정말 고마운 일이지. 알겠지만, 나는 호노리아를 존경하고 있다오. 유능한 여인이고, 또한 진짜 숙녀라고 할 수 있거든! 그것은 비록 오늘날 같은 세태라고 할지라도 여전히 소중하고 가치 있는 거라오. 그녀는 도서관 사업도 아주 훌륭하게 운영하고 있지요."

그는 갑자기 고개를 치켜들더니 목소리를 바꾸었다.

"안녕." 그는 밝은 목소리로 말을 이었다.

"저기 브리짓이 오는군."

제17장

 루크는 브리짓이 다가오자 갑자기 온몸의 근육이 뻣뻣해지는 것 같은 기분을 느꼈다. 테니스 모임이 열렸던 날 이후로 그는 그녀와 단둘이서는 한마디도 나누어 보지 못했다. 마치 무슨 묵계라도 이루어진 듯 그들은 서로 상대방을 피했다. 이제 그는 그녀의 표정을 살짝 훔쳐보았다.
 하지만, 그녀는 루크를 약오르게 하기라도 하려는 듯이 침착하고 냉정하게, 그리고 평소와 전혀 다를 바가 없는 표정을 짓고 있었다. 그녀가 밝은 목소리로 말했다.
 "어찌된 일인지 걱정하던 참인데, 대체 무얼 하고 계셨던 거예요, 고든?"
 이스터필드 경이 불평하듯 말했다.
 "고약한 소동을 겪었다오! 리버스, 그 작자가 오늘 오후에 건방지게도 감히 내 롤스로이스를 멋대로 타고 나갔단 말이야."
 "저런, 불경죄를 범했군요." 브리짓이 말했다.
 "그건 결코 농담거리나 될 그런 일이 아니라오, 브리짓. 그건 심각한 문제지. 그자는 내 차에 어떤 처녀를 태웠단 말이오."
 "혼자서 외롭게 드라이브를 하는 것은 그 사람한테도 별로 재미가 없었나 보죠?"
 이스터필드 경은 자세를 똑바로 했다.
 "내 집에서는 고상하고 도덕적인 행동을 해야 하오."
 "아가씨를 태우고 드라이브를 즐기는 것을 그렇게 비도덕적인 행동이라고는 할 수 없어요."
 "그게 바로 내 차였기 때문이지."
 "그것은 비도덕적인 행위보다 더 나쁜 짓이에요! 불경죄라고 할 수 있죠.

하지만 당신이 성적인 욕망까지 금할 수는 없는 거예요. 고든. 달이 차서 보름달이 되면 그때는 성 요한 축제 전야(뱁티스마의 성 요한 축제 전야, 6월 23일)가 되는 거예요."

"세상에, 그게 정말인가?"

브리짓이 그에게 시선을 던졌다.

"그 일에 대해서 관심이 있나 보죠?"

"물론이지."

브리짓은 이스터필드 경 쪽으로 고개를 돌렸다.

"아주 괴상하게 생긴 세 사람이 '벨스 앤드 모틀리' 여인숙에 찾아와 묵고 있어요. 한 사람은 작은 키에 안경을 쓰고, 멋진 플럼 색깔의 비단 스커트를 입었답니다! 또 한 사람은 눈썹이 하나도 없는 여자로, 허리만 두른 짧은 스커트를 입고 가짜 이집트산 염주를 한 1파인트쯤은 꿰어서 늘어뜨린데다가 샌들을 신고 있어요. 세 번째 사람은 연자줏빛 의상과 거기에 걸맞은 괴상한 신발을 신은 뚱뚱한 남자예요. 나는 그들이 혹시 우리 엘스워시 씨의 친구들이 아닌가 싶어요. 가십기자들은 이렇게 말할 거예요. '오늘 밤 마녀의 들판에서 신나는 일이 벌어질 모양'이라고 누군가가 귀띔해 주었다.'"

이스터필드 경은 얼굴을 자줏빛으로 물들이면서 말했다.

"나는 결코 그런 일이 벌어지도록 그냥 보고만 있지는 않을 거야!"

"당신도 그건 어쩔 수 없어요, 고든. 마녀의 들판은 공공의 장소이니까요."

"나는 그따위 우상숭배 행위가 우리 마을에서 계속 벌어지도록 그대로 놔두지는 않을 거야! 스캔들지에 그 사실을 폭로해야겠어."

그는 잠시 멈추었다가 다시 말을 이었다.

"그 일에 대해 나중에 나한테 다시 알려 주구려. 그리고 그 문제에 대해 시들리와 연락하도록 해요. 나는 내일 런던에 올라가 봐야겠소."

"'이스터필드 경의 마녀 퇴치 운동'이로군요." 브리짓이 놀리듯 말했다.

"중세의 미신들이 조용한 시골 마을에서 여전히 성행하고 있다니."

이스터필드 경은 좀 당황한 듯 이마를 찌푸리고 그녀를 잠시 쏘아보고는 몸을 돌려 집 안으로 들어갔다.

루크가 재미있다는 듯이 말했다.

"당신은 그것보다는 훨씬 당신의 소질을 더 잘 발휘해야 할 겁니다, 브리짓."

"대체 무슨 말씀을 하시는 거죠?"

"당신이 직업을 잃게 되면 유감일 거라는 말이지요. 10만 파운드는 아직 당신 것이 아닙니다, 다이아몬드와 진주도 역시 그렇고. 내가 당신이라면, 당신의 그 풍자적인 소질을 발휘하는 일은 결혼식이 끝날 때까지 기다렸다가 할 거라는 말이죠."

그녀의 차가운 시선이 그의 눈을 쏘아보았다.

"당신은 정말 생각이 깊은 분이로군요, 루크. 그토록 진심으로 내 장래를 걱정해 주시다니 당신은 참으로 친절한 분이세요."

"친절함과 사려 깊은 생각은 언제나 내가 자랑으로 삼아온 장점들이지요."

"나는 그걸 미처 몰라봤군요."

"몰랐다고? 그건 정말 뜻밖인데요."

브리짓은 옆에 있는 담쟁이덩굴의 잎사귀를 휙 잡아챘다. 그녀가 말했다.

"당신은 대체 오늘 하루 종일 무슨 일을 하셨죠?"

"여느 때처럼 여기저기 냄새를 맡고 다녔지요."

"무슨 결과라도 있나요?"

"정치가들의 말마따나 있다고도 할 수 있고 없다고도 할 수 있지요. 그건 그렇고, 혹시 집 안에 무슨 연장 같은 게 없을까요?"

"있을 거예요. 어떤 종류의 연장 말인가요?"

"아, 뭐 간편한 공구 같은 거면 됩니다. 내가 직접 찾아보면 좋겠는데."

10분 뒤에 루크는 벽장 선반에서 직접 필요한 것을 찾아냈다.

"이거면 충분할 것 같군."

그가 말하고는 그것들을 주머니에 집어넣었다.

"당신은 대체 어떤 곳에 몰래 문을 따고 들어가 볼 생각인가요?"

"글쎄."

"당신은 그 문제에 대해선 아주 비밀로 하실 작정이로군요."

"글쎄요, 상황이 몹시 어렵게 되었으니까. 나는 지금 지옥의 구렁텅이에 빠진 듯한 기분이오. 우리가 토요일에 공연한 입씨름을 하고 나서 내가 여기에서 깨끗이 사라져 주어야 할 거라고 생각했소이다."

"완전히 신사다운 처신이라고 할 수 있겠군요."

"하지만, 내가 살인광의 정체에 대해 상당히 파악하고 있다고 확신하는 지금에는 어쩔 수 없이 당분간은 더 머물러야겠지. 만일 내가 이곳을 떠나는 것에 대해 이해할 만한 이유가 있다고 생각한다면, 제발 어떻게든 손을 써서 '벨스 앤드 모틀리' 여인숙에 내 숙소를 잡아 주시오."

브리짓은 고개를 저었다.

"그건 핑계가 되지 않아요―왜냐하면 당신은 내 사촌이니까요. 게다가 그 여인숙은 엘스워시의 친구들로 가득 차 있어요. 그 여인숙에는 방이 세 개밖에 없거든요."

"그렇다면 어쩔 수 없이 당신에게는 틀림없이 고통스러운 일일 테지만, 나는 계속 신세를 져야겠군."

브리짓은 그에게 달콤한 미소를 지었다.

"전혀 그렇지가 않아요. 나는 그런 명예롭지 못한 훈장 몇 개쯤은 충분히 감당해 낼 수 있답니다."

루크가 고맙다는 듯이 말했다.

"그건 사실이지. 내가 정신이 나가서 헛소리를 지껄였던 겁니다. 내가 당신에 대해 감탄하는 것은 브리짓, 당신에게는 실제로 인정 따위가 전혀 없다는 것이지요. 아무튼, 글쎄요, 거절당한 연인은 이제 사라질 테고, 구미에 맞는 음식이 새로 나올 겁니다."

그날 저녁은 평온 무사하게 지나갔다. 루크는 이스터필드 경의 환심을 전보다 더욱 많이 사게 되었는데, 그것은 그가 이스터필드 경이 매일 밤마다 하는 일장 연설에 깊은 관심을 두고 몰두해서 들어주는 듯이 보였기 때문이었다.

이윽고 그들이 거실로 들어가자 브리짓이 말했다.

"당신네 남자분들은 시간가는 줄도 모르셨나 보군요."

루크가 대답했다.

"이스터필드 경의 이야기가 너무 흥미진진해서, 시간이 마치 섬광처럼 지나가 버렸어. 이분이 자신의 첫 번째 신문을 어떻게 해서 발행하게 되었는지를 말씀해 주셨거든."

앤스트루더 부인이 말했다.

"화분에서 자라는 새로운 품종의 과일나무들은 정말 놀라워요. 테라스에 이것들을 진열해 보세요, 고든."

그러고는 일상적인 대화들이 오갔다.

루크는 일찍 자리를 떠났다. 그러나 잠자리에 든 것은 아니었다. 그는 다른 계획을 하고 있었다. 그가 테니스화를 신고 소리를 죽여 가며 계단을 내려와 서재로 들어가 창문을 통해 밖으로 나온 것은 시계가 열두 시를 칠 때였다.

바람은 잠깐의 휴식을 깨뜨리며 일진광풍으로 변해 미친 듯이 질주하고 있었다. 구름이 하늘을 온통 뒤덮고 달을 가리고 있어 칠흑같이 어두운 밤이었다. 루크는 엘스워시의 상점으로 돌아서 가는 길을 택했다. 그는 조그만 조사를 하기 위해 자신이 가야 할 방향을 분명히 알고 있었다.

그는 엘스워시와 그의 친구들은 이처럼 특별한 날에는 함께 외출하고 없을 거라는 것을 거의 확신하고 있었다. 성 요한 축제 전야란 무슨 의식 같은 것을 올리느라고 법석대는 밤이 틀림없을 거라고 그는 생각했다. 그런 의식이 진행되는 동안은 엘스워시의 집을 조사하기에 좋은 기회가 될 수도 있었다.

그는 담을 넘어 집으로 들어가 주머니에서 연장들을 꺼내어 필요한 것을 골랐다. 그는 조금만 노력하면 들어갈 수 있을 것 같은 주방에 달린 창문을 하나 찾아냈다. 잠시 뒤에 그는 문고리를 벗겨 내고, 창틀을 들어 올린 다음에 창문턱을 타고 넘어 들어갔다. 그는 주머니에서 손전등을 꺼냈다. 그것은 앞을 살피거나 물건에 걸리지 않고 피해 가려고 할 때만 잠깐씩 사용했다.

15분 뒤에 그는 집이 비어 있다는 것을 확인할 수 있었다. 집주인은 외출 중이었다. 루크는 만족한 미소를 짓고는 본격적으로 일에 착수했다. 그는 시간을 쪼개어 가며 가능한 한 구석구석 모든 곳을 하나도 빠짐없이 철저하게 조사했다. 잠겨 있던 옷장 바닥에는 평범한 수채화 작품 두세 장이 있었는데, 루크는 눈썹을 찌푸리고 한동안 그 작품들을 들여다보았다.

엘스워시의 편지들은 찾아볼 수 없었지만, 그의 책 몇 권(벽장 안에 처박혀 있어서)이 루크의 관심을 다시 끌었다. 이것들 말고도 루크는 불충분하지만 그런대로 뭔가 암시를 주는 듯한 세 가지 정보를 얻어낼 수 있었다.

첫 번째 것은 조그만 수첩에 연필로 휘갈겨 쓴 것이었다.

'토미 피어스와 퇴해'— 날짜는 소년이 죽기 이틀 전으로 되어 있었다.

두 번째는 크레용으로 그린 에이미 깁스의 스케치로, 얼굴에 붉은 줄이 가로세로로 그려져 있었다. 세 번째 것은 감기약 병이었다. 아무튼 이러한 것들이 희망적인 단서는 아니었지만, 그런대로 가능성 있는 단서라고 볼 수도 있었다.

루크는 모든 것들을 제자리에 되돌려놓고 마지막 정돈을 하고 있다가, 갑자기 동작을 멈추고는 손전등의 스위치를 껐다. 옆문에 열쇠가 꽂히는 소리가 들렸던 것이다.

그는 문으로 다가가 문틈으로 살펴보았다.

제발 엘스워시가, 만일 그였다면 곧장 위층으로 올라가기를 빌었다. 옆문이 열리고 엘스워시가 안으로 들어와서는 늘 하던 대로 복도의 전등 스위치를 올렸다. 그가 복도를 지나갈 때 루크는 그의 얼굴을 보았고 숨소리도 들을 수 있었다. 그것은 도저히 믿을 수 없는 모습이었다. 그의 눈은 이상한 광휘로 빛나고 있었지만, 루크가 숨을 죽이게 된 것은 바로 엘스워시의 손이었다. 그의 손은 피가 말라 붉은색이 짙은 적갈색으로 물들어 있었다.

그는 층계 쪽으로 사라졌다. 잠시 뒤에 복도의 전등이 꺼졌다. 루크는 좀더 기다렸다가 아주 조심스럽게 살금살금 복도를 지나 자기가 처음에 들어왔던 주방 창문으로 해서 밖으로 빠져나왔다. 그는 그 집을 올려다보았지만, 여전히 어둠 속에서 정적에 잠겨 있었다. 그는 숨을 깊이 들이마셨다.

"저 친구는 완전히 제정신이 아닌 모양이로군!" 그가 중얼거렸다.

"저자는 대체 무슨 짓을 저지른 것일까? 그의 손이 피로 물들어 있었던 것만은 하늘을 두고 맹세할 수 있는 사실이야!"

그는 마을을 한 바퀴 빙 돌아 애쉬 저택으로 돌아왔다. 그가 샛길로 접어들었을 때였다.

갑자기 검은 망토를 둘러쓴 듯한 어둠 속에서 나뭇잎 밟히는 소리가 나무 그늘로부터 들려왔다. 너무도 갑작스러운 일이라 루크는 그만 잠깐 심장의 고동이 멈추기라도 할 것 같았다. 이윽고 그는 망토 아래 길고 창백한 얼굴이 있는 것을 깨달았다.

"브리짓? 세상에, 사람을 그렇게 놀라게 하다니!"

그녀가 날카로운 어조로 물었다.

"당신은 대체 어디 갔다 온 거죠? 난 당신이 나가는 것을 보았어요."

"그래서 나를 따라온 거요?"

"아뇨. 당신이 너무 멀리 가는 것 같아서요. 그래서 당신이 돌아올 때까지 기다리고 있었던 거예요."

"그건 괜한 고생만 자초한 거지요." 루크가 투덜거리듯 말했다.

그녀는 조바심을 내며 처음에 물었던 질문을 다시 했다.

"대체 당신은 어디 갔다 온 거죠?"

루크가 유쾌한 어조로 말했다.

"엘스워시의 집을 뒤지고 왔지."

브리짓은 급히 숨을 멈추었다.

"그래……, 뭐라도 찾아내셨나요?"

"나도 모르겠소. 그 호색한 같은 작자의 취미에 대해 더 많이 알게 되었다는 것을 빼고는. 뭔가 암시를 주는 것일지도 모르는 세 가지 사실을 알아냈소."

그녀는 그가 조사한 결과에 대해서 자세하게 이야기해 주는 것을 주의 깊게 들었다.

"그건 아주 미약한 증거이기는 하지만, 그러나 브리짓, 내가 그곳을 막 떠나려고 할 때 엘스워시가 돌아오더군. 그리고 내가 말하려는 것은 바로 이거요―그자는 완전히 머리가 돈 게 틀림없어요!"

"정말로 그렇게 생각하세요?"

"나는 그의 얼굴을 보았거든! 그건……, 도저히 말로는 표현할 수 없는 끔찍한 것이었소. 하나님만이 그가 무슨 짓을 저질렀는지 아실 거요! 그는 미친 듯한 광기에 사로잡혀 있었소. 그리고 그의 손은, 내 하늘에 대고 맹세하지만,

피로 얼룩져 있었단 말이오!"

브리짓은 몸을 가늘게 떨었다.

"끔찍해요." 그녀가 떨리는 목소리로 속삭였다.

루크가 참을 수 없다는 듯이 말했다.

"당신은 혼자 바깥에 나와서는 안 됩니다, 브리짓. 그건 정말 완전히 정신 나간 짓이오. 누군가가 당신 머리를 때려서 살해할지도 모르는 일인데."

그녀는 웃음을 터뜨렸지만, 목소리가 떨리고 있었다.

"그 말은 당신한테도 해당돼요, 루크."

"나는 내 한 몸은 지킬 수 있어요."

"나도 나 자신은 충분히 돌볼 수 있어요. 당신 말마따나 나는 제법 강단이 센 여자라고요."

갑자기 돌풍이 불어닥쳤다. 루크가 돌연 입을 열었다.

"그 망토 같은 것을 벗어 버려요."

"왜요?"

예기치 못했던 동작으로 갑자기 그는 그녀가 머리에 쓴 망토를 벗겨 버렸다. 바람이 그녀의 긴 머리를 낚아채 뒤로 길게 흩날리게 하였다.

그녀는 숨을 몰아쉬며 망연히 그를 쳐다보았다. 루크가 말했다.

"당신은 확실히 빗자루가 없으면 뭔가 허전해 보여, 브리짓. 그게 바로 내가 당신을 처음 보았을 때 느꼈던 감정이라오."

그는 좀더 오랫동안 그녀를 주시한 다음 다시 말을 이었다.

"당신은 정말 무정한 마녀요."

그러고는 참을 수 없다는 듯이 갑작스런 한숨을 내쉬며 그는, 그녀에게 망토를 다시 던져 주었다.

"자, 그걸 다시 써요. 집으로 돌아갑시다."

"기다려요."

"왜……?"

그녀가 그에게로 다가왔다. 그녀는 나지막하고 다소 숨을 죽인 듯한 목소리로 입을 열었다.

"왜냐하면 당신한테 꼭 해야 할 말이 있기 때문이에요. 그것은 당신을 여기에서, 장원 밖에서 기다렸던 이유이기도 해요. 나는 지금 당신한테 말하고 싶어요. 우리가 고든의 소유지 안으로 들어가기 전에 말이에요."

"무슨 얘기를?"

그녀는 짧게, 그리고 다소 비통한 느낌을 주는 웃음을 터뜨렸다.

"오, 그건 아주 간단한 말이랍니다. 당신이 이겼어요, 루크. 그게 전부예요."

그가 급히 물었다.

"그게 대체 무슨 말이오?"

"내 말은, 내가 이스터필드 부인이 되겠다는 생각을 포기했다는 거예요."

그는 그녀에게 한 걸음 더 다가섰다.

"그게 사실이오?"

"그래요, 루크."

"당신은 나와 결혼할 생각이오?"

"예."

"도대체 정말 영문을 모르겠군."

"나도 잘 모르겠어요. 당신이 나에게 그토록 심한 말을 서슴지 않고 하는데, 난 이상하게도 그게 마음에 들었어요."

그는 그녀를 끌어안고 입을 맞추었다. 그러고는 말했다.

"아마 세상이 온통 미친 모양이오."

"당신, 행복해요, 루크?"

"특별히 행복한 것 같지는 않은데."

"나와 함께 지내면 행복할 거라고 생각해요?"

"나도 모르겠소. 아마도 모험일 것 같군."

"예, 나도 그럴 거라는 생각이 들어요."

그는 그녀를 안고 있던 팔을 풀었다.

"우리가 이러고 있으니 좀 이상해진 것 같군요, 브리짓. 갑시다. 아마 아침이 되면 우리도 좀더 정상적이 될 거요."

"그래요. 누구에게든 이런 사건은 다소 뜻밖의 일로 여겨지는 법이죠."

그녀는 아래를 내려다보다가 그만 갑자기 그를 끌어당겼다.

"루크……, 루크, 저게 뭐죠?"

달이 구름을 벗어나 환하게 빛나고 있었다. 루크는 떨고 있는 브리짓의 발밑을 내려다보았다.

한마디 경악의 탄성을 지르며 그는 브리짓의 손에서 팔을 빼내고는 그 자리에 무릎을 꿇고 앉아, 돌무더기와 그 위쪽에 있는 문기둥을 살펴보았다. 파인애플 나무는 쓰러져 있었다. 이윽고 그는 일어섰다. 브리짓은 한 옆에 서서, 두 손으로 입을 가린 채 떨고 있었다.

"운전사……, 리버스요. 그는 죽었어." 루크가 말했다.

"저 끔찍한 돌무더기……, 저건 한동안 곧 무너질 듯이 위태로웠어요. 그게 돌풍에 무너져 그를 덮친 것 같아요."

루크는 고개를 저었다.

"바람이 저걸 무너뜨리지는 못할 거요. 그렇다면 그건 그렇게 보이도록 할 의도였던, 바로 그런 의도였던 거요. 또 다른 우연한 사고처럼 보이게 하려는 의도였던 겁니다! 그건 틀림없이 조작된 거요. 살인자가 다시 살인을 저지른 거요!"

"아니에요. 그렇지 않아요, 루크!"

"내가 말해 주겠소. 내가 그의 뒷머리를 만져 보았을 때 피로 뒤범벅이 된 그의 머리에 모래알들이 박혀 있는 것을 느꼈소. 이 부근에는 모래가 전혀 없는데. 그렇다면, 브리짓, 누군가가 이곳에 서 있다가 그가 문을 나서서 집으로 돌아갈 때 머리를 강타했던 거요. 그를 때려눕힌 다음에 파인애플 나무를 그의 머리가 있는 곳까지 굴려서 내려온 거지."

브리짓이 희미한 목소리로 말했다.

"루크, 거기 피가 묻었어요. 당신 손에 말이에요!"

루크는 험악한 어조로 말했다.

"누군가 다른 자의 손에도 피가 묻었을 테지. 당신은 내가 오늘 낮에 무슨 생각을 했었는지 알아요? 만일 한 번 더 살인이 일어난다면 확실하게 알게 될 거라는 생각이었소. 그런데 이젠 알게 된 거요! 엘스워시! 그는 오늘 밤 외출했다가 손에 잔뜩 피를 묻히고는 미친 듯한 광기에—살인의 광기에 취해서 집에 돌아왔단 말이오."

아래를 내려다보던 브리짓은 몸을 가늘게 떨면서 나지막한 목소리로 말했다.

"불쌍한 리버스."

루크도 가엾다는 듯이 말했다.

"맞아요, 불쌍한 리버스지. 끔찍하게도 운이 나쁜 친구요. 하지만, 이것이 마지막이 될 거요, 브리짓! 이제 우리는 그 이유를 알고 있고, 곧 그자를 잡게 될 테니까!"

여전히 그녀가 떨고 있는 것을 본 그는 그녀에게로 다가가 두 팔로 가볍게 그녀를 잡았다. 그녀가 조그맣고 어린애 같은 목소리로 말했다.

"루크, 난 정말 무서워요."

"이젠 다 지나 갔어요, 브리짓. 다 끝난 거라오."

그녀가 속삭였다.

"제발 나를 지켜 주세요. 그동안 나는 너무도 많은 상처를 받아 왔어요."

그가 말했다.

"우리는 둘 다 상처를 입은 거요. 하지만, 이제는 더 이상 상처를 입지 않을 거요."

토머스 박사는 진찰실 책상 너머로 루크를 쳐다보고 있었다.

"놀랍군요." 그가 말했다.

"정말 놀라운 말씀입니다! 당신은 정말로 심각하게 생각하시는군요, 피츠윌리엄 씨?"

"그야 더 말할 것도 없소. 나는 엘스워시가 극히 위험스런 미치광이라는 것을 확신하고 있습니다."

"나는 그 사람한테 특별히 관심을 기울였던 적은 없습니다. 물론 나도 그가 비정상적인 사람일 가능성이 있다고는 말씀드릴 수 있지요."

"당신 생각과는 비교도 안 될 정도로 심각한 사태입니다."

루크가 굳은 얼굴로 말했다.

"당신은 정말로 리버스란 남자가 살해당한 것이라고 믿고 있습니까?"

"그렇소. 당신도 상처 부위에서 모래를 발견하지 않았습니까?"

토머스 박사는 고개를 끄덕였다.

"당신 말을 듣고서 나도 상처 부위에서 모래를 찾아보았습니다. 그 점에는 당신 말이 옳았다는 것을 인정해야겠군요."

"그렇다면 분명한 게 아닙니까? 그 사고는 우연처럼 꾸며진 것이고, 실제는 그 사람이 모래주머니 같은 것에 얻어맞고 살해된 것이라는 사실이 말입니다, 그렇지 않은가요?"

"꼭 그렇다고만은 할 수 없지요."

"무슨 말을 하는 건가요?"

토머스 박사는 뒤로 기대어 앉으면서 손가락 끝을 나란히 합쳤다.

"가령, 리버스란 사람은 그날 중 어느 땐가 모래구덩이 같은 곳에 누운 적이 있었다고 추측해볼 수도 있는 겁니다—이 지역에는 그런 곳이 몇 군데 있거든요."

"이보시오, 그는 살해당했다고 내가 말했잖소!"

"물론 당신은 그렇게 말할 수 있을지도 모릅니다."

토머스 박사는 냉랭한 어조로 말했다.

"하지만, 그런다고 해서 사실이 아닌 것이 사실이 될 수는 없잖습니까."

루크는 화가 치밀어 오르는 것을 가까스로 눌러 참았다.

"내 말을 당신은 한마디도 믿지 않는 것 같군요."

토머스 박사는 미소를 지어 보였다—예의 그 친절하고도 오만해 보이는 미소를.

"당신도 이건 인정해야 합니다, 피츠윌리엄 씨. 지금 당신이 하는 이야기는 너무 지나칠 정도로 황당무계한 이야기란 것을 말입니다. 당신은 엘스워시란 사람이 한 하녀와 어린 소년, 술 취한 술집 주인, 그리고 내 동업자와 마지막으로 리버스란 남자까지 모두 살해했다고 주장하는 겁니다."

"당신은 그걸 믿지 않습니까?"

토머스 박사는 어깨를 으쓱해 보였다.

"나는 험블비 박사의 사인에 대해서는 어느 정도 잘 아는 편이라고 할 수 있지요. 엘스워시가 그를 그런 식으로 살해할 수 있었으리라고는 도저히 믿기지가 않고, 또한 나는 사실 당신이 그가 그런 짓을 했다는 것을 입증할 만한 무슨 증거라도 갖고 계시리라고도 생각할 수 없습니다."

"나도 그가 어떻게 그런 짓을 할 수 있었는지는 알 수가 없습니다."

루크는 솔직히 시인을 하고는 다시 말을 이었다.

"하지만, 모든 게 풀러튼 양의 이야기와 잘 맞아떨어지고 있습니다."

"역시 당신은 엘스워시가 그녀를 런던까지 따라가 그녀를 차로 치어 살해했다고 주장하고 있습니다. 하지만, 마찬가지로 당신은 그런 일이 있었다는 것을 증명할 만한 증거를 전혀 갖고 있지 못한 겁니다! 그건 모두—뭐랄까요, 너무 공상적인 이야기에 지나지 않는 것이오!"

루크가 날카롭게 말했다.

"나도 지금 내가 어떤 입장에 놓여 있는지 잘 알고 있습니다. 내가 할 일은 증거들을 찾아내야 한다는 거지요. 나는 내일 런던으로 올라가서 옛 친구를 만나볼 작정이오. 이틀 전 신문에서 나는 그 친구가 부경시총경이 되었다는 것을 알았지요. 그 친구는 나를 잘 알고 있고, 그래서 내가 하는 이야기를 들어줄 거요. 한 가지 확실한 것은, 그는 이 사건 전반에 걸쳐서 철저한 수사를 하도록 지시할 거라는 겁니다."

토머스 박사는 생각에 잠긴 채 손가락으로 자기 뺨을 가볍게 톡톡 쳤다.

"글쎄요, 물론 그렇게 한다면야 더할 나위 없이 족하겠지요. 만일에 당신이 잘못 안 걸로 밝혀진다면……."

루크가 그의 말을 가로챘다.

"당신은 정말로 믿지 못하겠다는 겁니까?"

"무더기 살인이라고 말인가요?" 토머스 박사는 눈썹을 추켜세웠다.

"아주 솔직하게 말해서, 피츠윌리엄 씨, 나는 도저히 믿지 못하겠습니다. 그건 너무 지나친 공상입니다."

"공상이라, 그럴 수도 있겠지. 하지만, 너무도 앞뒤가 잘 맞아떨어지고 있습니다. 당신도 그 사실을 인정해야 할 겁니다. 풀러튼 양의 이야기가 사실이라고 생각한다면 말이오."

토머스 박사는 머리를 흔들었다. 희미한 미소가 그의 입가에 떠올랐다.

"만일 당신이 그런 노처녀들에 대해 나만큼 알고 있다면……."

그는 말끝을 흐렸다.

루크는 터져 나오려는 화를 눌러 참으려고 애쓰면서 자리에서 일어났다.

"당신에게 잘 어울릴 이름은……, '의심 많은 토머스'일 거요, 그런 이름이 있다면 말이외다!"

토머스 박사는 기분 좋게 받아넘겼다.

"나한테 증거를 보여 주십시오. 그것이 내가 요구하는 전부요. 공상을 좋아하는 노부인이 자기가 보았다고 말한 사실에 근거를 둔, 허황하고 진부한 멜로드라마 같은 이야기가 아니고 말입니다."

"공상을 좋아하는 노부인들이 사물을 정확하게 파악하는 것은 흔히 있는 일이오. 내 아주머니인 밀드레드 숙모만 하더라도 정말 신비스러울 정도로 예리한 통찰력을 가지고 계셨답니다! 당신에게도 아주머니가 계시오, 토머스?"

"글쎄요. 어……, 없다고 할 수 있지요."

"그게 잘못된 겁니다!" 루크가 말했다.

"아주머니는 모든 사람들에게 필요한 존재입니다. 그들은 추측이 논리보다 정확하다는 것을 잘 보여 주지요. A씨가 있다고 합시다. 아주머니한테는 A씨가 전에 보았던 어떤 부정직한 집사처럼 보이기에 직감적으로 A씨가 악당이란 사실을 알게 됩니다. 다른 사람들은 충분히 A씨처럼 존경을 받을 만한 사람이 그런 나쁜 짓을 할 리가 없다고 말할 수도 있지요. 하지만, 결국에는 노부인들의 생각이 언제나 옳다는 것이 밝혀지는 법입니다."

토머스 박사는 다시 예의 그 오만한 미소를 지어 보였다.

루크는 울컥 화가 치밀어 오르는 것을 느끼며 말했다.

"당신은 내가 경찰 출신이란 걸 모르나 보군요? 나는 순진한 아마추어가 아니란 말이오."

토머스 박사는 여전히 미소를 지은 채 중얼거렸다.

"마양 해협에서 말씀이군요."

"마양 해협에서는 범죄가 범죄다웠소이다."

"물론……, 물론 그랬을 테지요."

루크는 억지로 화를 눌러 참고 토머스 박사의 병원에서 나왔다.

브리짓이 그를 보고 물었다.

"그래, 어떻게 되셨어요?"

"그 사람은 나를 믿지 않아요." 루크가 말했다.

"당신도 짐작하고 있었겠지만, 그리 놀랄 만한 사실도 아니라오. 아무런 증거도 없는 얼토당토않은 이야기라는 거요."

"누가 당신 이야기를 믿어 줄 것 같아요?"

"아마도 없을 거요. 하지만, 내가 내일 런던으로 올라가서 빌리 본스를 설득하면, 그때부터는 수레바퀴가 굴러가기 시작할 거요. 그들은 우리의 장발 친구 엘스워시에 대해 조사하게 될 테고, 결국은 무언가를 알아내게 될 거요."

브리짓이 조심스럽게 말했다.

"우리는 너무 많이 노출되는 게 아닐까요?"

"어쩔 수가 없어요. 우리는, 더 이상 살인이 저질러지도록 보고만 있을 수는 없는 거요."

브리짓은 흠칫하고 몸을 떨었다.

"제발 조심하세요, 루크."

"나는 조심하고 있어요, 걱정하지 마요. 당신은 파인애플 나무가 있는 대문 근처에는 가지도 말고, 해 질 녘에 혼자서 숲 속을 거닐어서도 안 되며, 먹는 음식이나 마실 것들까지도 경계를 소홀히 해서도 안 돼요. 나는 모든 요령들을 알고 있다오."

"당신이 표적이 되고 있다고 생각한다는 것은 소름끼치는 일이에요."

"나만큼 당신은 표적이 되지 않을 거라는 거요, 브리짓?"

"아마도 그럴 거예요."

"나는 그렇게 생각하지 않아요. 하지만, 괜한 모험을 하고 싶지는 않다오. 옛날 수호천사처럼 나는 당신을 보호할 거요."

"이곳 경찰에 가서 이야기하면 무슨 도움이 되지 않을까요?"

루크는 잠시 생각해 보았다.

"아니, 그건 소용없는 짓일 거요. 런던경시청에 곧바로 알리는 것이 더 나을 게요."

브리짓이 나지막하게 속삭였다.

"풀러튼 양도 같은 생각이었어요."

"그랬었지. 하지만, 나는 사고를 당하지 않도록 철저히 경계를 할 거요."

"나는 내일 내가 해야 할 일을 알고 있어요. 고든을 엘스워시의 가게에 보내서 물건을 사라고 해야겠어요." 브리짓이 말했다.

"그렇게 해서 우리의 엘스워시 선생께서 화이트홀 근처에 잠복해 있다가 나를 습격하는 일이 없도록 한다는 것이오?"

"바로 그런 생각이랍니다."

루크는 다소 난처한 듯한 표정으로 말했다.

"이스터필드 경한테는……."

브리짓이 재빨리 말했다.

"그 문제는 내일 당신이 돌아오실 때까지 접어두기로 해요. 그다음에 그 문제를 꺼내기로 해요."

"그가 몹시 가슴 아파하지 않을까?"

"글쎄요." 브리짓은 그 문제를 잠시 생각해 보았다.

"불쾌해하겠지요."

"불쾌해할 거라고? 세상에! 그건 너무 지나치게 점잖은 표현이 아닐까?"

"그렇지 않아요. 왜냐하면 고든은 불쾌한 일을 당하는 것을 좋아하지 않거든요. 그건 그를 완전히 당황하게 하는 거랍니다."

루크가 진지하게 말했다.

"나는 좀 불편한 심정이라오."

그런 기분은 그날 저녁 그가 스무 번째로 이스터필드 경의 일대기에 대한 이야기를 들을 준비를 할 때 최고조로 높아졌다. 한 남자의 집에 머무르면서 그 사람의 약혼녀를 훔치려 한다는 것이 비열한 술책이란 것을 루크도 인정하고 있었다. 그런데도 그는 이스터필드 경 같은 배불뚝이 뚱보에다가 거드름이나 피울 줄 아는 늙은 멍청이가 브리짓을 차지한다는 것은 결코 있을 수 없는 일이라고 생각했다. 그러나 지금까지는 양심이 감정을 억눌러, 그 지긋지긋한 이야기들을 아주 진지한 태도로 열심히 경청함으로써 결과적으로 그는 이스터필드 경의 완전한 신임을 얻게 되었다.

이스터필드 경은 그날 저녁 몹시 기분이 유쾌했다. 자기 운전사였던 사람의 죽음도 그를 우울하게 만들기는커녕 오히려 그의 흥을 돋우는 것 같았다.

"당신한테 말했잖소. 그자는 비참한 최후를 맞이할 거라고."

그는 의기양양해하며 포도주 잔을 들어 올려 불빛에 비추어 보았다.

"어제저녁에 내가 그렇게 말하지 않았던가요?"

"그런 말씀을 하셨지요, 이스터필드 경."

"맞아요. 역시 내가 옳았던 거외다! 언제나 내가 옳다는 것은 참으로 놀라운 일이지요!"

"그건 정말 당신한테는 놀랍고도 멋진 일이겠군요." 루크가 말했다.

"나는 참으로 멋진 인생을 살아왔다오—그래요. 참으로 멋진 인생을! 내 앞에 놓인 길은 아주 평탄했답니다. 나는 늘 하나님의 섭리에 대해 커다란 신념과 믿음을 가지고 살아왔다오. 이것은 비밀이지요, 피츠윌리엄—비밀이라오."

"예?"

"나는 종교적인 사람입니다. 나는 선과 악, 그리고 영원불멸의 정의를 믿고 있다오. 하나님의 정의 같은 것이 있어요, 피츠윌리엄. 그것은 틀림없이 존재한다오!"

"나 역시 정의가 존재한다고 믿고 있답니다." 루크가 말했다.

이스터필드 경은 평소와 같이 다른 사람들의 신념 따위엔 관심이 없었다.

"'너의 주를 의롭게 하라, 그리하면 주께서도 너를 의롭게 하실 것이다!' 나는 언제나 정직하게 살아왔다오. 자선을 베푸는데 돈을 아낀 적이 없으며, 항상 정직한 수단으로 돈을 벌었지요. 또한 그 누구의 신세도 져본 적이 없소이다! 나는 혼자서 일어선 거요. 당신도 기억할 거외다. 성경에 나오는 의로운 인물들이 하나님의 축복을 받아 자손이 번성하고, 많은 가축도 얻었으며, 그들의 적은 땅에 거꾸러졌다는 것을."

"물론, 물론입니다." 루크는 억지로 하품을 참으려 말했다.

"그것은 놀라운 일이오, 정말 놀라운 기적이라오! 의로운 사람의 적들이 그렇게 땅에 거꾸러졌다는 것은 말이외다! 어제 일을 돌이켜보시오. 그자는 나에게 욕설을 했어요. 자칫하면 손을 들어 나를 칠 기세였지. 그런데 어떤 일이 일어났습니까? 그는 오늘 어떻게 되었습니까?"

그는 연극이라도 하듯이 과장된 표정을 지은 채 잠시 말을 끊었다가 감동적인 목소리로 스스로 그 질문에 대답했다.

"죽었소이다! 하나님의 진노를 사서 땅에 거꾸러진 거외다."

간신히 눈을 뜨고 있던 루크가 말했다.

"너무 지나치게 심한 벌이 아닐까요, 술에 취해 몇 마디 경솔한 말을 떠든 것에 지나지 않는데 말이죠."

이스터필드 경은 고개를 저었다.

"그건 당연하다오! 하나님의 징벌은 신속하고도 끔찍한 겁니다. 죗값에 대한 좋은 본보기가 되는 거요. 엘리사(구약성서에 나오는 예언자)를 조롱한 아이들이 어떻게 되었는지 생각해 보십시오—곰들이 나타나서 그들을 모두 잡아먹었단 말이오. 그것이 바로 하나님의 뜻이 이루어지는 방법이라오, 피츠윌리엄."

"나는 늘 그것이 너무 지나칠 정도로 심한 벌이 아닌가 싶었습니다만."

"아니, 그렇지 않아요. 당신은 그것을 잘못된 시각으로 보는 거라오. 엘리사를 모독하고도 살아남을 수 있는 자는 결코 없었소이다. 엘리사는 위대하고도 거룩한 사람이었기 때문이오. 내가 그것을 이해할 수 있는 것은, 바로 내 경우가 그렇기 때문이라오."

루크는 어리둥절한 표정을 지었다. 이스터필드 경은 목소리를 낮추었다.

"나도 처음에는 그것을 도저히 믿기가 어려웠다오. 하지만, 그런 일이 매번 일어났던 거요! 내 적들과 나에게 모욕을 주던 자들이 하나씩 거꾸러져 이 세상에서 사라져 버렸던 거외다."

"사라져 버렸다니요?"

이스터필드 경은 점잖게 고개를 끄덕이고는 자기 잔을 입에 가져갔다.

"몇 번씩이나 거듭해서 말입니다. 엘리사의 경우와 아주 비슷한 일도 있었지요. 어떤 작은 소년 사건 말이외다. 나는 그를 이곳 정원에서 우연히 보게 되었는데, 그때 그는 우리 집에서 일하고 있었다오. 그가 무슨 짓을 하고 있었는지 아시오? 그는 내 흉내를 내고 있었던 거요—내 흉내를! 나를 조롱하고 있던 거외다! 그를 지켜보는 관중 앞에서 점잔을 빼고는 이리저리 거닐고 있었던 거요. 감히 내 집 마당에서 나를 웃음거리로 만들다니! 당신은 그에게 어떤 일이 일어났는지 아시오? 그로부터 불과 열흘도 지나지 않아서 그는 높은 유리창에서 떨어져 목숨을 잃은 거요!

다음에는 그 악당 같은 카터였소. 주정꾼에다 마치 악마처럼 입이 고약한 무뢰한 말이오. 그자가 여기 와서 나에게 욕설을 해댔던 거요. 헌데 그에게 어떤 일이 일어났소? 한 1주일 뒤에 그는 죽었다오—진창 속에 빠져서 말이지요. 그리고 또 하녀가 있었소. 그녀는 목청을 있는 대로 높여서 나한테 욕을 퍼부었다오. 그녀는 곧 응보를 받았지요. 실수로 독약을 마셨던 거요. 그리고 이건 내가 여러 번 말했을 거요. 험블비는 감히 상수도 문제로 나와 맞섰지요. 그는 패혈증에 걸려 목숨을 잃게 되었소이다. 오, 몇 년 동안 그런 일이 계속됐다오. 이를테면 호튼 부인은 유별나게 나에게 무례하게 굴었는데, 그녀 역시 얼마 가지 않아 세상을 떠났지요."

그는 말을 멈추고는 몸을 기울여 루크에게 포도주병을 넘겨주었다.

"그렇소이다." 그가 말했다.

"그들은 모두 죽었지요. 놀라운 일이라고 하지 않을 수 있겠소?"

루크는 망연히 그를 쳐다보았다. 기괴하고도 도저히 믿을 수 없는 의심이 그의 마음속에서 갑자기 일어났다.

새로운 눈으로 그는 그 작고 뚱뚱한 남자를 응시했다. 테이블 상석에 앉아 점잖게 고개를 끄덕이며 무심한 미소를 지은 채 약간 튀어나온 눈으로 루크의 눈을 마주 보고 있는 그 사람을.

따로따로 떨어져 있던 단편적인 기억의 조각들이 섬광처럼 루크의 머릿속을 뚫고 뛰쳐나왔다. 호튼 소령이 말했었다.

"이스터필드 경은 정말 친절했답니다. 그의 온실에서 포도와 복숭아를 보내주었거든요."

그토록 자비롭게 토미 피어스를 도서관 유리창을 닦는 일에 고용할 수 있도록 허락했던 사람도 바로 이스터필드 경이었다. 이스터필드 경이 그토록 떠벌였던 웰러먼 크라이츠 연구소를 방문했던 것은 험블비 박사가 죽기 바로 며칠 전의 일이었다. 혈청과 세균 배양기가 있는 연구소를 방문했던 것이다.

모든 사실이 분명하게 한 방향을 가리키고 있었다. 그 바보 같은, 전혀 의심조차 받지 않던 이 사람을.

이스터필드 경은 여전히 미소를 짓고 있었다. 평온하고 행복한 미소를. 그는 루크에게 점잖게 고개를 끄덕여 보였다.

"그들은 모두 죽었다오." 이스터필드 경이 말했다.

제19장

동료들 사이에서는 오래전부터 빌리 본스로 알려진 윌리엄 오싱턴 경은 의심스럽다는 듯한 시선으로 자기 친구를 바라보고 있었다.

"자네는 마양에서 범죄를 다루었던 것만으로는 부족했나?"

그는 애처롭다는 듯이 물었다.

"그래서 귀국하자마자 우리를 위해 다시 일을 해야 했나 보군?"

"마양의 범죄는 그리 대수롭지 않은 것들이라네." 루크가 말했다.

"지금 내가 상대하는 자는 최소한 반 다스의 살인을, 그것도 털끝만 한 의심도 받지 않고 해치운 작자라네."

윌리엄 경은 한숨을 내쉬었다.

"그럴 수도 있겠지. 그 사람의 전문은 뭔가—아내들?"

"아냐, 그자는 그런 종류의 살인범이 아닐세. 아직은 자기를 하나님이라고 생각하지는 않지만, 곧 그렇게 될 거야."

"미쳤나?"

"오, 그거야 두말할 것도 없지."

"아, 하지만 그는 아마 법률적으로는 미치지 않았나 보구먼. 거기에는 차이가 있다네."

"그는 법과 자기 행동의 결과에 대해 잘 알고 있다고 할 수 있지."

루크가 말했다.

"틀림없군." 빌리 본스가 말했다.

"그거야 어쨌거나, 아무튼 전문적인 법적 상황에 대해 쓸데없는 말장난은 하지 말기로 하세. 우린 그 단계에 이르려면 아직 멀었다고 아마도 그 단계까지는 이르지 못할 걸세. 내가 자네를 찾아온 것은 빌리, 몇 가지 사실을 알고 싶어서야. 더비 경마가 열렸던 날 오후 5시에서 6시 사이에 교통사고가 한 건 있었다네. 어떤 노부인이 화이트홀을 향해 길을 건너다가 뺑소니차에 치였어. 그 노부인의 이름은 래비니아 풀러튼이었지. 내가 원하는 것은 자네가 할 수 있는 한 그 사건에 대한 모든 사실들을 알아봐 달라는 걸세."

윌리엄 경은 다시 한숨을 쉬었다.

"그런 일이라면 곧 자네에게 알려줄 수 있지. 20분 정도면 충분할 걸세."

그는 약속을 지켰다. 루크가 그 사건을 담당했던 경관과 이야기를 나누게 된 것은 그로부터 20분도 채 지나지 않아서였다.

"그렇습니다, 선생님. 저는 그 사건에 대해서 자세하게 기억하고 있습니다. 그 대부분의 사실을 여기에다 적어 놓았습니다."

그는 루크가 들여다보고 있는 종이를 가리켰다.

"검시가 있었습니다. 새처버렐 씨가 당시 검시관이었죠. 자동차를 몰았던 자가 범인으로 기소되었습니다."

"그를 잡았습니까?"

"잡지 못했습니다, 선생님."

"그건 어떤 종류의 차였습니까?"

"롤스로이스였던 것이 거의 확실한 듯싶습니다. 어떤 운전사가 모는 커다란 차였지요. 증인들도 그 점에는 모두 의견이 같았습니다. 대부분의 사람들이 롤스로이스를 알고 있거든요."

"그 차 번호에 대해서는 알아내지 못했습니까?"

"그렇습니다. 불행하게도 아무도 그것을 주목했어야 한다는 생각을 못했던 모양입니다. 차 번호가 FZX 4498이라는 증언이 있었지만, 틀린 번호였지요. 어떤 부인이 그것을 목격하고는 옆에 있던 다른 부인에게 그 번호를 말했고, 그것을 다시 저한테 말해 준 것인데, 전혀 쓸모가 없는 증언이었답니다."

루크가 급히 물었다.

"어떻게 당신은 그것이 쓸모가 없다는 것을 알았소?"

젊은 경관은 미소를 지어 보였다.

"FZX 4498은 이스터필드 경의 차 번호랍니다. 그 차는 당시 부밍턴 하우스

밖에 세워져 있었고, 운전사는 차를 마시고 있었습니다. 그는 알리바이가 완벽해서, 그가 사건과 관계가 있을 만한 혐의는 전혀 없었고, 또한 그 차는 이스터필드 경이 그 건물에서 나온 6시 30분까지는 결코 그곳을 떠나지 않았습니다."

"알겠소." 루크가 말했다.

"그건 늘 그런 식이죠, 선생님." 그 경관은 한숨을 내쉬며 말했다.

"목격자들의 반 수 이상은 경관이 현장에 도착해서 자세한 것을 알아보기도 전에 뿔뿔이 흩어진답니다."

윌리엄 경이 고개를 끄덕였다.

"우리는 그것이, FZX 4498과 많이 차이가 나지는 않을 거라고 생각했습니다. 아마 4자 두 개로 시작되는 그런 번호가 아닐까 하고 말이죠. 우리는 최선을 다했지만, 다른 차의 흔적 같은 것은 알아낼 수가 없었습니다. 그와 유사한 번호판들도 상당수 조사해 보았지만, 모두가 만족할 만한 알리바이를 가지고 있었답니다."

윌리엄 경은 묻는 듯한 시선으로 루크를 쳐다보았다. 루크는 고개를 흔들었다.

"수고했네, 보너. 그걸로 됐어."

경관이 나가자, 빌리 본스는 루크에게 궁금한 듯한 시선을 던졌다.

"알아낸 게 뭐라도 있나, 피츠?"

루크는 한숨을 내쉬며 말했다.

"모든 게 맞아떨어지네. 래비니아 풀러튼은 사악한 살인자에 대한 이야기를 런던경시청의 똑똑한 친구들에게 해주려고 올라오는 중이었지. 자네들이 그녀의 이야기를 들어주었을지는 알 수 없는 일이지만 말일세."

"들어주었을 걸세." 윌리엄 경이 말했다.

"우리는 접수되는 일들은 끝까지 처리한다네. 소문이나 가십에 지나지 않는 것이라고 하더라도 말이지. 우리는 그런 종류의 이야기를 절대 무시하지 않는다네, 이건 자네에게 보증할 수 있어."

"그것이 바로 살인자가 생각했던 점이지. 그런 위험을 그대로 보고 있을 수가 없었던 걸세. 그래서 그는 래비니아 풀러튼을 제거한 것이고 비록 한 부인이 그 차의 번호판을 똑똑히 본 것이지만, 아무도 그녀를 믿지 않았던 걸세."

빌리 본스는 앉은 자리에서 자세를 꼿꼿이 했다.

"자네는 설마……?"

"맞아, 바로 그렇게 생각한다네. 그녀를 친 것은 이스터필드였음이 틀림없을 걸세. 물론 그가 어떤 식으로 그 일을 해치웠는지는 확실히 알 수 없네. 어떻게 해선가 그는 운전사의 코트와 모자를 쓰고 그 차를 몰래 빼낸 것이 아닐까 하네만. 아무튼 그가 한 짓이 틀림없어, 빌리!"

"불가능한 일이야!"

"그렇게 불가능한 일이라고는 할 수 없네. 내가 알기로는 이스터필드 경은 최소한 일곱 건의 살인을 저질렀는데, 어쩌면 더 많은 살인을 저질렀는지도 모르지."

"있을 수 없는 일이야." 윌리엄 경이 말했다.

"이보게, 친구. 그는 실제로 지난밤에 그 일에 대해 자랑스럽게 늘어놓기까지 했다네!"

"그렇다면 그자는 미친 게 아니겠나?"

"물론 완전히 돌았지. 하지만, 그는 교활한 악마라네. 자네도 조심스럽게 일을 추진해야 할 거야. 우리가 그를 의심하고 있다는 사실을 그가 모르도록 해야 할 걸세."

"정말 믿기지 않는구먼." 빌리 본스가 중얼거렸다.

루크가 말했다.

"하지만, 사실일세!" 그는 한 손을 친구의 어깨 위에 올려놓았다.

"여보게, 빌리. 우리는 이 문제를 충분히 검토해야 한다네. 여기 그 사실들이 있어."

두 사람은 장시간에 걸쳐 진지하게 의견을 나누었다.

다음 날 아침 일찍 루크는 차를 몰고 위치우드로 돌아갔다. 전날 밤에 돌아올 수도 있었지만, 그는 그런 상황에서 더 이상 이스터필드 경의 신세를 지거나 그의 지붕 밑에서 잔다는 것은 생각하기조차 끔찍하게 싫었기 때문이었다.

위치우드에 들어서자 그는 웨인플리트 양의 집 앞에 차를 멈추었다. 문을 열어준 하녀는 깜짝 놀란 시선으로 루크를 쳐다보았지만, 곧 그를 웨인플리트 양이 아침을 먹는 조그만 식당으로 안내했다. 그녀는 그의 방문이 다소 뜻밖인 모양이었다. 그는 시간을 낭비하지 않았다.

"이런 시간에 불쑥 찾아와서 식사를 방해하게 된 것을 사과 드립니다."

그는 주위를 둘러보았다. 하녀는 그 방에서 나갔고, 문도 닫혀 있었다.

"당신한테 물어볼 것이 있습니다, 웨인플리트 양. 이건 좀 개인적인 문제이긴 하지만, 이런 질문을 하게 된 것을 용서해 주시리라고 생각합니다."

"무슨 문제이든지 알고 싶은 것이 있으면 물어보세요. 그런 질문을 하는 데는 필시 상당한 이유가 있을 거라고 생각해요."

"고맙습니다." 그는 잠시 뜸을 들였다.

"내가 알고 싶은 것은, 어째서 그 당시 당신과 이스터필드 경 사이에 맺어졌던 약혼이 깨지게 되었느냐 하는 겁니다."

그녀에게는 루크의 질문이 전혀 예상 밖이었다. 그녀는 얼굴을 붉게 물들이며 한 손을 가슴께로 가져갔다.

"그가 당신에게 무슨 말을 하던가요?"

루크가 대답했다.

"그는 나에게 어떤 새에 대해서, 새의 목을 비틀었다던가 하는 그런 이야기를 해주었습니다."

"그가 그런 말을 했어요?"

그녀는 의심스러운 듯한 목소리로 되물었다.

"그가 그 사실을 인정했나요? 그건 정말 너무도 뜻밖이로군요!"

"그 일에 대해서 말씀해 주시겠습니까?"

"좋아요, 이야기해 드리죠. 하지만, 제발 지금 하는 이야기를 고든에게 해서는 절대로 안 돼요. 그건 모두 과거의 일로—이젠 다 지난, 다 끝난 일이에요. 그 일을 다시 들추어내고 싶지는 않답니다."

그녀는 애원하는 듯한 시선으로 루크를 쳐다보았다.

루크는 고개를 끄덕였다.

"그것은 내 개인적인 관심사입니다. 당신이 나에게 들려준 이야기를 누설하는 일은 결코 없을 겁니다."

"고마워요."

그녀는 다시 침착한 태도를 되찾고는 아주 딱딱한 어조로 말을 이었다.

"그건 이렇게 된 거예요. 나는 조그만 카나리아를 기르고 있었죠. 나는 그 새를 무척 사랑했는데, 그건 좀 어리석은 짓이라고 할 테지만—그때는 대부분의 소녀들이 그러했어요. 소녀들은 좀, 그러니까……, 자기가 애완동물을 사랑한다는 것을 조금 부끄럽게 여기고 있었답니다. 그건 남자친구나 애인을 화나게 하는 일이었을 거란 것을, 지금은 분명히 알고 있지만요."

"맞습니다." 루크는 그녀가 말을 멈춘 틈을 타서 말했다.

"고든은 그 새를 질투했어요. 어느 날 고든은 몹시 화가 나서 말했습니다. '당신은 나보다 그 새를 더 좋아하는 것 같아!' 그래서 나는 그 새를 손가락에 올려놓고는 그 당시 소녀들이 하던 것처럼 다소 어리석은 웃음을 터뜨리면서 이렇게 말했어요. '오, 물론이지. 나는 너를 사랑한다, 작은 새야. 커다랗고 바보 같은 사람보다는 훨씬 더 사랑하지. 물론이지!' 그런데, 오, 그건 끔찍한 일이었어요. 고든이 나한테서 그 새를 낚아채 목을 비틀어 버린 거예요. 그건 정말 커다란 충격이었어요. 나는 결코 그 일을 잊지 못할 거예요."

그녀의 얼굴이 아주 창백해졌다.

"그래서 당신은 약혼을 취소한 건가요?" 루크가 물었다.

"그렇죠. 그 일이 있고 나서 나는 그에 대한 감정이 달라졌던 거예요. 당신도 알겠지만, 피츠윌리엄 씨." 그녀는 잠시 머뭇거렸다.

"그건 단지, 순간적인 질투나 격노로 인한 행동이라고는 할 수 없는 것으로, 나는 그가 그런 행동을 즐기는 것 같다는 소름끼치는 기분이 들었던 거예요. 그것은 정말 나에게는 너무도 무서운 일이었답니다!"

"옛날에도 역시……." 루크는 중얼거렸다.

"그때도 역시 그랬군."

그녀는 한 손을 루크의 팔에 올려놓았다.

"피츠윌리엄 싸—?"

그녀의 엄숙하고도 단호한 시선 속에서 그는 분명히 공포의 표정을 읽을 수 있었다.

"바로 이스터필드 경이 그 모든 살인을 저지른 겁니다." 그가 말했다.

"당신은 그 사실을 이미 알고 계셨죠, 그렇지 않습니까?"

그녀는 힘차게 고개를 저었다.

"그건 정말 몰랐어요! 만일 내가 그걸 알고 있었다면, 그때는—그랬다면 물론 나는 그 사실을 말했을 거예요. 정말 몰랐어요, 그냥 걱정이 되었을 뿐이었답니다."

"그렇다면 아직도 내게 아무런 귀띔도 해주시지 않을 작정이로군요?"

그녀는 갑자기 고통스럽게 두 손을 꽉 움켜잡았다.

"내가 어떻게요? 어떻게 내가 그런 짓을? 한때는 나도 그를 사랑했는데?"

"그렇군요. 알았습니다." 루크는 부드럽게 말했다.

그녀는 돌아서서는 가방에서 테두리에 레이스를 수놓은 조그만 손수건을 꺼내어 잠깐 자신의 눈을 누르고 있었다. 이윽고 그녀는 다시 마르고 침착한, 위엄이 깃든 눈으로 돌아섰다.

"나는 정말 기쁩니다." 그녀가 말했다.

"브리짓이 약혼을 취소하게 되어서 말이에요. 그녀는 대신 당신과 결혼할 생각이죠, 그렇죠?"

"그렇습니다."

"그것이 훨씬 더 어울릴 거예요."

웨인플리트 양이 조금 새침한 목소리로 말했다.

루크는 저절로 미소가 떠오르는 것을 어쩔 수가 없었다. 하지만, 웨인플리트 양의 표정은 엄숙하고도 걱정스러운 듯한 기색을 띠고 있었다. 그녀는 상체를 앞으로 내밀며 다시 한 손을 루크의 팔에 올려놓았다.

"하지만, 조심해야 해요." 그녀가 다시 말을 이었다.

"두 분 다 아주 조심해야 해요."

"당신 말씀은 이스터필드 경을 조심하라는 건가요?"

"그래요. 그에게는 알리지 않는 편이 좋을 거예요."

루크는 미간을 찌푸렸다.

"어째서 그래야 하는지 나는 잘 모르겠군요."

"오, 그게 무슨 말인가요? 당신은 그가 미쳤다는……, 미쳤다는 사실을 깨닫지 못하는 것 같군요. 그는 그 사실을 참지 못할 거예요—잠시라도! 만일에 그녀에게 무슨 일이 생긴다면……."

"그녀에게는 결코 아무 일도 안 생길 겁니다!"

"그래요, 나도 알고 있어요. 하지만, 당신은 그와 상대할 수 없다는 것을 알아야 해요! 그는 정말 소름끼치도록 교활한 사람이에요! 그녀를 즉시 다른 먼 곳으로 데려가야 해요. 그것만이 유일한 희망이죠. 그녀를 데리고 떠나세요! 두 분이 같이 떠나는 것이 더 좋을 거예요!"

루크가 천천히 말했다.

"그녀를 멀리 보내는 것도 괜찮겠지요. 하지만, 나는 남아 있을 겁니다."

"당신이 그렇게 말할 줄 알았어요. 하지만, 그녀는 남아 있으면 안 돼요. 즉시 그렇게 하도록 하세요, 아시겠죠!"

루크는 천천히 고개를 끄덕였다.

"나도 당신 말씀이 옳다고 생각합니다." 그가 말했다.

"나는 내가 옳다는 것을 확신하고 있어요! 그녀를 멀리 보내세요. 너무 늦기 전에 말이에요!"

그녀가 다시 재촉하듯 말했다.

제20장

브리짓은 루크의 자동차 소리를 들었다. 그녀는 그를 마중하려고 계단까지 뛰어나갔다. 앞뒤 다 생략하고 그녀가 말했다.

"그에게 말했어요."

"뭐라고?" 루크는 깜짝 놀랐다.

그의 놀라는 표정이 수상할 정도로 심상치가 않았기 때문에 그녀는 그것을 놓치지 않았다.

"루크, 무슨 일이에요? 그렇게 낭패한 표정을 하고 있으니 말이에요."

그가 천천히 말했다.

"우리는 내가 돌아올 때까지 기다리기로 합의된 줄 알고 있었는데."

"나도 알아요. 하지만, 그렇게 하는 것이 더 나을 것 같다고 생각했어요. 왜냐하면 그는 계획을 세우고 있었거든요. 결혼과 신혼여행 등, 그런 계획을 말이에요! 그에게 말하지 않을 수가 없었어요!"

그러고는 다시(수치심이 담긴 목소리로) 덧붙였다.

"그렇게 하는 것만이 도리에 어긋나지 않는 처신이었어요."

그도 그것을 충분히 이해했다.

"당신 관점에서 생각하면 당연한 일이었소. 물론이오, 나도 이해합니다."

"누구의 입장에서 생각해도 그건 당연한 걸 거예요."

루크가 천천히 말했다.

"하지만, 어쩔 수 없이 도리를 지킬 수 없는 때도 있는 법이오."

"루크, 그건 무슨 뜻으로 하시는 말이죠?"

그는 초조한 듯이 손짓을 했다.

"지금 여기에서는 말할 수 없소. 이스터필드는 그 일을 어떻게 받아들이던가요?"

브리짓은 천천히 말했다.

"믿을 수 없을 정도로 훌륭하게 받아들였어요. 정말이에요. 놀라울 정도로 점잖게 말이에요. 나는 정말 고개도 들지 못할 만큼 부끄러움을 느꼈어요. 루크, 내가 고든을 너무 과소평가했던가 봐요. 단지 그가 거드름이나 피울 줄 아는 별 볼일 없는 사람 같다고 해서 말이에요. 하지만 이제는 정말로 그가―뭐랄까요, 위대한 작은 거인 같다고나 할까요. 아무튼 그런 생각이 든답니다."

루크는 고개를 끄덕였다.

"물론 그럴 거요. 그는 아마도 위대한 사람임이 틀림없지. 아무튼 우린 전혀 짐작도 못 했으니 말이오. 이봐요, 브리짓, 당신은 가능하면 빨리 여기를 떠나도록 해요."

"물론이에요, 난 오늘 중으로 짐을 꾸려 떠날 거예요. 당신이 나를 런던까지 태워다 주면 돼요. 아마 우리 둘 다 벨스 앤드 모틀리 여인숙에서 지낼 수는 없을 거예요. 그런데 엘스워시의 친구들은 떠났을까요?"

루크는 고개를 저었다.

"당신은 런던으로 돌아가는 게 좋을 거요. 이유는 나중에 설명해 주겠소. 그건 그렇고, 나도 이스터필드를 만나봐야 할 것 같은데."

"당연히 그래야지요. 그렇다고 하더라도 너무 지독한 것 같아요. 안 그래요? 내가 마치 남자를 꾀어 돈을 우려먹는 속된 계집이라도 된 듯한 기분이에요."

루크는 그녀에게 미소를 지었다.

"그건 충분히 공정한 거래였소. 당신은 그와 정직한 게임을 해온 거라고 생각해요. 아무튼 이젠 다 끝난 일 가지고 후회를 해봐야 소용없는 일이라오. 난 지금 안에 들어가서 이스터필드를 만나봐야겠소."

그는 거실에서 이리저리 거니는 이스터필드 경을 발견했다. 그는 겉으로 보기에는 평온해 보였다. 그의 입가에는 희미한 미소마저 맴돌고 있었다. 하지만, 루크는 그의 관자놀이가 격렬하게 뛰노는 것을 볼 수 있었다.

그는 루크가 들어오자 빙그르르 돌아섰다.

"오, 당신이로구먼, 피츠윌리엄."

루크가 말했다.

"내가 저지른 행위에 대해서 죄송하다고 해봐야 다 소용없는 일일 겁니다. 그건 오히려 위선적인 행동이 될 테니까요. 당신 입장에서 보면 내가 정말 옳지 못한 행동을 했고, 또한 내게는 아무런 변명을 할 말도 없다는 것을 잘 알고 있습니다. 이런 일이 일어나게 된 것에 대해서 말입니다."

이스터필드 경은 다시 방 안을 거닐기 시작했다.

"물론, 잘 알고 있소이다!" 그는 한 손을 내저었다.

루크가 계속 말을 이었다.

"브리짓과 나는 당신에게 부끄러운 짓을 했습니다. 하지만, 그건 어쩔 수 없는 겁니다! 우리는 서로 사랑하고 있고, 이제 당신에게 그 사실을 밝히고 깨끗이 청산하게 되면 더 이상은 책임을 질 일이 없지요."

이스터필드 경은 걸음을 멈추었다. 그러고는 돌출한 생기 없는 눈으로 루크를 주시했다.

"천만에." 그가 입을 열었다.

"당신들이 그 일에 대해서 할 수 있는 것이 전혀 없다고 해야 옳지."

그의 목소리는 아주 기묘한 어조를 띠고 있었다. 그는 루크를 쳐다보며 서 있다가, 마치 그가 가엾기라고 한 듯이 고개를 천천히 저었다.

루크가 날카로운 어조로 물었다.

"대체 무슨 말을 하시는 거요?"

"당신들이 할 수 있는 일이 전혀 없다는 거외다." 이스터필드 경이 말했다. "이젠 너무 때가 늦었다는 거요."

루크는 그에게로 한 걸음 다가섰다.

"무슨 뜻인지 좀더 분명히 말씀해 주시겠습니까?"

이스터필드 경은 전혀 뜻밖의 말을 했다.

"호노리아 웨인플리트에게 물어보시오. 그녀는 알고 있을 거요. 그녀는 무슨 일이 있어날지 알 거외다. 그녀는 언젠가 그 일에 대해서 내게 말한 적이 있으니까."

"그녀가 무엇을 알고 있다는 겁니까?"

이스터필드 경이 다시 말했다.

"죄악의 벌을 면할 수는 없는 거요. 정의란 틀림없이 존재하오. 나도 유감이외다. 나는 브리짓을 사랑하니 말이오. 아무튼 당신들이 정말 안됐소"

"우리를 협박하는 겁니까?" 루크가 물었다.

이스터필드 경은 정말로 충격을 받은 것 같았다.

"아니, 아니오, 친구. 나에게는 그럴 생각이 추호도 없다오. 내가 브리짓에게 내 아내로서 선택되는 명예를 주었을 때, 그녀는 거기에 상응하는 어떤 책임들도 함께 받아들였던 거요. 이제 그녀가 그런 책임들을 저버리려고 하지만, 쏟아진 물은 다시 주워 담을 수가 없는 거외다. 누구든 법을 깨뜨리면, 그에 상응하는 벌을 받게 마련이오."

루크는 손을 불끈 움켜쥐었다. 그가 말했다.

"당신 말은 브리짓에게 무슨 일이 일어날 거라는 뜻이오? 이제 내가 분명히 밝혀두겠소, 이스터필드 브리짓에게도, 또한 나에게도 절대로 아무런 일도 일어나지 않을 거요! 만일 당신이 그와 같은 일을 시도한다면, 그때는 끝장나는 거요. 조심하는 게 좋을 거요. 나는 당신에 대해서 많은 것을 알고 있소"

"그것은 나와는 상관없는 일이오." 이스터필드 경이 말했다.

"나는 단지 나보다 높은 곳에 계신 권능의 도구일 뿐이라오. 그 권능이 명하시는 일이 일어나는 거요."

"당신이 그것을 믿고 있다는 것을 나도 압니다." 루크가 말했다.

"왜냐하면 그것은 진리이기 때문이외! 나를 적대시하는 사람은 그가 누구든지 간에 그 죗값을 치르게 되는 거요. 당신과 브리짓도 결코 예외가 될 수는 없소"

"바로 그것이 당신이 잘못됐다는 거요. 그런 행운이 언제까지고 이어질 것 같지만, 그것은 결국 깨지고 마는 법이오. 당신의 운도 이제 거의 끝장이 날 때가 되었소" 루크가 말했다.

이스터필드 경이 부드럽게 말했다.

"이보시오, 젊은이. 당신은 지금 누구한테 그런 말을 하는지 모르는 것 같구려. 나를 건드릴 수 있는 사람은 아무도 없어!"

"건드릴 수 없다고? 곧 알게 될 겁니다. 당신의 발밑을 좀더 조심해서 살피는 게 당신 신상에도 이로울 거요, 이스터필드."

물결이 일듯 잔잔한 떨림이 이스터필드 경에게 일어났다. 그러고는 전혀 다른 목소리로 말했다.

"나는 참을 만큼은 참았소. 더 이상 내 인내심을 시험하지 마시오. 여기서 당장 나가시오."

"내가 할 수 있는 최대한 빨리 나갈 겁니다." 루크가 말했다.

"잊지 마시오, 내가 당신에게 경고했다는 것을."

루크는 돌아서서 재빨리 그 방을 나왔다. 그러고는 위층으로 뛰어올라갔다. 브리짓은 자기 방에서 옷가지들을 꾸리는 하녀를 지켜보고 있었다.

"다되었소?"

"10분이면 될 거예요."

그녀는 눈짓으로 하녀가 있어서 말하는데 방해가 되느냐고 물었다. 루크는 짧게 고개를 끄덕여 보였다. 그는 방으로 가서 자기 물건들을 급히 가방 속에 챙겨 넣었다. 10분 뒤에 그는 브리짓이 떠날 준비가 다 되었는지 알아보려고 그녀의 방으로 돌아왔다.

"이젠 떠나도 되겠소?"

"난 준비가 끝났어요."

그들이 계단을 내려가고 있을 때, 마침 올라오던 집사와 마주쳤다.

"웨인플리트 양이 찾아오셨습니다, 아씨."

"웨인플리트 양이? 지금 어디에 계시죠?"

"나리와 함께 거실에 계십니다."

브리짓은 곧장 거실로 향했다. 루크는 그녀의 뒤를 바짝 따랐다. 이스터필드 경은 창가에서 웨인플리트 양과 이야기를 나누고 있었다. 그는 한 손에 칼을 들고 있었는데, 길고 날씬하게 생긴 예리한 칼이었다.

"완벽한 솜씨로 만들어진 거요." 그가 말했다.

"모로코에 특파원으로 가 있던 우리 젊은 기자가 돌아오는 길에 나에게 갖다 준 거라오. 이것은 무어식 리프 나이프지요."

그는 사랑스럽다는 듯이 손가락으로 칼날을 쓸어 보았다.

"정말 날카로운 칼이군!"

웨인플리트 양이 날카로운 어조로 말했다.

"어서 손을 떼세요, 고든, 제발."

그는 미소를 지으며 그것을 테이블 위에 있던 다른 무기 수집품들 사이에 내려놓았다.

"나는 그 감촉을 좋아한다오." 그가 부드러운 어조로 말했다.

웨인플리트 양은 평상시의 침착한 태도를 잃고 있었다. 그녀의 안색은 창백하고 초조해하는 것 같았다.

"아, 거기 있었군요, 브리짓." 그녀가 말했다.

이스터필드 경은 싱긋이 웃어 보였다.

"오, 브리짓이 왔군. 그녀에게 하고 싶은 말이 있으면 지금이 기회요, 호노리아. 그녀는 우리와 같이 있을 시간이 별로 없다오."

웨인플리트 양이 날카롭게 물었다.

"무슨 뜻으로 하는 말이죠?"

"무슨 뜻이라니? 그녀는 런던에 갈 거라는 뜻이라오. 그렇지 않소? 그게 전부요, 내 말은."

그는 모두를 둘러보았다.

"당신한테 알려줄 커다란 뉴스가 있다오, 호노리아." 그가 다시 말했다.

"결국 브리짓은 나와 결혼하지 않게 되었소. 브리짓은 여기 있는 피츠윌리엄을 나보다 더 좋아하거든. 인생이란 정말 묘한 거요. 아, 당신들이 이야기를 나눌 수 있도록 내가 자리를 비켜야겠지."

그는 주머니에 손을 넣고 동전을 짤랑거리며 그 방을 떠났다.

"오, 브리짓." 웨인플리트 양이 나지막하게 부르짖었다.

"오, 브리짓, 애야!"

그녀의 목소리에 깃든 깊은 근심의 표정이 브리짓을 다소 놀라게 했다. 그녀가 불안해하는 듯한 어조로 말했다.

"죄송해요. 정말 너무도 죄송할 뿐이에요."

웨인플리트 양이 말했다.

"그는 화가 나 있어—끔찍할 정도로 분노하고 있단다. 오, 애야, 이건 너무 끔찍한 일이야. 이 일을 대체 어찌하면 좋지?"

브리짓은 멍한 표정을 짓고 있었다.

"어쩌다니요? 무슨 말씀을 하시는 거예요?"

웨인플리트 양은 루크와 브리짓을 나무라는 듯한 시선으로 바라보며 말했다.

"당신들은 결코 그에게 말하지 말았어야 했어요!"

브리짓이 말했다.

"말도 안 되는 소리예요. 말하지 않으면 어떻게 하라는 거죠?"

"지금 그에게 말해서는 안 되는 거였단다. 무사히 벗어날 때까지 기다렸어야 했다는 거지."

브리짓이 쌀쌀맞게 말했다.

"그건 견해 차이일 뿐이에요. 나는 불유쾌한 일들을 가능한 한 빨리 매듭을 짓는 것이 좋을 거라고 생각해요."

"오, 애야, 만일 문제가 그것뿐이었다면야……."

그녀는 하던 말을 중단하고는 루크의 의견을 묻듯이 그에게 눈짓을 보냈다. 루크는 고개를 저었다.

"아직은 안 됩니다." 그 말을 소리는 내지 않고 입술로만 말했다.

웨인플리트 양이 나지막하게 속삭였다.

"알겠어요."

브리짓이 다소 화가 난 표정으로 말했다.

"무슨 특별한 볼일이 있어서 나를 보자고 하셨나요, 웨인플리트 양?"

"글쎄, 그렇다고 할 수 있지. 내가 너를 보자고 한 것은, 그러니까 네가 우리 집에 와주었으면 좋겠다고 말을 하려고 온 것이란다. 내 생각에는……, 음, 네가 여기 남아 있는 것이 불편하지 않을까 해서, 너만 좋다면 며칠간, 음……, 그러니까, 네 장래에 대한 계획도 세울 겸 말이다."

"고마워요, 웨인플리트 양, 당신은 정말 친절한 분이세요."

"나와 함께 있으면 안전할 거야. 그리고……."

웨인플리트 양은 다소 당황한 표정을 지으며 서둘러 대답했다.

"편안할 거라는 거자—내 말은 그런 뜻이었단다. 나하고 같이 있으면 아주 편할 거야. 내 말은, 물론 이곳만큼 호화롭지는 못하지만 뜨거운 물도 나오고, 또한 우리 하녀 에밀리는 정말로 아주 훌륭한 요리사라는 거란다."

"오, 모든 것이 정말 훌륭할 거라고 나도 생각해요."

브리짓이 기계적으로 대꾸했다.

"하지만, 런던에 올라갈 생각이라면, 그게 훨씬 좋겠지."

브리짓이 천천히 말했다.

"그게 좀 난처하답니다. 우리 아주머니가 오늘 아침 일찍 꽃 품평회를 구경하러 가셨거든요. 아직 무슨 일이 있었는지에 대해서 아주머니한테 말씀드릴 기회가 없었어요. 아주머니한테 메모를 남겨야겠어요. 런던의 아파트로 올라간다고 말이에요."

"런던에 있는 너의 아주머니 아파트로 올라갈 생각인가 보구나?"

"예, 거긴 아무도 살고 있지 않아요. 음식은 나가서 사먹으면 돼요."

"그 아파트에 혼자 있으려고? 오, 얘야, 나 같으면 그렇게 하지 않겠다. 혼자서 지내면 안 된다."

"아무도 날 잡아먹진 않을 거예요." 브리짓이 짜증스런 목소리로 말했다.

"게다가 아주머니도 내일 올라오실 거예요."

웨인플리트 양은 걱정스럽다는 표정으로 고개를 저었다.

"호텔로 가는 것이 더 좋겠는데." 루크가 말했다.

브리짓이 그를 둘러보았다.

"왜요? 대체 무슨 일이 있는 거죠? 어째서 당신들은 나를 마치 아무것도 모르는 어린애처럼 다루려는 거예요?"

"아니, 그렇지 않아, 브리짓." 웨인플리트 양이 변명하듯 말했다.

"우리는 다만 너를 보살펴 주려는 것뿐이란다, 그게 전부야."

"아니, 왜요? 어째서죠? 대체 무슨 일이 있는 거예요?"

"이봐요, 브리짓." 루크가 말했다.

"당신과 이야기 좀 하고 싶소. 그러나 여기서는 말할 수 없다오. 나와 함께 차로 갑시다. 거기라면 좀 조용할 거요."

그는 웨인플리트 양을 쳐다보았다.

"한 시간 정도 있다가 당신 집으로 가도 되겠습니까? 당신과 상의하고 싶은 것이 몇 가지 있답니다."

"그렇게 하세요. 집에서 당신을 기다릴게요."

루크는 브리짓의 팔을 잡았다. 그러고는 웨인플리트 양에게 고맙다는 표시로 목례를 보내며 말했다.

"짐은 나중에 옮깁시다. 자, 가요."

그는 그녀를 데리고 그 방을 나와서 홀을 지나 현관을 나섰다. 그는 자동차 문을 열고 브리짓을 태웠다. 루크는 시동을 걸고 신속하게 드라이브 길을 내려갔다. 그들이 철문을 나서자 그는 안도의 한숨을 내쉬었다.

"당신을 그곳에서 무사하게 데리고 나올 수 있어서 정말 다행이오."

"당신 정말 제정신이세요, 루크? 이게 대체 무슨 일이에요? 그저, '쉿, 그건 지금은 말할 수가 없어.' 모두가 이런 식이니 말이에요."

루크가 엄숙한 표정으로 말했다.

"거기에는 그만한 어려움이 있는 거요. 어떤 사람을 살인자라고 말할 때는, 특히 당신이 바로 그 사람의 지붕 밑에 있을 때는 말이오."

 브리짓은 잠깐 그의 곁에서 꼼짝도 않고 앉아 있었다. 이윽고 그녀가 입을 열었다.
 "고든?" 루크는 고개를 끄덕였다.
 "고든? 고든이 살인자라고요? 고든이 살인범이라고요? 세상에 그토록 엉터리 같은 소리는 처음 들어봐요!"
 "당신은 그렇게 생각하오?"
 "예, 정말 그래요. 고든은 파리 한 마리도 해치지 못할 거예요."
 루크는 엄숙하게 말했다.
 "그건 사실일지도 모르지. 나야 알 수 없는 일이니까. 하지만, 그는 카나리아 한 마리를 죽인 적이 틀림없이 있었고, 또한 그가 많은 사람의 목숨을 빼앗아 갔다는 데 대해 나는 아주 확신을 하고 있소."
 "세상에, 루크, 나는 그 말을 도저히 믿을 수가 없어요!"
 "나도 알아요!" 루크가 말했다.
 "그것이 정말 믿기지 않는 소리로 들릴 거라는 사실을. 그저께 밤까지만 해도 나는 그 사람에 대해서는 털끝만 한 의심조차 해본 적도 없으니까 말이오."
 여전히 브리짓은 굽히지 않았다.
 "아니에요, 나는 고든에 대해 잘 알고 있어요! 그가 어떤 사람인지 나는 잘 알고 있단 말이에요! 그는 정말로 마음씨가 고운 사람이에요. 그래요, 좀 거드름을 피우는 것은 사실이죠. 하지만 무척 다정다감한 사람이에요, 틀림없어요."
 루크는 고개를 저었다.
 "당신은 그 사람에 대한 생각을 재정리해야 할 거요, 브리짓."
 "그래 봐야 소용없어요, 루크. 나는 절대로 그 말을 믿지 못하겠으니까! 대체 무엇이 당신 머릿속에 그런 엉터리 같은 생각을 집어넣었죠? 이틀 전까지만 해도 당신은 엘스워시가 범인이라고 상당히 확신하고 있었는데 말이에요."

루크는 약간 주춤했다.

"알아요, 알아. 당신은 아마 이런 생각을 할 거요. 내일은 내가 토머스 박사를 의심할 테고, 그 다음 날에는 범인이 호튼임이 틀림없다고 말할 거라고. 하지만, 난 그 정도로 줏대가 없는 사람은 아니오. 나도 당신이 처음에 그 사실을 접할 때는 정말 뜻밖의 사실로 받아들일 거라는 점을 인정해요. 하지만, 만일에 당신이 좀더 가까이에서 그것을 들여다보게 되면 정말이지 놀라울 정도로 모든 상황이 잘 맞아떨어진다는 것을 알게 될 거요. 풀러튼 양이 지방경찰에 그 사실을 알리려고 하지 않았던 것도 이상한 일이 아니. 그들이 그녀의 생각을 비웃을 거란 사실을 그녀는 잘 알고 있었던 거요! 런던경시청만이 그녀의 유일한 희망이었소."

"하지만, 고든이 그런 살인을 저지를 만한 동기가 대체 어떤 거죠? 오, 그건 정말 말도 안 되는 소리예요!"

"알아요. 하지만, 고든 이스터필드가 자신을 무척 고귀한 존재라고 여기고 있다는 사실을 당신은 모르오?"

브리짓이 말했다.

"그는 자신을 아주 놀랍고, 매우 중요한 인물인 척하는 것뿐이에요. 그것은 일종의 열등감이라고 할 수 있어요. 가엾은 사람이에요, 고든은!"

"그것이 문제의 발단일 수도 있지. 물론 알 수 없는 일이지만. 그러나 생각해 봐요, 브리짓―잠시만이라도 생각해 봐요. 당신이 그를 놀리느라고 썼던 말들을 다시 돌이켜 봐요, 불경죄 등등. 그 사람의 자아의식이 터무니없을 만치 부풀어 오른 상태라는 사실을 깨닫지 못하는 거요? 그리고 그것은 종교적인 문제와도 관련이 있다오. 이봐요, 순진한 아가씨. 그 사람은 완전히 미쳐 버린 거요!"

브리짓은 잠시 생각에 잠겼다. 이윽고 그녀가 말했다.

"나는 아직도 믿을 수 없어요. 당신은 무슨 증거를 갖고 있나요, 루크?"

"글쎄, 그가 직접 한 말들이 있지. 그가 내게 말했소. 아주 분명하고도 뚜렷하게. 그저께 밤에 말이오. 자기와 맞선 사람들은 모두 죽었다고."

"계속하세요."

"내 생각을 당신한테 제대로 설명할 순 없지만, 그것이 바로 그가 말했던 그대로요. 아주 평온하고, 자아도취에 빠져서(그걸 어떻게 표현할까) 아주 익숙해진 태도였소! 그는 자신에 차서 미소를 짓고 있었던 거요. 그것은 정말 소름이 끼치는 모습이었다오, 브리짓!"

"계속하세요."

"그리고 다음에 그는 자신의 존엄성을 모독했기 때문에 이 세상에서 사라져간 사람들의 이름을 말해 주기 시작했지. 자, 내 말을 들어봐요, 브리짓. 그가 언급한 사람들은 호튼 부인, 에이미 깁스, 토미 피어스, 해리 카터, 험블비 박사, 그리고 운전사 리버스였소."

브리짓은 드디어 몸서리를 쳤다. 그녀의 안색은 몹시 창백해졌다.

"그가 그 사람들을 정말로 언급했나요?"

"가공이 아닌 실제 그 사람들을 말했던 거요! 자, 이제 당신은 믿을 수 있겠소?"

"오, 믿어야 할 것 같군요. 그가 그들을 제거한 이유는 무엇이었나요?"

"끔찍할 정도로 하찮은 이유 때문이었소. 그것이 더욱 전율스런 사실이었지. 호튼 부인은 그를 냉대했기 때문이고, 토미 피어스는 자기 흉내를 내서 정원사들을 웃겼기 때문이었으며, 해리 카터는 그에게 욕설을 했기 때문이었고, 에이미 깁스는 그의 앞에서 버릇없이 굴었기 때문이었으며, 험블비 박사는 감히 그의 의견을 반대했기 때문이었고, 리버스는 나와 웨인플리트 양 앞에서 그를 위협했기 때문이라는 것이었다오."

브리짓은 두 손으로 눈을 가렸다.

"끔찍해요. 너무나 끔찍한 일이에요." 그녀는 속삭였다.

"알아요. 그리고 다른 증거도 있소. 런던에서 풀러튼 양을 친 차는 롤스로이스였고, 그 차의 번호는 이스터필드 경의 자동차 번호였다오."

"그것은 피할 수 없는 증거로군요." 브리짓이 천천히 말했다.

"그렇지. 그런데 경찰은 그 번호를 자기들에게 알려준 부인이 잘못 본 것이 틀림없을 거라고 생각했다는 거요. 잘못 본 거라니, 세상에!"

"나는 그걸 이해할 수 있어요." 브리짓이 말했다.

"이스터필드 경처럼 부자에다 권력까지 있는 사람일 경우에는, 당연히 사람들은 그의 이야기를 믿게 되는 거예요."

"그렇소 풀러튼 양의 어려움은 능히 짐작이 가는 바요."

브리짓이 신중한 목소리로 말했다.

"한두 번 그분은 나에게 아주 이상한 말을 했어요. 그건 마치 나에게 무엇인가를 조심하라고 경고하는 것 같았어요. 나는 그때만 해도 전혀 이해하지를 못했죠. 하지만, 이제는 알 수 있어요!"

"모든 사실이 잘 맞아떨어지고 있소" 루크가 말했다.

"바로 그런 거요. 처음에는 누구나―당신도 그랬듯이 '불가능한 일'이라고 말하지만, 일단 그 생각을 사실로 받아들이게 되면 모든 것들이 잘 들어맞는다는 것을 알게 되는 거라오. 그 포도는 그가 호튼 부인에게 보내준 것이었는데, 그녀는 간호사들이 자기를 독살시키고 있다고 생각했던 거요! 그리고 그는 웰러먼 크라이츠 연구소를 방문한 적이 있었고―거기서 어떻게 해서인가 세균 배양액을 손에 넣은 것이며, 그것으로 험블비를 전염시켰던 것이오."

"그가 어떤 방법으로 험블비 박사를 전염시킬 수 있었는지는 정말 알 수가 없군요."

"나 역시 그건 모르오. 하지만, 무슨 관계가 있는 것은 분명해요. 그건 누구도 부정할 수 없을 거요."

"그래요. 당신 말대로 잘 들어맞고 있어요. 그리고 그는 다른 사람들이 절대로 할 수 없는 일을 할 수 있었던 것이 분명해요. 내 말은, 그가 완전히 혐의에서 벗어날 수도 있었을 거라는 뜻이죠."

"웨인플리트 양은 의심하고 있었던 모양이오. 그녀는 그가 연구소를 방문했던 일을 언급한 적이 있었거든. 아주 평범한 대화로 자연스럽게 그 말을 꺼냈지만, 그녀는 내가 그것을 알아차리고 행동하기를 바랐던 거라고 생각해요."

"그렇다면 그녀는 내내 그 사실을 알고 있었군요?"

"그녀는 아주 강한 의심을 품고 있었을 뿐이오. 한때는 그와 사랑을 약속했던 사이였다는 것이 핸디캡으로 작용한 것이라고 볼 수 있지."

브리짓은 고개를 끄덕였다.

"맞아요, 그것이 원인이 될 수 있죠. 고든도 나에게 자기들이 한때 약혼한 사이였다는 이야기를 해주었어요."

"그녀는 그것이 그러고 믿고 싶지 않았던 거요. 하지만 그녀의 의심은 더욱 더 커지게 되었고, 마침내는 그라는 것을 거의 확신하게 되었던 거라오. 그녀는 나한테 무슨 암시를 주려고 했지만, 솔직히 까놓고 그러고 밝힌다는 것은 견디기 어려운 일이었을 거요. 여자들이란 참으로 이상한 존재요. 그녀는 여전히 그를 좋아하는 것 같으니 말이오."

"그가 그녀를 차버렸는데도 말이에요?"

"그녀가 그를 차버린 거요. 그것은 좀 입에 담기가 거북한 이야기라오. 실은 이렇게 된 거요."

그는 짧고 격렬한 이야기를 해주었다. 브리짓은 그를 뚫어지게 쳐다보았다.

"고든이 그런 짓을 했다고요?"

"그렇소. 옛날부터 이미 그는 정상적인 인간이 아니었던 거요."

브리짓은 몸서리를 치며 중얼거렸다.

"오래전부터……, 그 옛날부터……."

루크가 말했다.

"그는 우리가 아는 것보다 훨씬 많은 사람을 살해했을지도 모르오. 그를 주목하게 된 것은 단지 최근의 연속적인 죽음 때문이지. 그건 그가 닥치는 대로 일을 저질렀을 수도 있다는 것을 뜻하는 거나 마찬가지라오."

브리짓은 고개를 끄덕였다. 그녀는 잠깐 아무 말 없이 생각에 잠겨 있다가 갑자기 입을 열었다.

"풀러튼 양은 그날 기차에서 당신에게 정확히 무슨 이야기를 했나요? 그녀는 어떤 식으로 말을 꺼냈죠?"

루크는 그때의 일을 돌이켜보았다.

"그녀는 자기가 런던경시청에 가는 길이라고 하고는 시골 순경에 대해서도 언급했는데, 그도 훌륭한 사람이기는 해도 살인사건을 다룰 만한 인물은 못

된다고 했소."

"그게 이 사건에 대해서 처음으로 언급한 말이었나요?"

"그렇소."

"계속하세요."

"그러고는 그녀가 이렇게 말했지. '놀라셨을 거예요. 나 자신도 처음에는 그랬거든요. 정말이지 믿을 수가 없었답니다. 내가 무슨 망상에 사로잡힌 것이 아닌가 싶었거든요.'"

"그다음에는?"

"나는 그녀에게 지금은 그게 아니었다는 것을 확신하느냐고(내 말은 망상 같은 것을 뜻하는 거요) 물었다오. 그랬더니 그녀는 아주 침착한 목소리로 대답하더군. '오, 물론이에요. 처음이라면 몰라도, 그게 두 번, 세 번, 아니 네 번이나 계속될 때는. 그렇게 되면 누구라도 확신하게 되는 법이죠.'"

"놀라운 일이에요." 브리짓이 한마디 했다.

"계속하세요."

"그래서 나는 그녀에게 부드럽게 말했다오. 그녀가 제대로 일을 처리하고 있다는 것을 나도 확신하고 있다고 말이오. 나도 그때는 '의심 많은 토머스'나 다름없었던 거요."

"나도 알아요. 나중에야 진실을 깨닫게 되는 법이죠. 정말 마음씨가 곱고 훌륭한 노부인이었어요. 그다음에는 어떻게 되었나요?"

"그러니까―오, 그녀는 애버크롬비 사건을, 당신도 알 거요. 웰시의 독살범 사건 말이오. 그 사건을 언급했다오. 그녀는 어떤 눈빛, 기묘한 눈빛, 그의 제물이 될 희생자를 바라보는 그런 특별한 눈빛이 있으리라고는 자기도 정말 믿지 않았었다고 말했소. 하지만, 이젠 그것을 믿게 되었는데, 그건 자기가 직접 그런 눈빛을 목격했기 때문이라고 그녀가 말했다오."

"그녀는 정확히 무슨 말을 한 거예요?"

루크는 눈살을 찌푸리고 생각해 보았다.

"그녀는 기품이 있는 목소리로 이렇게 말했소. '물론 그걸 읽을 당시만 해도 나는 사실 도무지 믿기지가 않았지만, 그건 정말 사실이에요.' 그래서 내가 물었소. '무엇이 사실이라는 말씀인가요?' 그러자 그녀가, '어떤 사람의 얼굴에 떠올라 있는 눈빛 말이에요.'라고 대답하더군. 그런데 브리짓, 그녀가 그 말을 할 때의 태도가 완전히 나를 사로잡았던 거요. 그녀의 조용한 목소리와 그녀의 창백한 표정—그건 마치 그녀가 말하는 너무도 두려운 대상을 실제로 보는 듯한 그런 표정이었소!"

"계속하세요, 루크. 내게 모든 것을 말해 주세요."

"그리고 그녀는 희생자들을 하나씩 열거하기 시작했다오. 에이미 깁스와 카터, 그리고 토미 피어스. 토미는 끔찍한 아이였고, 카터는 주정꾼이란 말도 했지. 그러고는 그녀가 말했다오. '그런데 바로, 어제 그것이 험블비 박사에게 향했던 거예요. 그토록 훌륭한 양반인 그에게……, 그분은 정말로 훌륭한 분이거든요.' 그리고 그녀는 험블비 박사를 찾아가서 그런 이야기를 해준다고 해도, 그가 그녀의 이야기를 믿지 않고 그냥 웃어넘길 거라고 했소!"

브리짓은 길게 한숨을 내쉬었다.

"알았어요." 그녀가 말했다.

루크가 그녀를 쳐다보았다.

"그게 무슨 소리요, 브리짓? 대체 무슨 생각을 하는 거요?"

"험블비 부인이 언젠가 무슨 말인가를 한 적이 있었어요. 나는 그게 어떤지……. 아니, 내 생각은 하지 말고 하던 이야기나 계속하세요. 그녀가 당신한테 마지막으로 한 말은 어떤 것이었나요?"

루크는 그녀가 한 이야기를 침착하게 되풀이했다. 그녀의 말은 그에게 강한 인상을 남겨서, 그는 그것을 결코 잊지 못할 것 같았다.

"그렇게 많은 살인을 저지르고도 무사할 수 있었다는 것은 아무래도 좀 힘든 일이 아니겠느냐고 내가 말하자, 그녀는 이렇게 대답했어요. '아니에요, 그렇지가 않아요. 그건 당신이 잘못 아는 거예요. 살인은 아주 쉬운 거랍니다. 아무에게도 의심을 받지 않는 한은 말이죠. 그리고 아시겠지만, 문제의 그 사람은 의심을 받는다고 하더라도 제일 나중에 가서야 의심을 받게 될 그런 사람이거든요.'" 그는 말을 멈췄다.

브리짓은 가볍게 진저리를 치면서 말했다.

"살인이 쉽다고요? 끔찍할 정도로 쉽다니—그건 정말 사실이에요! 그 말이 당신 마음에서 떠나지 않는 것도 전혀 이상할 게 없어요, 루크. 내 마음에서도 절대 잊히지 않을 거예요—평생 말이에요! 고든 이스터필드 같은 사람이라면……, 오, 정말 그건 쉬운 일일 거예요!"

"그에게 죄과를 인식시키기란 그렇게 쉬운 일이 아닐 거요." 루크가 말했다.

"당신은 그렇게 생각하세요? 그 일에 대해서는 내가 도움이 될 수도 있다고 생각해요."

"브리짓, 당신은 절대로—."

"당신이 나를 말릴 수는 없어요. 뒷전에 물러나 앉아서 안전만을 추구할 수는 없는 거예요. 나는 지금 여기 있어요, 루크. 물론 위험할지도 몰라요. 그래요, 나도 그건 인정해요. 하지만, 나도 내가 맡은 역할을 해야 한다고요."

"이봐요, 브리짓, 제발—."

"그 일은 우리 둘 모두에게 위험한 거예요. 나도 그건 알고 있어요. 하지만, 우린 이미 그 일에 관련되어 있어요, 루크. 우린 둘 다 같은 상황에 부닥쳐 있는 거라고요!"

 웨인플리트 양 집의 차분한 분위기는 차 안에서의 긴장된 순간과는 완전히 대조적이었다. 웨인플리트 양은 자신의 초대를 받아들인 브리짓을 좀 미심쩍은 듯한 태도로 맞이했다. 하지만, 편안하게 지낼 수 있도록 해주겠다는 자신의 제의를 허둥거리며 다시 되풀이하는 것으로 봐서, 그녀의 의구심은 브리짓과 함께 지내게 된 것이 마음 내키지가 않아서라기보다는 뭔가 다른 원인에 기인한 것이라는 사실을 알 수 있었다.

 루크가 말했다.

 "당신이 이토록 친절하게 보살펴 주신다니 이보다 더 다행한 일은 없을 것 같습니다, 웨인플리트 양. 나는 벨스 앤드 모틀리 여인숙에서 지내게 될 겁니다. 아무튼 런던보다는 훨씬 내 눈이 가까이 미치는 곳에 브리짓을 두게 되어 다행입니다. 전에 무슨 일이 있었는지를 생각하지 않을 수가 없거든요."

 "래비니아 풀러튼의 일을 말하는 건가요?" 웨인플리트 양이 물었다.

 "그렇습니다. 대도시의 군중 속에 있는 것이 더 안전할 거라는 말은 하지 마십시오."

 웨인플리트 양이 말했다.

 "당신 말은, 결국 개인의 안전은 누구도 그를 해치고자 할 의사가 없다는 사실에 달렸다는 거로군요?"

 "바로 보셨습니다. 인류가 의지해 온 것은 바로 문명의 선한 의지였다고 볼 수 있지요."

 웨인플리트 양은 조심스럽게 고개를 끄덕였다.

 브리짓이 말했다.

 "당신은 그 사실을 언제부터 알고 있었나요. 고든이 살인자라는 것을 말이에요, 웨인플리트 양?"

웨인플리트 양은 한숨을 쉬었다.

"그건 대답하기가 어려운 질문이란다, 브리짓. 꽤 오래전부터 내 마음속 깊은 곳에서는 상당히 확신하고 있었던 것 같아. 하지만, 나는 그런 확신을 분명하게 인식하고자 최선을 다하지는 않았던 게야. 사실 말이지, 나는 그것을 믿고 싶지가 않았고, 그것이 내 일방적인 사악하고 터무니없는 생각이라고 하면서 나 자신을 기만해 온 거란다."

루크가 퉁명스럽게 물었다.

"당신은 자신에 대해서는 한 번도 걱정해본 적이 없습니까?"

웨인플리트 양은 잠시 생각해 보았다.

"당신 말은, 만일에 고든이 내가 알고 있다는 사실을 눈치챘다면, 나를 제거할 무슨 수단을 연구했을지도 모른다는 뜻인가요?"

"그렇습니다."

웨인플리트 양이 부드러운 어조로 말했다.

"물론 나도 그럴 가능성이 충분히 있다는 것을 늘 염두에 두고 있었답니다. 나 스스로도 조심을 게을리하지 않았어요. 하지만, 설마 고든이 나한테까지 앙심을 품고 있으리라고는 생각하지 않아요."

"어째서 그렇게 생각하시는지요?"

웨인플리트 양은 얼굴을 붉혔다.

"고든은 결코 내가 자기를 위험에 빠뜨릴 짓은 하지 않을 거라고 생각하리라 여겨지기 때문이에요."

루크가 갑자기 물었다.

"그에게 경고 같은 것도 하시지 않았습니까?"

"했다고도 할 수 있어요. 그러니까 내 말은, 그에게 일종의 암시 같은 것을 준 적이 있는데, 그것은 그에게 적대시했던 사람들이 얼마 안 가서 사고를 당하곤 하는 것이 좀 이상한 일이 아니냐고 했지요."

"그래서 그는 뭐라고 하던가요?" 브리짓이 물어보았다.

뭔가 걱정스러운 표정이 웨인플리트 양의 얼굴을 스치고 지나갔다.

"그는 내가 생각했던 그런 반응은 전혀 보이지 않았단다. 사실 그건 전혀 예상 밖의 반응이었단다! 그는 즐거워하는 것 같았거든. 그가 말했지. '그렇다면 당신도 그런 사실을 알고 있었소?' 그는 무척 의기양양해하더구나. 자신에 대해 아주 만족스럽게 여기는 것 같았단다."

"미친 사람이니까 당연한 거죠." 루크가 말했다.

웨인플리트 양도 진지한 표정으로 루크의 말에 동의했다.

"그건 사실이에요. 그밖에 달리 표현할 말이 없지요. 그는 자기 행동에 대해 책임이 없는 거예요."

그녀는 한 손을 루크의 팔에 올려놓았다.

"그를 교수시키지는 않겠죠, 피츠윌리엄 씨?"

"그렇지는 않을 겁니다. 내 생각에는……, 그를 브로드무어(정신병원)로 보내지 않을까 합니다만."

웨인플리트 양은 한숨을 내쉬고는 다시 뒤로 기대어 앉았다.

"그렇다면 정말 다행이에요."

그녀의 눈길이 미간을 찌푸린 채 카펫을 내려다보는 브리짓에게 머물러 있었다. 루크가 말했다.

"하지만, 우리는 아직도 갈 길이 멀었습니다. 나는 그런 일이 있다는 사실을 당국에 신고했는데, 이 점만은 말할 수 있습니다. 그들은 이 문제를 진지하게 다룰 준비가 되어 있다고 말이지요. 그러나 당신이 아셔야 할 것은 우리가 확보한 증거는 사실 놀라울 정도로 적다는 겁니다."

"증거를 잡게 될 거예요." 브리짓이 말했다.

웨인플리트 양이 그녀를 올려다보았다. 그녀의 표정에 깃들어 있는 그 어떤 것이 루크에게 바로 얼마 전에 본 적이 있는 것 같은 누군가를, 아니 무엇인가를 떠올리게 했다. 그는 도무지 잡힐 듯 잡히지 않는 그 기억을 잡아내려고 애를 써보았지만 결국 실패하고 말았다.

웨인플리트 양이 의심스러운 듯이 말했다.

"너는 자신하고 있구나, 브리짓. 글쎄, 아마도 네가 옳겠지."

"브리짓, 차를 타고 저택에 가서 당신 짐을 가져오겠소." 루크가 말했다.

브리짓이 즉시 대꾸했다.

"나도 같이 가겠어요."

"당신은 가지 않는 편이 좋겠는데."

"아니요, 같이 가는 게 더 좋을 거예요."

루크가 짜증스러운 어조로 말했다.

"그렇게 나를 어린애 취급하려 들지 마요, 브리짓! 당신의 보호를 받는 일은 거절하겠소."

웨인플리트 양이 속삭이듯 말했다.

"나도 그렇게 생각한단다, 브리짓. 아무 이상도 없을 거야. 차를 타고 있는데다, 대낮인데 설마."

브리짓은 얼굴을 조금 붉히면서 부끄러운 듯이 웃었다.

"내가 바보 같은 소릴 했나 봐요. 이번 일은 사람들의 신경을 곤두세우게 하는 것 같아요."

루크가 말했다.

"웨인플리트 양도 저번 날 저녁에 나를 집까지 보호해 주었지요. 자, 이제, 웨인플리트 양, 당신도 인정하셔야 합니다. 그렇죠, 맞지 않습니까?"

그녀는 미소를 지으며 시인을 했다.

"알다시피, 피츠윌리엄 씨, 당신은 전혀 의심하지 않고 있었어요. 그런데 만일 당신이 이 일을 조사하려고 이곳에 내려온 것이라는 것을 고든 이스터필드가 이미 알고 있었다면……, 글쎄요, 그건 매우 위험한 상황이었지요. 게다가 그 길은 아주 한적한 길이었고요. 정말 무슨 일이 일어났을지도 모르는 일이었어요!"

"아무튼 이제는 나도 그 위험을 늘 염두에 두고 있답니다."

루크가 굳은 표정으로 말했다.

"그렇게 방심하는 일은 다시는 없을 겁니다."

웨인플리트 양이 걱정스러운 어조로 말했다.

"그는 매우 교활한 사람이라는 사실을 결코 잊어서는 안 돼요. 당신이 상상하는 것보다 훨씬 더 교활하다는 것을 말이에요. 실로 대단히 영리한 사람이에요."

"나도 충분히 대비하고 있습니다."

"남자들이 용기가 있다는 것, 그것은 누구나 인정하는 사실이죠."

웨인플리트 양이 다시 말을 이었다.

"하지만, 남자들은 여자들에 비해 너무 쉽게 결정을 내려요."

"그건 사실이에요." 브리짓이 말했다.

다시 루크가 말했다.

"정말로, 웨인플리트 양, 당신은 나에게 무슨 위험이 있다고 생각하십니까? 영화에서처럼 이스터필드 경이 정말로 나를 노린다고 생각하십니까?"

웨인플리트 양은 잠시 머뭇거리다가 말했다.

"내 생각에는 브리짓이 제일 위험한 상황에 부닥쳐 있는 것 같아요. 브리짓이 그의 청혼을 거절한 것은 그에게 최악의 모욕이라고 할 수 있거든요. 내 생각에는 그는 먼저 브리짓에게 마수를 뻗친 다음, 당신에게 눈길을 돌릴 것 같아요. 틀림없이 그는 제일 먼저 브리짓을 살해하려고 할 거예요."

루크는 신음 소리를 냈다.

"제발, 지금 당장 이곳에서 멀리 벗어나도록 해요, 브리짓."

브리짓은 입술을 꼭 다물었다.

"나는 떠나지 않을 거예요."

웨인플리트 양이 한숨을 내쉬며 말했다.

"너는 정말 용감하구나, 브리짓. 감탄하지 않을 수가 없구나."

"당신도 루크의 생각과 같을 테죠?"

"글쎄, 그렇다고 할 수 있지."

브리짓이 아주 나지막한 목소리로 말했다.

"루크와 나는 이렇게 같이 있어요."

그녀는 그를 따라 문밖까지 나왔다. 루크가 말했다.

"내가 사자 굴에서 안전하게 빠져나오게 되면 벨스 앤드 모틀리 여인숙에서 당신한테 전화를 걸겠소."

"예, 그렇게 하세요."

"브리짓, 제발 걱정하지 말아요! 아무리 완벽한 살인범일지라도 계획을 세울 시간이 필요한 법이오. 우리도 하루나 이틀 정도는 안전하다고 할 수 있어요. 배틀 총경이 오늘 런던에서 내려올 거요. 그때부터는 이스터필드도 감시 아래 있게 될 거라오."

"그럼요, 모든 게 완벽하게 갖추어졌으니 이젠 멜로드라마를 끝낼 수 있을 거예요."

루크는 한 손을 그녀의 어깨 위에 올려놓으며 진지한 어조로 말했다.

"브리짓, 제발 경솔한 행동은 하지 말아요. 그래야 나도 마음을 놓을 수 있을 거요."

"당신도 마찬가지예요, 루크."

그는 그녀의 어깨를 꼭 껴안아 주고 나서는 차에 올라타고 그곳을 떠났다.

브리짓은 거실로 돌아왔다. 웨인플리트 양이 노처녀답게 좀 법석을 떨었다.

"얘야, 네가 있을 방은 아직 준비가 끝나지 않았단다. 에밀리가 방을 정돈하고 있어. 내가 지금 뭘 하려는지 모르지? 나는 너한테 맛있는 차를 한잔 끓여 주려고 한단다. 이런 소동을 겪는 너에게는 그것이 최고지."

"정말 고마워요, 웨인플리트 양. 하지만 아무것도 마시고 싶지 않아요."

브리짓은 차를 몹시 싫어했다. 차를 마셨다 하면 소화불량에 걸리기 때문이었다. 하지만, 웨인플리트 양은 자신의 젊은 손님에게는 정말로 차가 필요할 거라고 생각했다. 그녀는 부산을 떨며 방에서 나가더니, 그로부터 한 5분쯤 지나자 김이 모락모락 피어오르는 향기로운 차가 가득 들어 있는 멋진 드레스덴 찻잔 두 개를 쟁반에 받쳐 들고 다시 나타났다.

"진짜 랩상 소종(여린 싹으로 만든 고급 홍차)이란다."

웨인플리트 양이 자랑스럽게 말했다. 중국산 홍차를 인도산 홍차보다 더 싫어하는 브리짓은 씁쓰레한 미소를 지었다. 바로 그때, 아데노이드 증세(인후 편도선 증식 비대증)가 있어 보이는 키가 작고 볼품없게 생긴 하녀 에밀리가 문간에 나타나 말했다.

"아씨, 혹시 수가 놓인 베갯잇을 쓰실 생각이세요?"

웨인플리트 양이 급히 그 방을 떠나자, 브리짓은 홍차를 창밖으로 쏟아버릴 좋은 기회를 잡게 되었다. 그러다 그녀는 화분대 밑에 누워 있는 윙키 푸에게 화상을 입힐 뻔했다.

윙키 푸는 그녀의 사과를 받아들이고는, 창문턱으로 뛰어올라 애교를 부리듯 브리짓의 양쪽 어깨에 번갈아가며 비벼대며 가르랑거렸다.

"어머, 귀여워라!"

브리짓은 한 손을 내밀어 고양이의 등을 끌어안았다. 윙키 푸는 꼬리를 둥그렇게 말고는 전보다 더 심하게 가르랑거렸다.

"오, 착하기도 하지." 브리짓은 고양이의 귀를 간질였다.

웨인플리트 양이 바로 그때 방으로 돌아왔다.

"저런." 그녀가 탄성을 질렀다.

"윙키 푸가 너를 잘 따르나 보구나, 그렇지? 그 녀석은 대개 무척 까다롭게 구는데 말이야. 그 녀석의 귀를 조심해라, 얘야. 요즈음 귀가 좋지 않았는데, 아직도 무척 아플 거야."

하지만, 그 주의는 이미 때가 너무 늦었다. 브리짓의 손이 고양이의 아픈 귀를 비틀었던 것이다. 윙키 푸는 갑자기 그녀를 할퀴고는 뒤로 물러서서 위협적인 태도로 오렌지색 털을 치켜세웠다.

"오, 저런, 그 녀석이 너를 할퀴었나 보구나?" 웨인플리트 양이 소리쳤다.

"그렇게 많이 할퀴지는 않았어요."

브리짓은 비스듬하게 할퀸 손등의 상처를 입으로 빨았다.

"소독약이라도 좀 발라 줄까?"

"오, 아니에요, 정말 괜찮아요. 그렇게까지 하실 필요 없어요."

웨인플리트 양은 좀 실망한 듯한 기색이었다. 자기 말이 공손치가 못하고 너무 쌀쌀맞았던 것 같은 기분이 든 브리짓은 급히 화제를 돌렸다.

"루크가 떠난 지도 상당히 오래되었지요?"

"너무 걱정하지 마라, 브리짓. 피츠윌리엄 씨는 자신을 돌볼 능력이 충분히 있다고 나는 확신한단다."

"오, 루크는 아주 강인한 사람이에요!"

바로 그때 전화벨이 울렸다.

브리짓은 급히 수화기를 들었다. 루크의 목소리가 들렸다.

"여보세요? 브리짓! 나는 지금 벨스 앤드 모틀리 여인숙에 있소. 당신 짐을 점심때가 지나서 갖다 주어도 괜찮겠소? 왜냐하면 배틀이 이곳에 도착해서, 내가 말하는 사람이 누군지 당신도 알 거요."

"런던경시청에서 내려온 그 총경인가 하는 분인가요?"

"그렇소. 그런데 그는 지금 나와 이야기를 하고 싶어 하고 있어요."

"나는 괜찮아요. 내 짐은 점심 뒤에 가져오세요. 그리고 그때 그와 무슨 이야기를 나누었는지도 말해 주세요."

"알았소. 그럼 전화 끊어요, 브리짓."

브리짓은 수화기를 내려놓고 전화 내용을 웨인플리트 양에게 자세히 말해 주었다. 그러고 나서 하품을 했다. 연속된 흥분으로 인해서 그녀는 갑자기 피로감이 몰려오는 것을 느꼈다. 웨인플리트 양이 그것을 알아차렸다.

"피곤한 모양이구나, 브리짓! 잠시 눈을 붙이는 게 좋을 게다. 아니, 점심 전에 낮잠을 자면 오히려 피곤만 더할 수가 있지. 나는 지금 그리 멀지 않은 곳에 있는 오두막집에 사는 어떤 부인한테 헌 옷가지를 몇 벌 갖다 주려는 참이란다. 밭을 지나서 가는 상당히 유쾌한 산책길이지. 어떠니, 나하고 같이 다녀오지 않겠니? 점심 전에는 돌아올 수 있을 거야."

브리짓은 기꺼이 응했다. 그들은 뒷길로 나왔다. 웨인플리트 양은 밀짚모자에 장갑까지 끼고 있어서 브리짓은 내심 웃음이 나왔다.

'본드 가라도 갈 모양이지?' 그녀는 속으로 생각했다.

웨인플리트 양은 함께 걸으면서 자질구레한 마을 일들을 즐겁게 늘어놓았다. 그들이 밭을 두 개 가로질러 울퉁불퉁한 시골길을 지나자, 볼품없는 숲 속으로 이어진 오솔길로 접어들게 되었다.

날씨가 몹시 더워 브리짓은 나무 그늘을 보게 되자 반가운 마음이 들었다. 웨인플리트 양이 잠시 앉아서 쉬어 가자고 제안했다.

"정말 끔찍하게 더운 날씨야, 그렇지? 곧 폭풍우가 몰려올 것 같구나."

브리짓은 좀 졸린 듯한 목소리로 대꾸했다. 그녀는 언덕배기에 등을 기대고 누워서는 눈을 감았다. 그러자 몇 구절의 시구가 머릿속에 떠올랐다.

'오, 당신은 왜 장갑을 끼고 들판을 걷고 있나요.

오, 아무도 사랑하지 않는 하얀 뚱보 여인이여?'

하지만 그것은 적절한 표현이 아니야! 웨인플리트 양은 뚱뚱하지가 않았다. 브리짓은 상황에 어울리게 시구를 고쳤다.

'오, 당신은 왜 장갑을 끼고 들판을 걷고 있나요.

오, 아무도 사랑하지 않는 잿빛의 마른 여인이여?'

웨인플리트 양이 갑자기 그녀의 상념을 깨뜨렸다.

"몹시 졸린가 보구나?"

그 말은 평범하고 일상적인 어조였지만, 그 속에 숨은 무엇인가가 갑자기 브리짓의 눈을 번쩍 뜨이게 했다. 웨인플리트 양은 그녀에게로 몸을 기울이고 있었다. 그녀의 눈에는 뭔가를 갈망하는 듯한 빛이 이글거리고 있었으며 혀로는 부드럽게 입술을 핥고 있었다.

그녀가 다시 물었다.

"몹시 졸린가 보구나, 응?"

이번에는 그녀의 어조에 담긴 중대한 의미를 분명히 알아차릴 수 있었다. 섬광 같은 것이 브리짓의 머릿속을 뚫고 지나갔다—그녀의 이미지를 밝혀 주는 섬광이. 그러고는 자신의 우둔함에 대한 모멸감이 엄습해 왔다.

그녀는 그 사실을 의심하기는 했지만, 그것은 너무도 미약한 의구심에 지나지 않았던 것이다. 그녀는 그 의문을 은밀하게 확인해볼 생각이었다. 하지만, 설마 자신에게 무슨 일이 닥치리라고는 한순간도 생각해 본 적이 없었다. 또한 그런 일이 그렇게 빨리 오리라고는 꿈도 꾸지 못했던 것이다.

바보—어리석기 짝이 없는 바보! 그녀는 갑자기 생각이 떠올랐다.

'그 홍차, 홍차에 무언가 들어 있었어. 그녀는 내가 그 차를 마시지 않았다는 사실을 모르고 있어. 이젠 나에게 기회가 온 거야. 차를 마신 척해야지. 그게 무엇이었을까? 독약? 아니면 단지 잠이 오는 약이었을까? 그녀는 내가 잠들기를 바라고 있어—그게 분명해.'

그녀는 다시 눈꺼풀을 내리깔았다. 자연스럽게 졸린 듯한 목소리를 내려고 애쓰며 그녀가 말했다.

"정말 졸음이 와서 참을 수가 없어요! 정말 이상해요! 어째서 잠이 쏟아지는 건지 도무지 알 수가 없어요."

웨인플리트 양은 부드럽게 고개를 끄덕였다.

브리짓은 살짝 실눈을 뜨고 그녀를 살펴보았다. 그녀는 생각했다.

'나는 충분히 저 여자와 상대할 수 있어. 나는 아직 젊지만, 그녀는 이제 가죽만 남은 늙은 할망구에 불과해. 그렇지만 그녀의 의도대로 따라가 주어야지. 맞아, 그녀의 생각에 따라주는 거야.'

웨인플리트 양은 미소를 짓고 있었다. 결코 보기 좋은 미소는 아니었다. 음흉하고 극히 비인간적인 미소였다. 브리짓은 다시 생각했다.

'염소 같은 여자야. 정말 염소 같은 노파야! 염소는 항상 악의 상징이었지. 이제야 난 그 이유를 알겠어. 내가 옳았어—내 공상 같은 생각이 옳았던 거야. 지옥도 멸시받은 여인만큼 격렬한 분노를 품고 있지는 못할 거야. 그것이 이 일의 발단이 된 것이지.'

그녀는 중얼거렸다. 이번에는, 그녀의 목소리에도 뭔가 알아차린 듯한 기색이 분명히 담겨 있었다.

"뭐가 잘못된 건지 모르겠어. 정말 이상한 생각이……, 너무도 이상한 생각이 드는데."

웨인플리트 양은 재빨리 주위를 둘러보았다. 그곳은 완전히 한적한 장소였다. 아무리 큰 소리가 나더라도 마을까지 들릴 염려는 없었다. 근방에는 집이나 오두막 한 채도 없었다.

그녀는 가져온 꾸러미—무슨 낡은 옷가지 같은 것이 들어 있을 거라고 짐작했던 꾸러미를 뒤졌다. 겉으로 보기에는 분명히 옷 꾸러미였다. 포장지 한쪽이 벌어지면서, 푹신한 털옷이 드러나 보였다. 여전히 웨인플리트 양은 장갑을 낀 손으로 꾸러미를 뒤지고 있었다.

'오, 당신은 왜 장갑을 낀 것일까?'

물론! 물론 그것 때문이지! 모든 게 완벽하게 계획된 것이었어!

꾸러미의 한쪽 귀퉁이가 벌어졌다. 조심스럽게 웨인플리트 양은 칼을 끄집어냈다. 극히 조심스럽게, 그 위에 남아 있는 지문이 지워지지 않도록 아주 조심스럽게 잡고는—그 칼은 그날 아침 애쉬 저택의 응접실에서 이스터필드 경이 짧고 통통한 손가락으로 잡고 있었던 그것이었다. 날카로운 날을 가진 무어 칼이었다.

브리짓은 갑자기 메스꺼움을 느꼈다. 시간을 잘 이용해야 한다. 그렇다, 그리고 이 여자가 말하게 해야 한다. 아무에게도 사랑받지 못했던 여위고 감정이 메마른 여자를. 그건 그리 어려운 일이 아닐 것이다—정말로. 왜냐하면 자기 스스로 이야기를 하고 싶어 할 테니까. 오, 그것도 아주 몹시. 그리고 그녀가 이야기를 들려줄 사람이라고는 오직 브리짓 같은—영원히 침묵하게 될 그런 사람뿐이니까.

브리짓이 말했다, 희미하고 탁한 목소리로.

"그 칼은 뭐죠?"

그러자 웨인플리트 양은 웃음을 터뜨렸다. 그것은 소름끼치는 웃음으로 부드럽고 음악적이며 기품 있는, 그러나 아주 비인간적인 웃음이었다.

"이것은 너를 위한 것이지, 브리짓 너를 위한 것이라고! 나는 너를 오랫동안 증오해 왔어."

브리짓이 말했다.

"내가 고든 이스터필드와 결혼하려고 했기 때문인가요?"

웨인플리트 양은 고개를 끄덕였다.

"똑똑하구나. 너는 정말 똑똑해! 이건 그에게는 꼼짝할 수 없는 증거가 될 거야. 너는 여기서 목이 찔린 시체로 발견될 거야. 그리고 그 옆엔 그의 칼이, 그의 지문이 묻은 칼이 있고 말이지! 정말 멋진 생각이었어, 내가 오늘 아침에 그에게 이 칼을 보여 달라고 한 것! 네가 위층에 있는 동안 나는 이것을 손수건으로 싸서 내 가방 속에 넣었지. 너무도 쉽게! 그래, 모든 게 너무 쉬웠어. 난 거의 믿을 수가 없었지."

브리짓이 말했다—여전히 몹시 약에 취한 듯한 몽롱하고 탁한 목소리로.

"그건 당신이 악마처럼 영리하기 때문이에요."

웨인플리트 양은 다시 정숙한 웃음을 터뜨렸다. 그러고는 몹시 자랑스러운 듯이 말했다.

"물론이지. 나는 어렸을 때부터 머리가 좋았어. 그런데도 식구들은 나에게 아무것도 시키지 않았지. 나는 아무것도 하는 일이 없이 그저 집에서만 지내야 했던 거야. 그런데 그때 고든은—단지 평범한 구둣방의 아들이었지만, 그는 야망을 품고 있었어. 나는 알고 있었지. 그가 성공하게 될 거라는 사실을 알고 있었던 거야. 그런데 그가 나를 차버렸어. 나를 차버렸던 거야! 그까짓 우스꽝스러운 새 사건 때문에 말이지."

그녀는 손으로 마치 무엇인가를 비트는 듯한 시늉을 했다. 다시 브리짓은 메스꺼움을 느껴야 했다.

"고든 래그가 감히 나를, 이 웨인플리트 대령의 딸을 차버리다니! 나는 그 자에게 기필코 그 대가를 치르도록 하고야 말겠다고 맹세했지! 밤이면 밤마다 나는 그 생각을 하고 또 했어. 그 뒤 우리 집안은 계속 기울어져 갔지. 집은 팔리게 되었어. 그리고 그가 그 집을 산 거야! 그는 성공했고, 나에게 선심이라도 베풀듯 내 옛집에서 일하도록 일자리까지 제공했지. 내가 그때 그를 얼마나 증오했는지 알아? 하지만, 나는 결코 내 감정을 드러내지 않았지. 소녀 시절에 우린 그런 교육을 받았는데—정말 가치가 있는 교육이었어! 그건 바로 가정교육이 효과가 있다는 거야."

그녀는 잠시 침묵을 지켰다. 그녀의 이야기가 중단되지 않도록 브리짓은 거의 숨소리조차 죽여 가며 그녀를 지켜보았다.

웨인플리트 양이 부드러운 어조로 계속 말을 이었다.

"나는 생각에 생각을 거듭해 보았어. 처음에는 그를 죽이려고 생각했었지. 그것은 내가 범죄학을(조용한 가운데에서, 도서관에서 말이지) 탐독하기 시작했을 때였어. 그런데 나중에 그것보다 훨씬, 아주 유용한 방법에 대해 읽게 된 거야. 이를테면 에이미 방의 문을 잠그는데, 나는 그녀의 침대 곁에 그 병들을 바꿔치기해 놓은 다음 밖으로 나와서 펜치로 밖에서 안의 자물쇠에 꽂혀 있던 열쇠를 돌려 잠그는 거지. 그 계집애는 정말 지독하게도 코를 골았어! 그건 정말 끔찍했어!" 그녀는 잠시 말을 멈추었다.

"이것 봐, 내가 어디까지 이야기했지?"

브리짓에게는 아주 훌륭한 재능이 있었는데, 그것은 이스터필드 경도 매혹시켰던 것으로 완벽한 경청자, 즉 남의 이야기를 잘 들어주는 재능이었다. 그것이 지금 그녀에게 커다란 도움이 되고 있었다.

호노리아 웨인플리트가 살인광일 수도 있었지만, 그녀 역시 그것보다는 보통 사람들과 같은 인간적인 면들이 더 많았다. 그녀도 남들이 자신의 이야기를 들어주기를 바라는 한 인간이었던 것이다. 게다가 그런 점에서 브리짓 같은 계층의 사람이라면 더 적합한 상대가 될 수 있었다. 브리짓은 그녀의 이야기를 끌어내기에 가장 효과적인 목소리를 내며 입을 열었다.

"처음에는 그를 살해할 생각이었다고 했어요."

"그렇지, 하지만 그것은 나를 만족시키지 못하는 방법이었어―너무 평범했거든. 단순히 그를 죽이는 것보다 더 좋은 무엇인가가 있어야 했어. 그래서 결국 나는 이런 생각을 해내게 되었던 거지. 그를 자기가 저지르지도 않은 많은 범죄의 범인이 되게 함으로써 고통을 겪게 하자는 거였어. 그를 살인자로 만드는 거야! 내가 저지른 범죄로 그가 교수형을 당하게 되는 거지. 아니면 정신이상자로 낙인찍혀 평생을 격리된 곳에 갇혀서 보내게 되든가. 그게 훨씬 좋은 것인지도 모르지."

이제 그녀는 킬킬거리고 있었다. 나지막하게 킬킬거리는 그녀의 모습은 정말 소름끼치는 것이었다. 그녀는 눈에 광채를 띠고, 기묘하게 확대된 동공으로 뚫어지게 노려보고 있었다.

"이미 말했지만, 나는 범죄에 대한 많은 책을 읽었지. 내 희생자를 조심스럽게 골랐던 거야. 지나친 의심을 받지 않을 상대를. 너도 알겠지만……."

그녀의 목소리가 낮아졌다.

"나는 살인을 즐겼지. 불쾌한 여인인 리디아 호튼(그녀는 나에게 친절한 편이었는데), 한번은 나를 '노처녀'라고 부른 적이 있었어. 고든이 그녀와 다투자 나는 은근히 기뻐했지. 일거양득이라고 생각했던 거야. 재미있는 것은, 나는 그녀의 침대 곁에 앉아서 이야기를 나누며 그녀 몰래 그녀가 마실 차에 비소를 타 넣고는, 밖으로 나와 간호사에게 호튼 부인이 이스터필드 경 댁에서 보내온 포도가 맛이 몹시 쓰다고 불평했다는 말을 해주는 것이었지. 그 미련한 여인이 그 말을 되풀이할 수 없게 된 것은 정말 유감이었어.

그리고 다른 일들도 꾸몄지! 곧 나는 고든이 누군가에 대해 불만을 품고 있다는 사실을 알게 되었고, 그것을 우연한 사고처럼 꾸미기는 아주 쉬운 일이었어! 그는 그렇게 바보였지, 정말 믿을 수 없을 정도로 어리석은 바보였어! 나는 그가 자신에게는 뭔가 아주 특별한 점이 있다고 믿도록 했지! 자기와 감히 맞서려 했던 사람들은 누구나 고통을 겪게 된다고 한 거야. 그는 그것을 아주 쉽게 믿더구나. 가엾은 고든, 그는 무엇이든 믿을 거야! 그렇게도 잘 속다니!"

브리짓은 자신이 루크에게 경멸조로 말했던 것을 생각해 보았다.

"고든! 그는 무엇이든 믿을 거예요!"

쉽게? 그토록 쉽게! 점잔이나 뺄 줄 알고, 남의 말에 쉽게 속아 버리는 가엾은 고든. 아무튼 그녀는 더 많은 사실을 알아내야 한다. 쉽다고? 이것도 역시 쉬운 일이었다.

그녀가 몇 년간을 비서로서 일하며 해온 것이 바로 그거였다. 조용하게 그녀의 고용주들이 그를 자신에 대해 이야기하도록 분위기를 만들어 주는 것이었다. 게다가 이 여자는 끔찍이도 이야기하고 싶어 했다. 자신의 현명함에 대해 자랑을 늘어놓고 싶어서 말이다.

브리짓이 속삭이듯 말했다.

"하지만, 어떻게 당신이 그런 일들을 해낼 수가 있었죠? 어떻게 그런 일들을 할 수 있었는지 모르겠어요."

"오, 그건 아주 쉬웠지. 필요한 것은 단지 조직적인 사고방식뿐이었어. 에이미가 저택에서 해고당하자, 나는 즉시 그녀를 고용했지. 모자용 물감은 정말 멋진 생각이었어. 그리고 문을 안쪽에서 잠그게 되어 있는 것은 나를 아주 안전하게 해준 것이었지. 물론 나는 항상 안전했어. 왜냐하면 나는 아무런 동기도 없었고, 동기가 없다면 누구도 살인 용의자라고 의심할 수 없는 법이거든. 카터 역시 아주 쉬웠지. 그는 안갯속에서 술에 취해 비틀거리며 걷고 있었고, 나는 그를 다리 위로 끌고 가 재빨리 밀어 버렸거든. 난 무척 힘이 센 편이지."

그녀는 잠시 말을 멈추고는 다시 부드럽게 킬킬거리며 소름끼치는 웃음을 터뜨렸다.

"모든 게 다 그렇게 우스웠던 거야. 내가 그날 토미 피어스를 창문에서 밀어 떨어뜨릴 때 그 애가 보여 준 표정을 절대 잊지 못할 거야. 그 애는 전혀 생각지도 못했던 거지."

그녀는 무슨 비밀이라도 털어놓으려는 듯이 브리짓 쪽으로 몸을 기울였다.

"사람들은 정말이지 너무 어리석어. 그전만 해도 나는 그런 사실을 전혀 몰랐거든."

브리짓이 아주 부드러운 어조로 말했다.

"하지만, 그건 당신이 보기 드물게 현명하기 때문이에요."

"그래, 그래. 아마 네 말이 맞을 거야."

브리짓이 다시 말했다.

"험블비 박사에 대해서는, 어려운 점이 훨씬 많았을 것 같은데요?"

"그렇지, 그 일이 그렇게 멋지게 성공했다는 것은 정말 기적 같은 일이었어. 물론 그건 실패할 수도 있었지. 하지만, 고든이 자기가 웰러먼 크라이츠 연구소를 방문한 일을 모든 사람들에게 떠벌이는 것을 보고, 나는 그것을 잘만 이용할 수 있다면 사람들이 그가 연구소를 방문했던 일을 생각해 내고는 나중에 험블비의 죽음과 연관시킬 거라고 생각했던 거야—그리고 윙키 푸의 귀는 상태가 아주 안 좋아서 고름이 줄줄 흐르고 있었지. 나는 가위로 의사 선생의 손을 교묘하게 찔러 상처를 입히고는 몹시 당황하며 그의 상처에 연고를 바르고 붕대를 감아야 한다고 말했지. 그는 연고가 윙키 푸의 귀에 난 상처로 이미 감염된 것일 줄은 꿈에도 몰랐을 거야. 물론 실패할 수도 있었지. 너무도 막연한 시도였으니까 말이야. 그 일이 제대로 이루어졌을 때 나는 정말 기뻤지—특히 윙키 푸는 래비니아 풀러튼의 고양이였거든."

그녀의 표정이 음침해졌다.

"래비니아 풀러튼! 그녀는 짐작하고 있었던 거야. 그날 토미 피어스를 발견한 것도 그녀였지. 그리고 그다음에, 고든과 험블비 박사가 서로 다투고 있을 때 내가 험블비를 바라보는 것을 그녀가 목격했던 거야. 내가 그만 방심했던 것이지. 그때 나는 험블비를 어떻게 처치할까 궁리하는 중이었거든. 그런데 그녀가 그걸 알아차렸던 거야.

나는 고개를 돌려 그녀가 나를 지켜보는 것을 발견하고는 즉시 내 정체가 드러났다는 사실을 깨닫게 되었지. 그녀가 눈치챘다는 것을 알았던 거야. 물론 그녀는 아무것도 증명할 수 없다는 걸 나도 알고 있었어. 하지만, 누군가가 그녀의 말을 믿어 줄지도 모른다고 생각했지. 그녀가 런던경시청에 가서 그 사실을 알리면 그들이 믿어 줄지도 모른다고 생각했던 거야. 나는 그녀가 그날 런던경시청에 갈 거라는 것을 쉽게 짐작할 수 있었지. 그래서 나도 그녀를 쫓아 같은 기차에 올라탔던 거야.

그 일은 아주 쉬웠지. 그녀는 화이트홀 건널목에 서 있었어. 나는 그녀의 뒤에 바싹 다가서 있었는데, 그녀는 나를 발견하지 못했지. 어떤 커다란 자동차가 지나가자 나는 온 힘을 다해 그녀를 떼밀었어. 나는 아주 힘이 세거든! 그녀는 곧장 자동차 앞으로 넘어졌지. 나는 내 옆에 있는 여자한테 내가 차 번호를 보았다고 하고는 고든의 롤스로이스 차 번호를 말해 주었지. 나는 그녀가 그 번호를 경찰에 알려주기를 바랐지. 그 차가 뺑소니를 친 것은 정말 행운이었어. 아마 어떤 운전사가 자기 주인 몰래 차를 몰고 나온 모양이라고 짐작했어. 그래, 나는 운이 좋았던 거야. 나는 언제나 운이 좋지.

리버스가 말썽을 부렸던 날에는 루크 피츠윌리엄이 현장 증인이 되어 주었거든. 그를 이리저리 끌고 다니며 놀려 준 것은 정말 재미있는 일이었어! 그가 고든을 의심하도록 하는 것은 정말 힘든 노릇이었어. 하지만, 리버스를 처리하고 나서는 그도 고든을 의심하게 될 거라고 확신할 수 있었지. 틀림없이 그렇게 될 거라고 말이야! 그리고 이제……, 이제는 이것으로 모든 일이 아주 멋지게 끝을 맺게 될 거야."

그녀는 일어서서 브리짓에게 다가왔다. 그러고는 조용히 말했다.

"고든이 감히 나를 차버렸어! 그러고는 너와 결혼하려고 했지. 나는 평생을 실망 속에서 살아왔어. 나에게는 아무것도 없었어. 전혀 아무것도……."

'오, 아무도 사랑하지 않는 잿빛의 마른 여인이여?'

그녀는 광기 어린 눈으로 끔찍한 미소를 흘리면서 천천히 몸을 굽히고 있었다. 칼이 햇살을 받아 날카롭게 번뜩였다.

온 힘과 젊음을 기울여 브리짓은 땅을 박차고 일어났다. 마치 살쾡이처럼 브리짓은 전력을 다해 웨인플리트 양을 덮쳐 그녀를 뒤로 넘어뜨리며 오른쪽 손목을 잡았다. 불시의 습격을 받은 호노리아 웨인플리트는 미처 공격을 해보기도 전에 뒤로 넘어졌다.

하지만 무기력했던 것도 잠시뿐, 그녀는 곧 맞서 싸우기 시작했다. 힘에 있어서는 도저히 브리짓의 상대가 되지 않았다. 브리짓은 젊고 건강한데다가, 운동으로 단련된 근육을 갖고 있었다. 그에 비해 호노리아 웨인플리트는 형편없이 마른 체구에, 다 늙어빠진 노파였다. 하지만, 거기에는 브리짓이 미처 계산에 넣지 못했던 한 가지 요소가 있었다.

호노리아 웨인플리트는 정상적이 아닌 미친 여자였던 것이다. 그녀의 힘은 비정상적인 힘이었다. 그녀는 마치 악마처럼 달려들었다. 그녀의 비정상적인 힘은 브리짓의 정상적인 근육에 의한 힘보다 훨씬 강했다. 그들은 엎치락뒤치락하며, 브리짓은 칼을 밀어내려고 했고, 호노리아 웨인플리트는 그것을 브리짓의 목에 찔러 넣으려고 했다. 이윽고 조금씩 미쳐 버린 여인의 힘이 우세해지기 시작했다.

브리짓은 마침내 비명을 질렀다.

"루크! 도와주세요! 제발 좀 도와주세요!"

그러나 그녀가 도움을 받을 수 있는 희망은 전혀 없었다. 그곳에는 그녀와 호노리아 웨인플리트 둘만이 있을 뿐이었다. 죽음의 세계에 단둘만이 존재하고 있었다. 마지막 힘까지 다 써서 브리짓은 여인의 손목을 뒤로 꺾었고, 이윽고 칼이 땅에 떨어지는 소리가 들렸다. 그 순간 호노리아 웨인플리트는 두 손으로 미친 듯이 브리짓의 목을 움켜잡으며 그녀의 생명을 쥐어 짜내려고 했다.

브리짓은 최후로 숨이 넘어가는 듯한 비명을 질렀다.

제23장

 루크는 배틀 총경의 외모에 대해서 좋은 인상을 받았다. 그는 붉은빛이 감도는 널찍한 얼굴에 길고 멋진 콧수염을 기른 건실하고 침착해 보이는 사람이었다. 언뜻 보기에는 그렇게 유능한 사람으로 보이지는 않았지만, 다시 한 번 살펴보면 매우 생각이 깊은 사람으로, 특히 배틀 총경의 눈빛이 보기 드물게 예리하다는 사실을 쉽게 알아볼 수 있었다.

 루크는 그를 과소평가하는 실수를 범하지 않았다. 그는 전에도 배틀과 같은 타입의 사람들을 본 적이 있었다. 그런 사람들은 충분히 신뢰할 수 있으며, 그러한 신뢰를 절대 저버리지 않는 사람들이란 것을 루크는 잘 알고 있었다. 이 사건을 담당하는 데 그보다 더 적합한 사람은 기대할 수가 없을 것 같았다.

 이윽고 그들만 남게 되자 루크가 말했다.

 "당신은 이번 사건을 처리하라고 파견되기에는 너무 거물인 것 같습니다."

 배틀 총경은 미소를 지었다.

 "중대한 사건으로 밝혀질지도 모르거든요, 피츠윌리엄 씨. 특히 이스터필드 경 같은 사람이 관련되어 있으니, 우리는 만에 하나라도 실수를 범하고 싶지가 않답니다."

 "나도 그 점은 충분히 알아볼 수 있습니다. 그런데 당신 혼자 내려오신 겁니까?"

 "오, 그렇지는 않습니다. 사복형사 한 명이 나와 함께 내려왔지요. 그 친구는 세븐 스타인가 하는 주막집에 가 있는데, 그의 임무는 이스터필드 경한테서 한시라도 눈을 떼지 않는 거랍니다."

 "알았습니다."

 배틀이 물었다.

"당신 의견으로는, 피츠윌리엄 씨, 무슨 의문점 같은 것도 전혀 없다고 보십니까? 당신이 지목하는 사람에 대해 아주 확신이 선 겁니까?"

"사실상 나는 그밖에는 달리 가능성이 있다고 볼 수 있는 다른 추론을 끌어낼 수 없으리라고 봅니다. 사건과 관련된 사실들을 알고 싶으신가요?"

"고맙습니다만, 나도 이미 윌리엄 경에게서 들은 바가 있습니다."

"그렇다면 당신은 어떻게 생각하십니까? 당신 역시 이스터필드 경 같은 지위에 있는 사람이 살인범일 거라는 사실은 거의 있을 수 없는 생각이라고 여기실 텐데요?"

"나에게도 역시 있음직하지 않은 일처럼 여겨지긴 합니다만."

배틀 총경이 말을 이었다.

"그러나, 범죄에서 불가능이란 절대 존재하지 않는 겁니다. 이것은 내가 늘 입버릇처럼 주장하는 것이지요. 만일 당신이 나한테 어떤 기품 있는 노처녀나 아니면 대주교라든지, 또는 여학생의 위험한 범죄라고 말했다고 하더라도 나는 아니라고 하지 않았을 겁니다. 나는 그 문제를 조사했을 거란 말이지요."

루크가 말했다.

"당신이 이번 사건의 주요 사실들을 윌리엄 경한테서 이미 들으셨다면, 오늘 아침에 일어난 일에 대해서만 말씀드려야겠군요."

그는 자기가 목격했던 이스터필드 경의 행동에 대해 간략하게 주요 골자만 골라 이야기해 주었다.

배틀 총경은 깊은 관심을 두고 루크의 이야기를 들었다. 이윽고 그가 말했다.

"당신 말은 그가 어떤 칼을 손가락으로 만지고 있었다는 거로군요. 그가 그 칼에 대해 특별히 강조하던가요, 피츠윌리엄 씨? 즉, 그것으로 무슨 위협적인 말이나 태도를 보였습니까?"

"눈에 띄는 그런 것은 없었습니다. 다만 상당히 섬뜩한 방법으로 칼날을 시험해 보더군요. 나였다면 별로 마음에도 두지 않을 칼에 대해, 무슨 심미적인 즐거움 같은 것을 느끼듯이 말입니다. 웨인플리트 양도 나와 같은 기분을 느꼈을 겁니다."

"그 부인이 바로 당신이 말했던, 옛날부터 이스터필드 경을 알고 있었고, 또한 언젠가 그와 결혼을 약속한 적이 있다는 부인입니까?"

"맞습니다."

배틀 총경이 다시 말했다.

"내 생각에는 당신이 젊은 숙녀분에 대해 너무 쉽게 마음을 놓은 것 같군요. 그녀의 신변을 철저하게 보호하도록 누군가를 붙여 주어야겠습니다. 그렇게 하고 잭슨이 이스터필드 경을 그림자같이 따르며 감시한다면 어떠한 위험도 절대 발생하지 않을 겁니다."

"당신은 정말 내가 한결 마음의 부담을 덜 수 있도록 해주시는군요."

루크가 말했다.

총경은 루크의 심정을 이해하듯이 고개를 끄덕였다.

"당신은 지금 어려운 처지에 놓인 거지요, 피츠윌리엄 씨. 게다가 콘웨이 양에 대해서도 걱정해야 하니. 솔직히 말해서, 나는 이번 사건이 그리 만만하게 볼 사건이라고는 기대하지 않습니다. 이스터필드 경은 상당히 빈틈없는 사람일 테니까. 어쩌면 그는 상당 기간 기회를 노리고 기다릴지도 모릅니다. 그가 최후의 단계에 이른 것이 아니라면 말입니다."

"최후의 단계라니 무슨 말씀인지요?"

"범인이 자기는 절대 잡히지 않을 거라고 생각하는 극도의 자만심에 사로잡혀 있는 상황을 말하는 거죠. 자기는 지나치게 똑똑하고 그 밖의 다른 사람들은 너무도 어리석다고 생각하는 겁니다. 그렇다면 물론 우리는 그를 잡을 수 있는 거죠."

루크는 고개를 끄덕였다. 그러고는 자리에서 일어서며 말했다.

"아무튼 당신에게 운이 따르기를 바랍니다. 내가 도울 수 있는 일이 있다면 언제라도 불러 주십시오."

"물론입니다."

"달리 무슨 하실 말씀은 없습니까?"

배틀은 그 질문에 대해 곰곰이 생각해 보았다.

"별로 없는 것 같군요. 지금 당장엔 말입니다. 지금으로선 이곳의 전반적인 상황에 대해 파악하고 싶을 따름입니다. 오늘 저녁에 당신과 다시 의견을 나눌 수 있겠습니까?"

"물론입니다."

"그때쯤이면 더 많은 것을 알게 될 겁니다."

루크는 막연하게 편안하고 느긋한 기분이 들었다. 다른 많은 사람도 배틀 총경과 이야기를 나눈 뒤에 그런 기분을 느꼈을 테지. 그는 시계를 흘긋 들여다보았다. 점심 전에 브리짓에게 들러 볼까? 그러지 않은 편이 좋을 것 같다고 그는 생각했다. 웨인플리트 양은 틀림없이 그에게 함께 점심을 들자고 할 테고, 그것은 그녀의 생활 질서를 어지럽히는 일이 될 것이기 때문이었다.

루크가 아주머니들과 지내면서 얻은 경험에 의하면, 나이가 많은 부인은 사소한 문제를 가지고도 공연한 걱정을 하기가 쉬운 법이었다. 그는 웨인플리트 양도 아주머니의 범주에 속할지 궁금했다. 아마도 그럴 테지.

그는 천천히 여인숙의 문을 나섰다. 거리를 급히 내려가던 어떤 부인이 그를 보고는 갑자기 멈추었다.

"피츠윌리엄 씨?"

"험블비 부인이시로군요."

그는 그녀 쪽으로 다가가며 손을 내밀었다.

"당신이 이미 떠난 줄 알았답니다." 그녀가 말했다.

"그렇지 않습니다. 다만 숙소를 옮겼을 뿐이지요. 저는 지금 여기 머무르고 있답니다."

"그러면 브리짓은? 그녀도 애쉬 저택을 떠났다고 들었는데요."

"그렇습니다."

험블비 부인은 한숨을 내쉬었다.

"나는 정말 마음이 놓인답니다. 그녀가 위치우드를 떠났다니 정말 다행이에요."

"오, 그녀는 아직 마을에 있답니다. 웨인플리트 양과 함께 지내고 있지요."

험블비 부인은 비틀거리며 한 걸음 뒤로 물러섰다. 그녀의 표정은 루크도 깜짝 놀랄 정도로 극히 당황해 하는 모습이었다.

"호노리아 웨인플리트와 함께 지내고 있다고요? 오, 어째서죠?"

"웨인플리트 양이 친절하게도 브리짓에게 며칠 함께 지내자고 했답니다."

험블비 부인은 가볍게 몸을 떨었다. 그녀는 루크에게 다가와서 한 손을 그의 팔에 얹었다.

"피츠윌리엄 씨, 나도 내가 무슨 말을……, 무슨 말을 할 권리가 전혀 없다는 걸 알고 있어요. 나는 최근에 커다란 슬픔과 가슴 아픈 일을 겪었고, 그리고 그것이 아마도 나를 지나치게 공상적으로 만든 것인지도 몰라요. 내가 느끼는 이러한 불안감들은 순전히 병적인 공상에 지나지 않을지도 모르는 일이에요."

루크가 부드러운 어조로 물었다.

"어떤 불안감인가요?"

"이것만은 분명해요—아주 사악한 일이라는 것!"

그녀는 망설이는 듯한 표정으로 루크를 바라보았다.

루크가 단지 진지한 표정으로 고개만 끄덕일 뿐 그녀의 말에 의심하는 태도를 보이지 않자, 그녀는 계속 말을 이었다.

"아주 사악한 것으로(언제나 나를 따라다니는 것 같다고 느끼는 것인데), 바로 여기 위치우드에 존재하는 사악함이에요. 그리고 그 여자가 바로 사악함의 근원이라고요. 나는 그걸 확신하고 있어요."

루크는 도무지 갈피를 잡을 수가 없었다.

"어떤 여자를 말씀하시는 건가요?"

험블비 부인이 말했다.

"호노리아 웨인플리트, 나는 확신하고 있어요. 아주 사악한 여자라고 말이에요! 오, 당신이 나를 절대로 믿지 않는다는 것은 잘 알고 있어요! 아무도 래비니아 풀러튼을 믿어 주지 않았어요! 하지만, 우리 둘은 그것을 느꼈어요. 그녀는 나보다 더 많은 것을 알고 있었을 거예요. 잊지 마세요, 피츠윌리엄 씨. 어떤 여인이 행복을 잃게 된다면, 그녀는 어떤 끔찍한 일이라도 저지를 수 있다는 것을 말이에요."

루크가 부드럽게 말했다.

"그건 있을 수 있는 일이지요. 물론."

험블비 부인이 재빨리 말했다.

"당신은 나를 믿지 않는군요? 어째서 나를 믿지 않는 거죠? 그날 존이 손에 붕대를 감은 채로 그녀의 집에서 돌아와서는 별 게 아니라면서 단지 조그만 상처에 지나지 않는다고 말했지만, 나는 그 일을 결코 잊을 수가 없어요."

그러고는 돌아서며 다시 덧붙였다.

"안녕히 계세요. 내가 쓸데없는 말을 지껄인 것을 용서하시기 바라요. 나는……, 요즈음 모든 상태가 정상적이 아니거든요."

루크는 멀어져 가는 그녀의 모습을 지켜보았다. 그는 왜 험블비 부인이 호노리아 웨인플리트를 사악한 여자라고 했는지 궁금했다. 험블비 박사와 호노리아 웨인플리트 양이 친한 사이여서 의사의 부인이 질투를 느꼈던 것일까? 그녀는 어째서 그런 말을 한 것일까?

"아무도 래비니아 풀러튼을 믿어 주지 않았어요."

그렇다면 래비니아 풀러튼은 자기가 의심하는 것을 험블비 부인에게 털어놓았던 것이 틀림없다.

갑자기 그의 기억은 그 기차간에서 있었던 일들로 돌아가며, 상냥한 노부인의 걱정스러운 표정이 떠올랐다. 그는 다시 더할 수 없이 진지한 목소리로 이렇게 말하던 노부인의 이야기를 들을 수 있었다.

"어떤 사람의 얼굴에 떠올라 있던 그 눈빛 말이에요."

그리고 그녀의 표정이 바뀌었다. 마치 그녀의 마음속으로 뭔가를 아주 똑똑하게 보기라도 한 듯이. 그 순간 그는 그녀의 표정이 완전히 달라진 것처럼 생각되었다. 입술을 당겨 이를 드러내고 있었고, 눈에는 마치 만족해하는 것 같은 기묘한 빛이 담겨 있는 표정으로.

갑자기 그는 생각이 났다.

"그래, 나는 바로 그와 같은—그와 똑같은 인상을 받았던 표정을 누구에겐가 본 적이 있어, 아주 최근에. 언제였지? 오늘 아침이었어. 맞아. 웨인플리트 양이 애쉬 저택의 응접실에서 브리짓을 바라보고 있을 때, 그녀의 얼굴에 나타난 표정이었어."

그리고 갑자기 다른 기억이 그를 엄습했다. 아주 오래전 일이었다.

그의 밀드레드 숙모가 말했다.

"그녀는 정말, 얘야, 아주 얼이 빠진 것처럼 보였단다."

그리고 곧 그녀 자신의 정상적이고 편안한 표정인 어수룩하고 무심한 듯한 인상으로 돌아왔었다. 래비니아 풀러튼이 눈빛에 대해 말할 때 그녀는 어떤 남자의 표정이―아니라, 그냥 어떤 사람의 표정에서 보았다고 말했었다.

그렇다면 과연 그럴 수도 있는 것일까? 그녀의 생생한 상상력이 자기가 보았던, 그의 다음 희생자를 주시하는 살인자의 그 표정을 되살려낸 것일 수도 있을까?

루크는 자기도 모르는 사이에 웨인플리트 양의 집으로 향하는 발걸음이 빨라지고 있었다. 그의 머릿속에서는 어떤 목소리가 자꾸만 되풀이해서 말하고 있었다.

"어떤 남자가 아니야―그녀는 결코 어떤 남자라고 한 적이 없었어. 네가 어떤 남자라고 생각했기 때문에 너는 그것을 남자일 거라고만 가정한 것이지, 그녀는 한 번도 그렇게 말한 적이 없었어. 오, 하나님, 내가 완전히 돌아버린 것일까요? 그건 있을 수 없는 일이야. 내가 지금 생각하는 것은 정말 말도 안 되는 생각이야. 그건 도무지 이치에 닿지 않는 생각일 거야. 하지만, 나는 브리짓을 확인해야겠어. 그녀가 무사한지 알아봐야 해. 그 눈―기묘한 호박색의 눈. 오, 내가 미쳤지. 틀림없이 내가 정신이 나간 게야. 이스터필드가 범인이라고. 틀림없이 그일 거야. 그가 실제로 그렇게 말했으니까."

그런데도 여전히, 마치 악몽처럼 그는 풀튼 양이 순간적으로 흉내 내던 뭔가 섬뜩하고 아주 비정상적인 표정을 뇌리에서 떨쳐 버릴 수가 없었다.

발육이 덜 된 듯한 작은 하녀가 그에게 문을 열어 주었다. 그의 갑작스런 방문에 다소 놀라는 표정을 지으면서 그녀가 말했다.

"그 아씨는 외출하셨는데요. 웨인플리트 양이 제게 그렇게 말했어요. 웨인플리트 양이 안에 계신지 알아보겠어요."

그는 그녀를 밀치고 응접실로 들어갔다. 에밀리는 위층으로 뛰어올라갔다. 그녀는 다시 숨을 헐떡이며 아래로 내려왔다.

"주인아씨도 역시 나가셨어요."

루크는 그녀의 어깨를 잡았다.

"어느 길로 갔지? 그들은 어디로 간 거야?"

그녀는 멍하니 입을 벌리고 그를 쳐다보았다.

"그분들은 뒷길로 해서 나간 모양이에요. 아씨들이 앞길로 나갔다면 제가 그분들을 보았을 거예요. 주방에서는 앞쪽이 내다보이거든요."

루크가 그 문을 통해서 조그만 정원을 가로질러 뒤쪽으로 뛰어 내려가자 그녀는 그의 뒤를 쫓아갔다. 한 남자가 언덕을 올라오고 있었다. 루크는 그 사람한테 다가가서, 될 수 있는 대로 평범한 목소리를 내려고 애쓰며 물어보았다.

그 사람이 천천히 말했다.

"두 여자요? 맞아요. 조금 전이었습니다. 나는 언덕 아래서 식사하고 있었죠. 그들은 나를 보지 못했던 것 같습니다."

"그들이 어느 길로 갔습니까?"

그는 필사적으로 평범한 목소리를 내려고 애썼다. 하지만, 상대방은 다소 놀라는 눈치를 보이며 천천히 대답했다.

"저기 밭을 가로질러서, 저쪽 길로 갔습니다. 하지만, 그다음은 어디로 갔는지 모르겠는데……."

루크는 그에게 고맙다고 하고는 뛰기 시작했다. 그의 강한 위기감은 더욱더 깊어졌다. 그들을 따라잡아야 한다—무슨 일이 있어도!

그가 완전히 제정신을 잃고 있는지도 모른다. 아마도 그들은 단지 유쾌한 산책을 즐기는 것일지도 모른다. 하지만, 그의 내부에 있는 무언가가 더욱더 서두르도록 그를 재촉하고 있었다. 좀더, 좀더 서둘러!

그는 밭을 두 개 가로질러 뛰어가다가 시골길에 들어서자 잠시 머뭇거리며 멈추어 섰다.

이제 어디로 가지?

그런데 바로 그때 어디에선가—희미하게, 아주 멀리서, 그러나 결코 잘못 들은 것이 아닌, 자기를 부르는 소리를 들었다.

"루크! 도와주세요!" 그리고 다시 들렸다.

"루크!"

그는 숲 속으로 뛰어들어 정확하게 비명이 들려오는 방향으로 달려갔다.

이제 그 소리는 더욱 커졌고—엎치락뒤치락 다투는 소리, 헐떡이는 소리, 나지막하게 콜록거리는 비명 소리가 들렸다. 그는 지체하지 않고 소리가 나는 숲 속으로 뛰어들어 미친 여인의 손을 희생자의 목에서—미친 여자가 발버둥치며, 입에 거품을 물고, 저주를 퍼부으며 붙잡은 희생자의 목에서 간신히 잡아뗐다.

그녀는 여전히 발작적으로 경련을 일으키다가 이윽고 그의 손아귀에서 축 늘어지며 뻣뻣하게 굳어졌다.

"하지만, 나는 이해할 수가 없소." 이스터필드 경이 말했다.

"도저히 이해할 수가 없소이다."

그는 위엄을 유지하려고 애썼지만, 그의 점잖을 빼고 있는 태도와는 달리 내면적으로는 가련할 정도로 당황해 있음이 분명했다. 그는 방금 자기가 들은 도무지 상식에서 벗어난 일들을 거의 믿을 수가 없었다.

"그것은 이렇게 된 겁니다." 배틀이 침착하게 말했다.

"우선, 그녀의 가족에게는 정신병적인 특질이 있습니다. 우리도 그 사실을 지금에야 알게 된 것이지요. 그처럼 오래된 가문에서는 종종 찾아볼 수 있습니다. 그녀 역시 그런 경향이 있었던 것이라고 할 수 있지요. 그런데다가 그녀는 야망이 큰 여인이었는데, 그것이 좌절된 겁니다. 첫째가 야망을 이루는 것이었고, 그다음이 사랑이었던 것이지요."

그는 헛기침을 했다.

"내가 알기에는, 그녀를 차버린 사람은 당신이었을 겁니다."

이스터필드 경이 딱딱한 어조로 말했다.

"나는 '차버린다'라는 용어를 좋아하지 않소."

배틀 총경이 그 말을 수정했다.

"약혼을 취소한 쪽은 당신이었습니까?"

"글쎄, 그렇다고 할 수 있지요."

"그 이유가 무엇이었는지 우리에게 말씀해 주세요, 고든." 브리짓이 말했다.

이스터필드 경은 약간 얼굴을 붉히며 말했다.

"오, 물론이오. 꼭 이야기해야 한다면야. 호노리아는 카나리아를 한 마리 기르고 있었소. 그녀는 그 새를 아주 좋아했다오. 자기 입술에 설탕을 묻혀 새에게 쪼아 먹도록 하곤 했지. 하루는 그 새가 설탕 대신 그녀를 심하게 쪼았던 것이오. 그녀는 화가 나서 그 새를 집어들고는, 목을 비틀어 버리는 거였소. 나는 그 일이 있고부터는 그녀에 대해 이전과 같은 감정을 느낄 수가 없었소. 그래서 그녀에게 아마 우리 둘 다 실수를 저질렀던 것 같다고 말했지요."

배틀은 고개를 끄덕이면서 말했다.

"그것이 발단이었던 겁니다. 그녀가 콘웨이 양에게 말했듯이, 그녀는 모든 사고력과 자신의 뛰어난 지적 능력을 오직 한 가지 목적에만 집중시켰던 거지요."

이스터필드 경이 믿을 수 없다는 듯이 물었다.

"나에게 살인범의 누명을 씌우려고 말이오? 나는 그 말을 믿을 수 없어요."

브리짓이 말했다.

"그건 사실이에요, 고든. 당신도 당신을 화나게 한 사람이 곧 땅에 거꾸러지곤 했던 이상한 일에 대해서 스스로도 놀랐잖아요."

"거기에는 그럴 만한 이유가 있었소."

"호노리아 웨인플리트가 바로 그 이유였어요." 브리짓이 말했다.

"그녀가 당신에게 그런 생각을 집어넣어 주었던 거예요, 고든. 그것은, 토미 피어스를 창문에서 밀어 떨어뜨린 것은 하나님의 섭리가 아니었어요. 그리고 그 밖의 다른 모든 사람들도요. 그것은 바로 호노리아가 한 짓이에요."

이스터필드 경은 고개를 저었다.

"나에게는 도무지 믿을 수 없는 일들 같구려!"

브리짓이 말했다.

"당신은 오늘 아침에 무슨 전화를 받았다고 하셨죠?"

"그래요, 12시경이었을 거요. 당신이 나에게 무슨 할 말이 있으니 '잡목 숲'으로 곧 나와 달라는 내용이었지. 나는 차를 타지 않고 걸어서 가기로 했었소."

배틀이 고개를 끄덕였다.

"틀림없습니다. 그때는 이미 모든 것이 끝나 있었을 겁니다. 콘웨이 양은 목이 찔린 채로, 그 옆에서는 당신의 지문이 묻은 당신의 칼이 발견되었을 테지요! 그리고 당신의 모습이 마침 때를 맞춰 그 근방에서 목격되었을 테고! 당신은 끝까지 결백을 주장할 테지만, 세상의 어떤 배심원도 당신에게 유죄를 선고했을 겁니다."

"나를?" 이스터필드 경은 깜짝 놀라며 당황한 표정으로 말했다.

"누구라도 내가 범인이라고 믿었을 거라는 말이오?"

브리짓이 부드러운 목소리로 말했다.

"나는 믿지 않았을 거예요, 고든. 나는 절대로 믿지 않았어요."

이스터필드 경은 그녀를 차갑게 쏘아보고 나서 딱딱한 어조로 말했다.

"내 인격과 이 지방에서 차지하는 나의 지위로 봐서, 일순간에 모든 사람들이 나를 극악무도한 범인으로 믿으리라고는 나는 생각지 않소."

그는 위엄 있는 태도로 그 방을 나가서 문을 닫았다.

루크가 말했다.

"그는 자기가 정말로 위험한 지경에 처해 있었다는 사실을 결코 깨닫지 못할 겁니다." 그러고는 다시 말을 이었다.

"말해 봐요, 브리짓. 어떻게 당신이 웨인플리트라는 여인에 대해서 의심을 하게 되었는지 말이오."

브리짓이 이야기를 시작했다.

"그것은 당신이 나에게 고든이 살인자라고 말할 때부터였어요. 나는 그것을 도저히 믿을 수가 없었거든요! 당신도 알다시피, 나는 그에 대해서 너무도 잘 알고 있었어요. 나는 2년 동안이나 그의 비서로 일해 왔거든요. 그를 안팎으로, 즉 모든 것을 알고 있었던 거예요. 그가 거드름을 피우고 속이 좁으며 순전히 자아도취에 빠진 사람이라는 것은 사실이었지만, 그는 친절한 사람이고 또한 정말 어리석을 정도로 마음이 약한 사람이라는 것을 나는 알고 있었어요. 그는 말벌 한 마리조차 죽이기를 겁내는 그런 사람이거든요.

그가 웨인플리트 양의 카나리아를 죽였다는 이야기—그것은 완전히 잘못된 것이었어요. 그는 결코 그런 짓을 할 사람이 아니거든요. 언젠가 그는 나한테 자기가 그녀를 차버렸다고 이야기한 적이 있었어요. 그런데 당신은 그 반대로 얘기했던 거예요. 물론 그럴 수도 있었죠. 그의 자존심이 그녀가 자기를 걷어차 버렸다는 사실을 스스로 인정하도록 허락지 않았을 수도 있지요. 하지만, 카나리아 이야기만은 완전히 엉터리였던 거예요!

그것은 절대 고든일 수가 없었어요! 그는 사냥조차 하지 않았는데, 그것은 죽은 짐승들을 본다는 것이 그에게 메스꺼움을 느끼게 했기 때문이에요. 그래서 나는 당신 이야기 중에서 그 부분이 진실이 아니라는 것을 아주 확신했던 거죠. 하지만, 그렇다면 웨인플리트 양이 거짓말을 했다는 게 되거든요. 그리고 그것은 정말로 아주 유별난 거짓말이었고, 그래서 나는 그것에 대해서 생각하게 된 것이었어요. 갑자기 나는 그녀가 더 많은 다른 거짓말들을 한 것은 아니었을까 하는 의문이 생기더군요.

그녀는 아주 자존심이 강한 여자였고—그것은 누구나 알 수 있는 사실이었죠. 누군가에게 버림받는다는 것은 그녀의 자존심에 끔찍한 상처를 입히게 되는 것일 거예요. 그것은 아마 그녀의 감정을 극도로 화나게 하였고, 이스터필드 경에 대해서 복수심을 품게 했을 거예요. 특히 그가 훗날 부자에다 명예도 얻어 크게 성공한 모습으로 고향에 돌아왔을 때는 복수심이 더욱 커졌을 거라고 생각했어요. '맞아, 그녀는 아마 그를 범인으로 만드는 데 도움을 줌으로써 즐기는 것일 거야.' 그런데 갑자기 기묘한 감정의 회오리 같은 것이 내 머릿속에 일면서 다른 생각이 떠오른 거예요.

'아니, 그녀가 한 말이 전부 거짓말이라고 한다면······.'

그러자 나는 문득 그와 같은 여인이 한 남자를 바보로 만드는 것이 얼마나 쉬운 일인지를 알게 되었어요. 나는 다시 생각해 보았어요. '그건 너무도 공상적이야. 하지만, 이 모든 사람들을 살해하고, 고든에게 그가 마치 무슨 신과 같은 징벌의 능력이라도 가진 듯한 생각을 하도록 부추긴 사람이 그녀였다면?' 그것을 그에게 믿도록 하기란 그녀에게는 아주 쉬운 일이었을 거예요.

언젠가 내가 당신에게도 말했지만, 고든은 무엇이든지 믿을 사람이거든요! 그래서 나는 생각했어요. '그녀가 정말로 모든 살인을 저질렀을까?'

나는 그녀라면 충분히 할 수 있었을 거라는 사실을 깨달았던 거예요. 그녀는 술 취한 사람을 다리 밑으로 밀어 떨어뜨릴 수 있었고, 한 소년을 창에서 밀어 떨어뜨릴 수도 있었으며, 에이미 깁스는 바로 그녀의 집에서 죽었죠. 또한 호튼 부인 역시—그녀는 그 부인을 자주 방문했고, 부인이 병이 났을 때 옆에 같이 있었어요. 험블비 박사는 좀 힘들었어요. 나는 그때는 웡키 푸가 끔찍한 패혈증성 귓병을 앓았다는 사실을 몰랐거든요.

풀러튼 양의 죽음은 더욱 추측하기가 어려웠어요. 왜냐하면 웨인플리트 양이 운전사 복장을 하고 롤스로이스를 운전하는 모습은 상상할 수가 없었거든요. 그런데 갑자기 나는 그것이 너무나도 쉬운 일이었다는 것을 깨달았어요. 노부인이 뒤에서 떼밀었다면—군중 속에서 그렇게 하기란 무척 쉬운 일이었을 거예요. 풀러튼 양을 친 차는 뺑소니를 쳤죠. 그녀는 그것이 기회라는 것을 깨닫고는 옆에 있던 여인에게 차 번호를 보았다고 하면서 이스터필드 경의 롤스로이스 번호를 말해 준 거죠. 물론 이런 생각들은 아주 두서없이 내 머릿속을 스치고 지나갔던 거예요.

그래요, 고든이 분명히 살인을 저지르지 않았다면(아니, 나는 그렇게 확신했죠. 그래요, 그가 하지 않았다는 것을 너무도 잘 알고 있었어요), 그렇다면 누구 짓이었을까? 그리고 그 답은 아주 분명한 것 같았어요. 누군가 고든을 증오하는 사람이라고 말이에요! 누가 고든을 증오하고 있을까? 그야 호노리아 웨인플리트였죠.

그런데 나는 풀러튼 양이 살인자가 '남자'였다고 분명히 말했다는 것이 생각났어요. 그것은 나의 멋진 추리를 완전히 뒤엎어 버리는 거였어요. 왜냐하면 풀러튼 양이 잘못 알고 있었던 거라면 살해당하지 않았을 테니까요. 그래서 나는 당신에게 풀러튼 양이 한 말을 그대로 정확하게 다시 말해 달라고 해서, 곧 그녀가 실제로 '남자'라는 말을 쓴 적이 한 번도 없었다는 사실을 발견하게 되었던 거예요. 그러자 내가 확실히 제대로 맥을 짚은 듯한 생각이 들었지요. 나는 웨인플리트 양의 자기 집에서 같이 지내자는 제의를 받아들이기로 하고, 그렇게 함으로써 진실을 밝혀내기로 했던 거예요."

"나한테는 한마디도 하지 않고 말이오?" 루크가 화가 난 표정으로 물었다.

"하지만, 루크, 당신은 그렇게 자신만만했지만, 반면에 나는 조금도 자신이 없었단 말이에요! 모든 게 다 모호하고 의심스러웠어요. 하지만, 나에게 무슨 위험이 있으리라고는 정말 생각지도 못했죠. 나는 시간이 충분히 있을 거라고 생각했거든요."

그녀는 몸서리를 쳤다.

"오, 루크! 그건 정말 끔찍했어요! 그녀의 눈과, 그리고 소름끼치도록 냉혹한 웃음은 정말!"

루크도 약간 흠칫하며 말했다.

"내가 어떻게 해서 제때 그곳에 도착할 수 있었는지 정말 꿈만 같소."

그러고는 배틀 쪽을 돌아보며 물었다.

"이제 그녀는 어떻게 되는 겁니까?"

"형장의 이슬로 사라질 겁니다." 배틀 총경이 말했다.

"틀림없이 그렇게 될 겁니다. 경찰에서 생각했던 것만큼 교활하지 못했다고 해서 충격을 받을 리는 없을 테니까요."

루크가 후회하듯이 말했다.

"나는 진짜 경찰이라고는 할 수 없군요! 나는 한 번도 호노리아 웨인플리트를 의심해 본 적이 없으니 말입니다. 당신은 나보다는 나았을 겁니다, 배틀."

"글쎄요, 그럴 수도 있고, 아닐 수도 있지요. 당신도 내가 범죄에서 불가능이란 절대 존재하지 않는다고 한 말을 기억하고 있을 겁니다. 그리고 기품 있는 노처녀에 대해서도 언급했던 걸로 알고 있는데요."

"당신은 대주교와 여학생에 대해서도 역시 언급했죠! 그렇다면 당신은 이 세상 모든 사람들을 잠재적인 범죄자로 본다고 이해해도 되겠습니까?"

배틀은 이를 드러내 보이며 싱긋이 미소를 지었다.

"누구든 범죄자가 될 수 있지요. 그게 바로 내 심중이었습니다."

"고든이 괜찮을까 몰라요?" 브리짓이 갑자기 입을 열었다.

"루크, 우리 가서 그를 찾아보도록 해요."

그들은 서재에서 이스터필드 경이 바쁘게 무엇인가를 쓰는 것을 발견했다.

"고든."

브리짓이 아주 부드러운 목소리로 나직하게 그를 불렀다.

"이제 당신은 모든 것을 아셨을 텐데, 우리를 용서해 주시겠어요?"

이스터필드 경은 따뜻한 눈길로 그녀를 바라보았다.

"물론이오, 브리짓, 물론이고말고. 나는 진실을 깨달았소. 나는 바쁜 사람이었소. 그래서 당신에게도 소홀했던 거요. 문제의 진실은 그런 거라오. 키플링은 거기에 대해 참으로 현명한 말을 남겼지. '혼자서 여행하는 자가 가장 빨리 여행할 수 있다.' 인생에서 내가 가는 길도 역시 외로운 외길이오."

그는 어깨를 폈다.

"나는 커다란 책임을 수행하고 있다오. 나에게 있어서는 누구도 나와 벗해 줄 수 없고, 아무도 내 짐을 덜어줄 수 없는 거요. 나는 혼자서 내 인생을 헤쳐나가야 하는데, 지금까지는 그 길에서 벗어나 있었다오."

브리짓이 말했다.

"아아, 고든! 당신은 참으로 상냥한 분이세요!"

이스터필드 경은 미간을 찌푸렸다.

"그것은 상냥하다는 것과는 다른 문제요. 우리는 이제 그 터무니없는 일들을 모두 잊어버립시다. 나는 바쁜 사람이라오."

"나도 당신이 바쁜 사람이란 걸 알아요."

"나는 곧 시작해야 할 연재 기사에 대해서 계획을 짜는 중이라오. 시대를 통해 여성들에 의해 저질러진 범죄에 대해서 말이오."

브리짓은 감탄 어린 시선으로 그를 뚫어지게 바라보았다.

"고든, 그건 정말 멋진 아이디어라고 생각해요."

이스터필드 경은 가슴을 부풀려 보였다.

"자, 이젠 제발 나를 혼자 있게 해주구려. 나는 지금 방해를 받으면 안 돼요. 이 일을 끝내려면 많은 노력을 들여야 하거든."

루크와 브리짓은 발끝으로 소리 나지 않게 그 방을 빠져나왔다.

"아무튼 그는 정말 상냥한 사람이에요." 브리짓이 말했다.

"브리짓, 나는 당신이 그를 정말로 좋아했다고 생각한다오."

"루크, 나도 그랬다고 생각해요."

루크는 창밖을 내다보았다.

"빨리 위치우드를 벗어났으면 좋겠소. 나는 이 마을이 정말 마음에 들지 않아요. 이곳은 악의로 가득 차 있어요. 험블비 부인의 말대로 애쉬 산이 마을을 내리덮듯이 하는 모습도 마음에 들지 않고."

"애쉬 산에 대한 이야기가 나와서 하는 말인데, 엘스워시는 어떻게 된 거예요?"
 루크는 좀 창피한 듯한 표정을 지으며 웃음을 터뜨렸다.
 "그의 손에 묻어 있었던 피 말이오?"
 "그래요."
 "그들은 흰 수탉을 제물로 바쳤던 모양이오."
 "정말 끔찍하기 짝이 없는 짓거리예요!"
 "우리의 엘스워시 씨에게도 뭔가 불유쾌한 일이 닥치게 될 것 같소. 배틀은 그를 깜짝 놀라게 해줄 무슨 계획을 짜고 있거든."
 브리짓이 말했다.
 "그리고 가엾은 호튼 소령은 결코 자기 아내를 살해할 생각을 하지 않았고, 애버트는 내 생각에는 단지 어떤 부인으로부터 부끄러운 편지를 받았던 것이며, 토머스 박사는 그저 성실하고 겸손한 젊은 의사일 뿐이지요."
 "그는 오만한 당나귀요."
 "당신이 그런 말을 하는 것은, 그가 로즈 험블비와 결혼하게 된 것이 배가 아프기 때문일 거예요."
 "그녀는 그에게 너무 과분한 아가씨이지."
 "나는 늘 당신이 나보다는 그녀를 더 좋아하는 것 같다고 생각했어요."
 "이봐요, 브리짓, 제발 그런 어리석은 생각을 버릴 순 없겠소?"
 "아니요, 사실은 그렇지 않아요."
 그녀는 잠시 침묵에 잠겼다가 곧 다시 입을 열었다.
 "루크, 당신은 지금도 나를 좋아해요?"
 그가 그녀에게로 다가섰지만 그녀는 그를 피했다.
 "나는 '좋아하느냐'고 물었지, '사랑하느냐'고 묻지는 않았어요."
 "오, 알겠소. 그렇소, 나는 당신을 좋아한다오. 당신을 사랑하는 것만큼이나 말이오."
 "나도 당신을 좋아해요, 루크." 브리짓이 말했다.
 그들은 서로 바라보며 마치 파티에서 친구를 사귀는 아이들처럼 조금은 쑥스러워하며 미소를 지어 보였다.

브리짓이 다시 말했다.

"좋아한다는 것은 사랑하는 것보다 더 중요해요. 그것은 오래도록 변치 않거든요. 나는 우리 사이도 그것처럼 오래도록 변치 않기를 바라요, 루크. 우리가 서로 사랑을 느껴 결혼했다가 곧 서로에게 싫증을 느끼고는, 또 다른 결혼 상대를 구하게 되기를 원치 않아요."

"오, 내 사랑, 브리짓 나도 알아요. 당신이 진실을 원하고 있다는 것을. 그건 나도 마찬가지라오. 우리 사이는 영원히 변치 않을 거요. 왜냐하면 그것은 진실 안에서 맺어진 것이기 때문이오."

"그게 사실인가요, 루크?"

"사실이오, 브리짓 그것은 내가 당신을 사랑하게 될까 봐 두려워했기 때문일 거요."

"나도 당신을 사랑하게 될까 봐 두려웠어요."

"당신은 지금도 두렵소?"

"아니요." 브리짓이 말했다.

"우리는 오랫동안 죽음의 그늘에 덮여 있었소. 이제 그 죽음의 그늘은 말끔히 가셔 버렸소! 이제 우리는 새로운 인생을 시작하게 될 거요."

<끝>

■ 작품 해설 ■

《위치우드 살인사건》은 종래의 크리스티 작품과는 색다르게 탐정으로서 젊은 경찰관이 등장하고 있다.

아시아의 식민지에서 경찰관을 하다가 그만두고 영국으로 돌아오게 된 루크 피츠윌리엄은 런던행 기차의 객실에서 런던경시청을 찾아가는 '위치우드 언더 애쉬' 마을의 노처녀 래비니아 풀러튼과 동석한다.

곧 젊은 경관은 노처녀에게 곧이듣기 어려운 이야기를 듣는다. 풀러튼 양은 네 번째의 살인을 막으려고 런던경시청을 찾아간다는 것이다. 그녀의 마을에서 이미 세 사람이 살해당했는데, 살인자의 눈이 이번에는 마을의 의사인 험블비 박사에게도 향했기에 그 의사를 아끼는 풀러튼 양은 마을의 경찰을 믿을 수가 없어 직접 나섰다는 것이다.

런던 역에서 헤어지기 전에 그녀는 자기의 이야기를 곧이듣지 않는 젊은 경관에게 '혐의만 받지 않는다면 살인처럼 쉬운 건 없어요.'라고 말한다. 런던에 도착한 루크 피츠윌리엄은 친구 지미 집에 묵게 되는데, 이튿날 아침 신문을 보고 깜짝 놀란다. 기사는 래비니아 풀러튼 양이 뺑소니차에 치여 죽었다는 것이다. 그리고 더욱 그를 놀라게 한 것은 이보다 1주일 뒤에 타임스지에 나온 험블비 의사의 사망 기사이다.

경관직에서 물러난 루크 피츠윌리엄은 이 순간부터 다시 경관으로 돌아간다는 것보다는 탐정으로 출발하게 된다.

네 번째 살인을 예지하고 이를 막으려던 풀러튼 양이 네 번째 피살자가 되고, 예상된 네 번째 피살자는 다섯 번째 피살자가 된 것이다.

루크는 다음 차례의 살인을 막으려고 무시무시한 '위치우드 언더 애쉬' 마을로 간다. 살인마에 도전하기 위하여.